SPANISH FIC Iturb
Iturbe, A.
La playa infinita.
Caledon Public Library
JUL 2021   3582

PRICE: $55.49 (3582/04   )

La playa infinita

 Seix Barral Biblioteca Breve

Antonio Iturbe
La playa infinita

© Antonio Iturbe, 2021
© Editorial Planeta, S. A., 2021
Seix Barral, un sello editorial de Editorial Planeta, S. A.
Avda. Diagonal, 662-664, 08034 Barcelona (España)
www.seix-barral.es
www.planetadelibros.com

Primera edición: junio de 2021
ISBN: 978-84-322-3887-1
Depósito legal: B. 8.061-2021
Composición: Realización Planeta
Printed in Spain - Impreso en España

Esta obra ha contado con el apoyo de las Becas de escritura Montserrat Roig del programa Barcelona Ciudad de la Literatura del Ayuntamiento de Barcelona

El papel utilizado para la impresión de este libro está calificado como **papel ecológico** y procede de bosques gestionados de manera **sostenible**.

No se permite la reproducción total o parcial de este libro, ni su incorporación a un sistema informático, ni su transmisión en cualquier forma o por cualquier medio, sea éste electrónico, mecánico, por fotocopia, por grabación u otros métodos, sin el permiso previo y por escrito del editor. La infracción de los derechos mencionados puede ser constitutiva de delito contra la propiedad intelectual (Art. 270 y siguientes del Código Penal).
Diríjase a CEDRO (Centro Español de Derechos Reprográficos) si necesita fotocopiar o escanear algún fragmento de esta obra. Puede contactar con CEDRO a través de la web www.conlicencia.com o por teléfono en el 91 702 19 70 / 93 272 04 47.

Para Susana

—Una playa es una chatarrería de minerales sin valor y un cementerio de cangrejos, pero las playas nos enseñan mucho de nosotros mismos. Estamos hechos exactamente por la misma materia que el grano de arena, de las mismas partículas básicas de las que está hecho todo lo que vemos y tocamos, incluso todo lo que soñamos.

—Vives de sueños, González.

—Porque todos los recuerdos son sueños. Parpadeas, y lo que era presente ya es pasado. La vida no podemos vivirla, se nos escapa entre los dedos, solo podemos soñarla. Iturbe, a eso has regresado tú a la Barceloneta, a pisarles los talones a las sombras y a perseguir fantasmas.

—La playa de mis recuerdos tiene el cielo gris y el mar revuelto. Hay botellas de plástico traídas por el oleaje, trozos de redes de pesca rotas, maderas podridas, ratas ahogadas. Tengo cinco años, González. Atardece cuando llego con mi hermano y mi abuelo al Paseo Marítimo.

—Aquí todas las calles son marítimas porque todas desembocan en el mar, el asfalto es arena y el barrio es playa. La Barceloneta es marginal porque es margen, nació extramuros de Barcelona y nunca le ha pertenecido. Hay murallas que no pueden derribar las piquetas.

—Esa tarde es nublada. Es la tarde de un verano que se acaba.

—Los veranos siempre se acaban. Se tienen que ir para poder volver.

—Mi abuelo no me deja quitarme la camiseta porque dice que refresca. Llevo pantalones cortos y él me ayuda a descalzarme las sandalias porque la trabilla me resulta imposible, me hago daño en la yema de los dedos y la trabilla me deja en las manos olor a cuero.

—No puedes tirar de la trabilla porque tus dedos son un queso tierno. Cuando tu abuelo agacha la cabeza, ese tabardo suyo de muchos inviernos tiene el olor ácido de esas bolas de naftalina que las madres esconden por los armarios como si fueran peladillas.

—Sentimos en las plantas de los pies las cosquillas de la arena.

—El grano de arena percibe que hay niños jugando en la playa porque vuestras pisadas apresuradas generan unas ondas sísmicas que se transmiten a la playa entera, rebotan de grano en grano, como en un péndulo de Newton donde las bolas se golpean sucesivamente hasta que la última se alza en el aire por el empuje de la primera. Cada pisada tuya y cada parpadeo, el grano de arena se lo cuenta al siguiente. Y el siguiente al siguiente. Y el siguiente del siguiente al siguiente. La playa funciona como un bosque con los árboles conectados subterráneamente por los tentáculos de las raíces: cuando el leñador llega, en el extremo opuesto del bosque el último árbol se estremece. Playa, bosque, barrio, sistema venoso. Todo palpita, Iturbe. Todo tiembla, y tú también.

—¿Cómo sabes que tiemblo?

—Te noto temblar ahora, mientras recuerdas. Tiritas con el frío del pasado.

—Mi hermano y yo buscamos cerca de la orilla piedras de colores: azules, verdes, naranjas.

—Son solo cristales rotos desgastados por el mar, pero para ti son joyas del collar de una sirena.

—Mi hermano es más tranquilo y se va a buscar el cubo y la pala. Yo corro por la playa. Arriba y abajo, sin parar. No quiero llegar a ninguna parte, tan solo correr por la orilla, correr más que las olas.

—Los niños sois felices porque la vida nunca va a terminar, porque creéis que siempre habrá un verano más. Cuando eres niño corres por una playa infinita.

—Mi hermano lleva la pala. Es callado, pero siempre es justo conmigo. Yo quiero agarrar arena con el rastrillo pero es como intentar coger la sopa con un tenedor. Él llena el cubo a paladas y como se pone a aplanar el sobrante de arena con unos golpes de pala, yo me apresuro a imitarlo con el rastrillo. Mi abuelo no juega con nosotros, se ha ido hasta los soportales a afilar su pequeña navaja negra contra el canto de una columna de hormigón. Allí, con un lápiz enano que lleva siempre en el bolsillo, escribe la fecha y su firma con una jota muy elegante. El cubo de plástico ya está lleno y abro mucho los ojos, ansioso por ver si de ahí adentro sale un castillo. Mi hermano gira de golpe el cubo y, por arte de magia, se levanta a nuestros pies una fortaleza con sus almenas perfectamente marcadas. Corro excitado hasta la orilla a buscar piedras de colores para decorar nuestro imponente torreón. Cuando regreso con las joyas, el castillete ya se ha desmoronado.

Me quedo callado y alzo la vista al frente.

—González, ahora te brillan a ti los ojos. ¿Por qué te emocionas?

—Te pasas la vida levantando castillos de arena y va

el viento y se los lleva. Un grano de arena es diminuto, frágil, insignificante y, sin embargo, construye el lugar sagrado donde van a morir las olas para que vuelvan a nacer.

Somos playa, Iturbe.

Tantos años después, tiro de mi maleta por las calles de la Barceloneta como si la arrastrara por esa playa de la infancia en la que nunca llegas al final ni tampoco te preguntas dónde está el principio. El chillido de las gaviotas, las sirenas de los cargueros llamando al práctico del puerto, las campanadas que traía la madrugada desde Santa María del Mar, el grito del ciego que vendía cupones para hoy porque mañana será tarde. Y ese alboroto de pájaros al salir la bandada de niños de la escuela.

Es un paisaje sonoro que solo existe ya en mi cabeza. Ahora el zumbido del termitero del futuro me aturde. En medio de tanta gente, camino solo. Trato de penetrar en las calles pero las calles me rechazan. Voy a entrar en la Granja La Catalana y hay en su lugar un local de alquiler de patinetes eléctricos, empujo la puerta de la tasca de la calle Pescadores para pedir una ración de calamares en su tinta y me recibe la tinta de un local de tatuajes; acudo a la papelería Sol para volver a sentir el olor a nata de las gomas Milán pero ahora es la oficina de una inmobiliaria con anuncios de pisos en ruso y en inglés. Reboto entre las aceras del barrio, soy una polilla topando contra un cristal.

He regresado a la Barceloneta pero aún no he vuelto. Camino por las calles estrechas y en algunos tramos reconozco con nitidez el perfil de una esquina que un día crucé o el gesto oxidado de una reja que me vio pasar, el rótulo de la bodega Fermín o la vidriera de la iglesia de Santa María de Cervelló donde iba los sábados por la tarde a estudiar catequesis, pero las calles no se acuerdan de mí. Yo miro a todo el mundo y encuentro ojos redondos y oblicuos, pelos de todos los colores, pieles de todas las razas que se muestran sin pudor, escocidas por el sol, pero ellos no me ven. Soy el más extranjero de los extranjeros: el que un día perteneció al lugar y ahora bracea torpemente en medio de la multitud buscando una orilla.

Me dejo ir a la deriva por las calles. He venido a buscar a alguien del pasado pero el presente me agota. Pregunto en el centro cívico a la gente mayor y no me oyen porque el ruido de las partidas de dominó lo ahoga todo. El joven recepcionista no sabe nada, no es del barrio, no le interesa nada, lo veo tratar a los ancianos con el hastío con que los maestros sin vocación tratan a los niños, se me sacude como a una mosca. Entro en un bar del paseo Nacional, que ahora ya no se llama así, y nadie es del barrio, no son ni de este continente, son amables pero no saben nada y lo que pasó años atrás les resulta indiferente porque nadie puede habitar el pasado de los demás. Mi abuelo decía que agua pasada no mueve molino. Por eso prefería el vino y el coñac, aunque fueran comprados en la bodega Fermín a granel.

Camino en un estado de sonambulismo. Ya atardece cuando enfilo la calle Maquinista y a la altura del restaurante Can Ramonet doblo la esquina. Ahora es una calle peatonal, la acera ya no es un desfiladero entre los portales y los coches aparcados, y corre más el aire. Hay ventanas tapiadas con ladrillos para que no entren moscas, el rastro de una eliminación lenta pero implacable de vecinos mayores que se mueren o se van a residencias a morir de tristeza, y se van clausurando los pisos uno a uno hasta poder vender el edificio entero. Pero en otros edificios sigue habiendo sábanas colgadas en los balcones, chándales de marcas falsificadas que bailotean, calcetines en hileras que se mueven al compás, bragas que se insinúan con coquetería al viento.

Al adentrarme en la calle de la Sal me han empezado a escocer los ojos y a la altura del número cinco me he detenido. Al atravesar la puerta me llama la atención que las paredes estén llenas de estanterías vacías y noto un peso en el aire como si muchas voces flotaran. Junto a la mesa de la entrada que hace las veces de mostrador monta guardia un Humphrey Bogart de cartón troquelado, con gabardina y cigarrillo, abrazado a la figura enigmática del halcón maltés, ese pájaro que está hecho con la misma materia con que se construyen los sueños: ilusión y cascarilla.

Me percato entonces que, desde una butaca con la tela muy rasgada, ella me observa con unos ojos de felino alerta. No es joven, pero tiene la mirada de una niña. Con ese nerviosismo que siempre tengo cuando voy a pedir algo, aunque sea un café con leche en un bar, le explico atropelladamente, elevando la voz sin darme cuenta, que acabo de llegar de Ginebra, que busco a alguien del barrio, le digo su nombre y dos apellidos y hasta la calle donde vivía. Siempre doy demasiadas explicaciones. Ella, en realidad, no me las ha pedido, únicamente me mira con curiosidad.

Se me eriza la piel al escuchar una voz lúgubre que surge como del fondo de un pozo. Pero aún me aterra más darme cuenta de que me llaman por mi nombre, porque en la escuela los apellidos eran los nombres:

—¡Iturbe..., se nos va a hacer de noche!

Abro mucho los ojos y pongo cara de espantado. Ella sonríe enigmática, se va hacia el fondo y desaparece tras una puerta. La voz llega de algún lugar subterráneo, como si brotara de los cimientos del edificio, y me fijo en la trampilla enrejada en el suelo que protege una escalera muy vertical que se hunde hacia un sótano oscuro. Me asomo al hueco y, con la claridad que se filtra de la calle, veo abajo, dibujada con tiza blanca, la silueta de un cadáver.

—¡Un muerto!

Doy un paso atrás con aprensión y desde lo profundo vuelve a llegar la voz, más guasona todavía:

—¡Iturbe, siempre has sido un cagado! Este local fue una librería de novelas policiacas y los dueños tenían sus ocurrencias.

Me doy cuenta de que esa voz antigua me resulta muy familiar, también ese tono entre chuleta y jovial de la gente del barrio. Levanto la trampilla enrejada y desciendo con cuidado la escalera iluminándome tenuemente con la linterna de juguete que ha viajado conmigo desde Suiza. La pequeña e insignificante linterna que me ha hecho dejar toda mi vida atrás y volver, tantos años después, al barrio de mi infancia es la que me guía en este descenso hacia la oscuridad.

Abajo hay un olor a papeles húmedos, a moho, a legajos estropeados. El resplandor me permite distinguir un flexo sobre una mesa con novelas policiacas desperdigadas y ejemplares del semanario del barrio apilados en una esquina. Y, por fin, me siento, como si hubiera llegado a una posada en mitad de la noche. Me dejo caer en una aparatosa silla de oficina granate con ruedas; la piel sintética está despellejada en los reposabrazos y el respaldo, algo suelto, se balancea hacia atrás. Al sacar de la mochila los cuadernos que llegaron a Ginebra en una caja rescatada de un naufragio y depositarlos sobre la mesa, se alza una nube de polvo y ácaros que bailotean sobre el haz de la linterna. Al pulsar el interruptor, el flexo emite un cono de luz y, como en un juego de señales, delante se enciende otra. Él está sentado en otra mesa enfrente y me mira con una sonrisa un poco deshilachada. Tiene el rostro desgastado, como ligeramente borrado con una goma, pero lo reconozco enseguida aunque ahora no lleve gafas, es el Empollón, el que sacaba siempre las mejores notas de la clase.

Tiene mil arrugas, los ojos borrosos, el pelo negro y unas patillas largas de torero retirado con un millón de canas. Han pasado muchos años, pero lo reconozco con esa certeza absoluta con la que se reconoce a las personas en los sueños. En el cole todos los compañeros lo llamaban «el empollón»: con sus gafas de pasta y su cabeza metida en los libros.

—¡González! ¿Pero qué haces tú aquí abajo? —le pregunto.

—Yo estoy donde siempre estuve, Iturbe. Nunca me fui del barrio.

Me mira desafiante, como si él hubiera tomado la decisión buena, como si yo hubiera sido un desertor, o un pringado.

—Aquí falta luz —le digo con desdén.

—Es la luz la que no deja ver nada. Es en la oscuridad donde uno empieza a ver algo.

González siempre me sacó de quicio. Sus grandes frases no han conseguido sacarlo de este pequeño agujero de la Barceloneta en cuarenta años. Quizá su cabeza esté más extraviada que yo mismo.

—¿Y qué eres? ¿Historiador de barrio? ¿Columnista

estrella del semanario gratuito de la Barceloneta? ¿Intelectual de barra de bar?

Sonríe con sarcasmo y me mira intensamente, como si me leyera por dentro, y me hace sentir incómodo. Al agitarme en el butacón de falso cuero rojizo se levanta una nube de polvo y ácaros que bailotean en el haz iluminado por la bombilla. Para hacer las paces, le cuento algo de estos años en los que he trabajado en centros de investigación de Europa, Asia y América, pero enseguida bosteza. Le digo que he vuelto al barrio, pero hace una mueca de escepticismo.

—Todo está muy cambiado, antes nadie de fuera del barrio se aventuraba en sus calles más recónditas, pero ahora todo está plagado de turistas que forman un enjambre. En el paseo, me he sentado en un banco a mirarlos asombrado por toda esa riada de gente en movimiento, pero ellos pasaban delante de mí y ni me veían.

—¿Por qué habían de verte? Solo eras un guiri más arrastrando una maleta. Eres el más extranjero de los extranjeros, el que no sabe ni dónde está.

—Cuando he traspasado la puerta y he entrado aquí, me ha parecido un lugar extraño.

—Todo te parece extraño, pero lo dices con reproche, como si fuera culpa de los demás. ¡Fuiste tú el que te largaste! El barrio se te quedó pequeño y te diste el piro. En estos años te has perdido muchas cosas. Te perdiste aquí mismo la inauguración con vino tinto, cuando convirtieron este bajo en una librería especializada en género policiaco, no escuchaste su música de jazz las tardes de invierno, no viste sus días de brillo hasta que su música se apagó. No sabes nada.

Pone un gesto contrariado e incrusta la cabeza en sus papeles como si yo tuviera la culpa de que él se hubiera quedado encallado aquí todos estos años. Yo también hago como que leo unos papeles que me he traído, aunque no lea nada. Soy de esos tímidos que parecen extrovertidos porque hablan mucho, pero en realidad solo parloteo entre la gente para tratar desesperadamente de que no se haga el silencio, porque al quedarse callados tengo la certeza de que me miran y esperan algo de mí, y me angustia no estar a la altura de lo que esperan. Por suerte, ahí solo está el tarado de González y ni siquiera me hace mucho caso.

Suspiro con impaciencia, nunca he podido soportar bien el silencio. Por eso a veces hablo de más, para tapar los silencios, aunque sea a pegotes. Lo miro y por fin levanta la cabeza.

—¿Este zulo no te produce claustrofobia?

González se balancea en su silla, que es casi una mecedora. Su cuerpo se va hacia atrás, lo engulle la oscuridad y vuelve.

—Es aquí abajo, en la oscuridad, donde escucho el latido.

—¿El latido?

—De noche el latido del universo retumba como si estuvieras metido dentro de una caracola.

Debería levantarme e irme por donde he venido. A González, de tanto leer, se le ha fundido el cerebro. Habla como un libro de segunda mano y su voz extraña me llega amplificada con la reverberación de las paredes como en una iglesia.

—Siempre fuiste un soñador, González. O un loco.

Me mira con sorna, incluso se ríe y me hace reír a mí. Y ya no sé si habla en serio o está de cachondeo, porque en la Barceloneta a la gente le corre por las venas una mezcla de sangre y guasa, porque aquí a los forasteros se les toma el pelo antes de que puedan parpadear. Pero enseguida me quedo serio, no tengo tiempo para juegos, soy un científico, o lo era antes de dejarlo todo atrás.

—He vuelto al barrio por una razón.

—Eso es lo malo de ti, Iturbe, que siempre necesitas una razón para todo.

Resoplo contrariado en ese butacón blando rescatado de algún contenedor de basura. Él y yo somos como el día y la noche.

—He venido a buscar a alguien.

—Eso ya lo has dicho. Siempre te justificas, hasta cuando nadie te lo ha pedido.

—¿Me vas a ayudar o no?

Deja perder la vista hacia la espesa oscuridad que nos rodea y no permite distinguir las paredes, como si el sótano no tuviera principio ni final.

—Yo llevo mucho tiempo sin salir de aquí abajo. Son las calles las que lo han visto todo, las que lo han oído todo y lo saben todo. Yo solo te puedo contar de qué están hechas las calles, porque ellas y nosotros estamos hechos de la misma arena.

No sé si González es un místico, un guasón o un chalado. No sé quién es él, pero necesito escucharlo para saber quién soy yo.

Soy un corcho que flota entre la gente. He entrado en bares que ya no recuerdo, me he sentado en bancos de plazas sin sol, he dado pan duro a palomas repulsivas, he hablado con barbudos que lo sabían todo de nada, me he cortado el pelo en peluquerías con fotos de Bollywood, he estado a punto de morir atropellado por deportivos descapotables alquilados por horas. He visto brillar el último rayo de sol sobre la torre del reloj del muelle de los pescadores, antes de ponerse tras el castillo de Montjuic.

Por la tarde, encuentro el camino de regreso a la casa de la calle de la Sal. He aceptado la propuesta de González de quedarme en su casa. Susú nos observaba a unos pasos de distancia sin decir nada, volviendo la cabeza hacia otro lado cuando le hablaba. Le pregunté a González si le parecería bien a ella que me quedase y se rio, como si yo no acabara de entender cuál es su relación. Me dijo que entra y sale, que viene y va. Pero añadió con fervor: «Y, sin embargo, siempre está ahí». Ella, para corroborarlo, asintió vagamente con coquetería y se marchó enseguida escaleras arriba, tan silenciosa como si tuviera los pies de felpa. Dispongo de una habitación decente, un lavabo y una cocina cuadrada con una mesa, no necesito más.

González vive abajo, en la penumbra de los búhos. Cuando me tiendo en la cama, me parece oírlo trastear en el sótano, y pienso que tal vez va y viene a través de esos túneles de los que me habla a veces en sus delirios de topo y dice que atraviesan el barrio de punta a punta.

Traigo coñac de la bodega de Lozano, la última que vende bebida a granel en el barrio, y brindamos a la salud de los bogavantes. Lo noto achispado, tal vez lo estemos los dos. Trato de sonsacar a González para iniciar la búsqueda, pero él divaga y me hace divagar a mí. Le gusta hablar de túneles y galerías subterráneas, de ciertas conexiones bajo tierra que lo unen todo. Para seguirle la corriente, le cuento que de pequeño jugaba a esconderme debajo de la cama y soñaba que era una gruta profunda donde nada podía alcanzarme, donde no podrían entrar los seres de la noche aunque se colaran en la habitación que compartía con mi abuelo a través de esa ventana que daba a la calle con un cristal que temblaba enloquecido por el ralentí de las furgonetas. Y yo temblaba con él.

—Imaginas unos muertos que miran desde el otro lado del cristal con sus pupilas blancas.

—¿Cómo sabes eso de mis miedos?

—Siempre fuiste un cagado, Iturbe, desde la época del colegio.

Así son las cosas con González. Yo le explico mi vida y él me la devuelve desde un ángulo esquinado, como si hubiese allá abajo ventanucos secretos por los que pudiera asomarse al universo entero y mirarlo todo con esa profundidad estroboscópica con que miramos a través de las mirillas de las puertas.

—He venido a atar los cabos sueltos que dejé, pero no sé por dónde empezar, González.

—Siempre hay que empezar por el principio.
—¿Y cuál es el principio?
—En el principio siempre hay un horno.
—No me fastidies.
—Tú trabajaste en el horno de pan de la calle Baluarte.
—Sí, cuando cumplí los dieciocho y empecé a estudiar la carrera iba de ayudante del palero los viernes, que se hacía doble producción de pan porque los sábados a la noche no se trabajaba.
—Era un sótano con armarios oscuros de madera para levar la masa del pan durante horas, enormes como ataúdes.
—¿Conociste el obrador?
—Este es un barrio de estraperlistas, todos sabemos movernos por los túneles y los subterráneos. Cuando el Papu abría el horno, te enseñaba el milagro: veías cómo los pegotes gomosos de harina, agua y levadura se convertían en pan dorado. Un horno, un útero, una estrella. Igual que en el horno de Papu se fundían los átomos de agua y se quebraban las moléculas de sal, en el horno feroz de la estrella los átomos revientan en el núcleo y se desangran en un plasma de protones.
—Soy astrofísico, ya sé lo que sucede en el núcleo de una estrella a diez millones de grados.
—Sabes mucho pero ya no te acuerdas de que aquí se han contado historias a todas horas en las barras de todos los bares, en el lavadero, en la peluquería de los hermanos Martín, en la mesa camilla del comedor con los pies en el brasero, en el confesionario de la iglesia de San Miguel, en la tienda del Chincheta, en la explanada de la petanca frente al bar Fanny, en la tertulia del Jai-Ca, en el chiringuito del Centro de Deportes de Paco el Gamba,

en todas las paradas del mercado, en la Cooperativa Siglo XX.

—La mayoría eran mentira.

—Te equivocas mucho, rey. ¡Todas eran verdad! Todas formaban parte de nosotros. Así son las cosas en la Barceloneta. Ahora me vas a escuchar tú a mí. Esta es una historia que empieza hace cinco mil millones de años.

—¿Hace cinco mil millones de años?

—Hace un momento. Esta estrella de la que te hablo es tan lejana que nadie le ha puesto nombre todavía.

Hago ademán de protestar, pero me quedo callado.

—La estrella escupe un chorro de materia hacia el cosmos y en ese torbellino de partículas se juntan catorce protones con catorce neutrones y forman un minúsculo núcleo que vibra. En el frío del espacio, catorce electrones dispersos se adhieren también como una niebla eléctrica que envuelve el núcleo y ya no se van a separar. Ha nacido un átomo de silicio y los químicos le darán el número catorce en su tabla periódica. Con el impulso inicia un viaje de millones de kilómetros a doscientos setenta grados bajo cero en dirección al final del universo, allí donde está excavada la tumba de Dios.

—¡González!, ¿qué clase de astronomía disparatada es esta?

—No soy científico, como tú.

—¿Y qué eres?

—Yo nunca quise ser otra cosa que juglar.

—Joder, González...

—El átomo de silicio cruza millones de kilómetros a oscuras, deja atrás gélidas estrellas muertas convertidas en enanas blancas y cometas errantes que estiran una cola fulgurante de hielo, presencia mil millones de amaneceres en mil millones de planetas hasta llegar a una galaxia manchada de polvo estelar, que un día llamaremos la Vía Láctea. En esa periferia de la periferia, el átomo de silicio es desviado por el tirón gravitatorio de una bola ardiendo con un núcleo ferro-níquel que da vueltas sobre sí misma como una peonza. Se estrella contra su corteza rasgada por erupciones volcánicas descomunales y en ese ambiente de caos y estallido, a una temperatura que funde las normas de la materia, el átomo de silicio se une a dos átomos de oxígeno, más pequeños y coquetos.

—¿Cómo van a ser coquetos los átomos de oxígeno?

—¿Cómo no van a serlo? ¡Se atraen! Se intercambian electrones para sellar su unión igual que una pareja humana se intercambia fluidos. Y lo mismo hacen los demás átomos de silicio que llegaron desde la estrella.

—Dos átomos de oxígeno con uno de silicio forman una molécula de dióxido de silicio.

—Eso dicen tus amigos los químicos, pero los geólogos, más soñadores, a esa unión indestructible la llamarán cuarzo. Son docenas, cientos, miles, cientos de miles de moléculas de cuarzo que se forman y se unen entre sí en ese magma hirviente. Ese grupo de millones de partículas minúsculas de cuarzo ancladas entre sí es ya tan descomunalmente grande, que incluso tú, que ves menos que un muerto boca abajo, serías capaz de verlo: es un grano de arena.

—¿Un grano de arena?

—Y no uno cualquiera. Habrán pasado millones de años, un parpadeo, y el grano de arena, con otras partículas (micaesquistos, cuarcitas, pizarras) habrán levantado una montaña. Es un promontorio modesto, un montículo enano en comparación con los picos de miles de metros que han formado otras explosiones volcánicas o los pliegues de la corteza terrestre en su agitación tectónica. Esa montaña baja un día va a ser bautizada como el Montseny.

Sobrevuelan la falda de la montaña nautilos de conchas como cornucopias que son los tatarabuelos de los pulpos. El grano de arena no tiene ojos ni tacto, pero sabe por los intercambios de campos magnéticos con billones de moléculas de agua que el macizo del Montseny es una montaña submarina. La Tierra vuelve a reventarlo todo hace doscientos cincuenta millones de años. Las explosiones volcánicas tapan el cielo con ceniza y las nubes de azufre dejan caer un diluvio de ácido sulfúrico que agujerea la piel de los animales y calcina los bosques. Pero allá abajo, en ese mar que ahora está teñido de rosa porque solo han sobrevivido unas algas rosáceas muy resistentes, el grano de arena sigue a lo suyo: sus átomos de silicio y oxígeno continúan trabajando en su vaivén eléctrico para mantener la estabilidad de la molécula. Bien incrustado entre otras partículas minerales, sostiene a otro grano, y el otro a otro más, y al final cada grano mineral insignificante sostiene la montaña entera.

Tendrán que pasar millones de años, pero las temperaturas descienden, el mar se acaba retirando y las tierras se alzan, porque si no, ahora seríamos una nación de peces. El cielo descarga una lluvia fría, el agua busca los caminos que ella misma ha ido horadando y se empiezan a formar las primeras escorrentías por la pendiente. Un gajo de la montaña se suelta y el grano de arena inicia otro viaje, ladera abajo, empujado por la fuerza del agua. Se sumerge en el cauce de un pequeño arroyo, que luego será riachuelo y después, río. Un sistema venoso que va fluyendo secretamente hasta el mar. Rueda por el fondo, se enfanga con los sedimentos, se deja hacer cosquillas por los bigotes de las carpas.

El grano de arena y millones de partículas más que viajan en esa torrentera son desaguados en un río un poco mayor al que llaman Besós. Pero todo eso da igual; somos los humanos los que nos preocupamos de nombrar las cosas; ningún jabalí pone nombre al río al que acude a beber por las noches porque para el jabalí todos los ríos son el mismo río.

—No puedo más, González. Necesito tomarme algo.

Descorcho la botella de coñac a granel y al verter un chorrito en el vaso resuena el gorgoteo en el vacío del sótano.

—¡Escucha cómo suena el río! —me dice pletórico—. ¡Nos lo vamos a beber! Somos jabalíes.

Levanto mi vaso para desearle salud y hace lo propio. Nos tomamos el licor de un trago los dos a la vez, como rusos.

—El Besós atraviesa lugares donde hay asentamientos humanos, por eso se añaden al cauce otras partículas: metales, cerámicas, excrementos, cristales, desencanto... El río se las lleva todas. Un día, el grano de arena entra en contacto con moléculas de agua mucho más calientes que andan en comandita con cristales de sal. Nadie puede saber si hay algún tipo de memoria o registro en el grano de arena que lo conecte con los millones de años sumergido, pero sabe que está de vuelta en el fondo del mar.

—¿Cómo lo va a saber, González?

—¿Cómo no lo va a saber? La presión es de decenas de atmósferas y la temperatura se ha elevado. Se ha mezclado, revuelto, apareado con limos, polvo, cristales minúsculos, sales, cascajo de conchas. Una corriente submarina lo aúpa y lo pone en la cresta de una ola, ha vuelto a la atmósfera gaseosa y la malla de luz de los fotones. Cada nueva ola es una palada de gravas y sedimentos y el viento las distribuye a ráfagas y las amontona aquí mismo, bajo nuestros pies. Está naciendo una playa.

González ha decidido, porque yo ya no tengo fuerzas para decidir nada, que su manera de ayudarme será contándome la historia de las calles por las que vago erráticamente tratando de que alguien me haga caso. Si intento protestar, me corta de manera tajante, incluso teatral: «No puedes ir a ningún lado si no sabes de dónde vienes».

Acerca la cara a los papeles que tiene sobre la mesa y me lee cuentos que duran mil y una tardes. González cuenta de manera insistente, tenaz, febril, con un tono monocorde de rezo en su iglesia negra del sótano que huele ligeramente a quemado y metálico, como una parrilla enfriada, justo como un veterano astronauta que regresó de la estación espacial internacional me describió en Chicago el olor del espacio. Unos ratos escucho y otros me adormezco sin darme cuenta. A veces lo oigo y, otras veces, lo sueño.

—Hace dos mil años...
—¿Hace dos mil años, González?
—Hace un momento. El mar llega hasta donde ahora está el edificio de Correos, pasado la plaza de Palacio, y la muralla que han construido los romanos, que son los alemanes de la época, hace de rompeolas.

Debajo se ha formado una franja de playa. El del siglo I es un mar donde de vez en cuando naufraga una trirreme y cae al fondo con su cargamento de ánforas de aceite y vino con destino a los asentamientos romanos de la costa más al norte.

Alguien mira desde encima de la muralla. Es una mujer de ojos redondos, vivaces, hundidos en el rostro como dos pozos negros, vestida con una saya marrón que le llega a los pies, con una toca en la cabeza de la misma tela áspera y una tinaja de agua en la mano. Observa el mar revuelto desde un torreón que se asoma a los arenales extramuros de Barcino. Lo que ve en la bahía son unas olas rabiosas de espuma que topan contra la muralla y, más allá, la maniobra lenta de una nave de carga que trata de poner proa al levante pese al viento arbolado. Una ola entre muchas olas se encabalga sobre la superficie. Ahí va el grano de arena empujado en un caos de partículas arrastradas por la fuerza cinética de la masa de agua en movimiento. La ola embiste el muro de los hombres y se rompe en un estallido de espuma, se va y vuelve, una y otra vez, y ese poderoso movimiento pulsátil del mar la aterra y la fascina. En uno de esos choques violentos, se lleva algunas esquirlas y gránulos del baluarte y deja otros. En una de sus grietas se queda el grano de arena y ahora su malla es muralla.

Llega hasta la mujer un hombre vestido con un casco que brilla con los destellos del sol de la mañana. Lleva un peto acorazado que le hace parecer un trilobites, tal vez lo sea. El soldado, aburrido, humillado permanentemente por el *optio* que manda su sección, puede por fin ejercer su ínfimo poder amonestando a una plebeya.

«¿Qué haces ahí parada? ¿Qué miras?», le alza la voz.

Se gira y se da cuenta de la presencia del hombre armado. No lo ha visto llegar, abstraída como estaba en la contemplación del oleaje. Se siente turbada por la presencia intimidante del soldado de guardia en la muralla con su *linothorax* de escamas metálicas y su casco de bronce. Tras murmurar una disculpa y agachar la cabeza, sumisa, echa a andar a toda prisa en dirección a las tumbas que marcan el camino hacia la basílica de donde parte la calle donde está la casa de sus señores. El soldado alza la mano con el *munnecum*, la muñequera donde lleva el cuchillo reglamentario, e increpa a la mujer.

«¡La próxima vez que te vea holgazaneando te llevaré presa por vagancia!»

La ve alejarse deprisa con su movimiento de caderas danzando bajo la túnica de tela ruda y siente encenderse una chispa de deseo. Ya la ha visto caminar otras veces por el paso de Sota Muralla camino de la cisterna que hay delante de la puerta que da a los arenales y se ha fijado en sus ojos negros y su piel del color del cuero.

El soldado, que no sabe cómo hablar a la muchacha y en su torpeza solo ha acertado a darle órdenes autoritarias, seguirá viéndola pasar con su vasija durante muchos meses. Viene y va a la fuente. Deseará que suba al mirador de la muralla de nuevo y poder amonestarla y así mirar el contorno de vasija de sus caderas y su piel fina como el aceite. A ratos, en las largas horas de tedio de su guardia, piensa que tal vez puede amenazarla, ordenarle subir, empujarla hasta un recoveco que hace la muralla y allí forzarla. Es su derecho. Aunque sabe que si el decurión al mando de la guardia lo descubre desfogándose en su tiempo de servicio, acabará en un calabozo o algo peor.

Se estremece al pensar en levantar su saya y pasar su mano por la piel con el tacto de una oliva tibia y llegar hasta el pubis, que imagina frondoso y negro como los bosques en la noche y una flor roja mojada que crece en lo más profundo. Pero la erección entre sus piernas flojea. Porque no es su sexo lo que se le viene a la cabeza, sino sus ojos, esos ojos oscuros, redondos, pulidos como perlas negras, que lo miran con una tristeza antigua, heredada de generaciones de sometimiento y esclavitud.

El soldado resopla para alejar esos pensamientos que lo turban, tan extraños en él, que tiene una buena vida sin complicaciones de guardias y campamento militar. Vuelve a concentrarse en su trabajo y fija la mirada en el mar en busca de velas enemigas, pero el mar está encalmado y no hay nada que capte su interés en esa lámina azul monótona que se despliega hasta donde la vista alcanza. Odia el mar. Maldice ese empleo de vigilancia que le está quebrando los ojos con el resol y está echando a perder su vista. Le parece que cada vez ve la raya del horizonte menos recta y más curvada, y eso solo es posible por la fatiga de sus pupilas porque todo el mundo sabe que la Tierra es plana.

La mujer de la vasija recorre la vía enlosada del paso de Sota Muralla todos los días para buscar agua. El soldado la observa desde arriba con disimulo porque a donde debería mirar es al mar, que es de donde vienen los enemigos levantinos cargados de medias lunas y alfanjes. La mujer camina de una cierta manera, un poco nerviosa, que indica que se sabe mirada. El soldado ya espera que cada día sea la hora tercia, cuando el sol todavía es tierno y la mañana fresca, para ver aparecer a la mujer. Necesita que lo mire, volver a ver el color de sus ojos igual que necesita beber agua para no morir de sed, pero ella no alza la cabeza ni una pulgada, caminando sin detenerse, con una gracilidad de gacela. El ritual se repite muchas veces, como el de las olas lanzándose persistentes contra el murallón. Una mañana, el soldado la llama.

«¡Esclava!»

Ella trastabilla un momento y se detiene. No se gira hacia atrás como haría cualquiera por inercia, sino que vuelve la vista directamente hacia arriba porque sabe quién la llama. Mira al soldado en silencio. Ella tan solo es una sierva y es mujer, menos que nada, la autoridad la asusta. Tiembla. Ella no lo sabe, pero el soldado también tiembla. Ahora que ha hecho que se detenga, no sabe qué decirle.

«¿Vas a por agua? ¡Contesta!»

«Sí, señor.»

El soldado asiente. Se le ha quedado la boca seca de palabras. Le hace un gesto vago con la mano como el que hacía a los arrieros para que siguieran su camino tras la revisión del carro cuando estaba de guardia en la Puerta de los Herreros y ella reanuda su camino. Él se maldice por llevar tantas semanas observándola, pensando en ella y no haber previsto siquiera qué decirle.

Durante muchos días y olas, el soldado la mira pasar de ida y de vuelta a la fuente, con la vasija vacía y con la vasija llena. Un día, la mujer no aparece. Algo más tarde de la hora en que ella solía ir a por el agua ve a un siervo de pelo muy largo atado con una cinta que lleva una vasija idéntica. Al otro día tampoco pasa la mujer de los ojos negros. Ni al siguiente. El soldado mira entristecido la línea del horizonte hasta que los ojos le arden, como si esperase que el mar le diera alguna respuesta.

Una semana más tarde, le son concedidos sus tres días de permiso mensuales. Vive en el cuartel, no tiene dinero para pagar una vivienda en la ciudad. Los días libres suele pasarlos en las tabernas y duerme en el burdel que hay en una calleja que parte de la Vía Sepulcral, que actualmente llamamos plaza de la Villa de Madrid. Pero el día que sale del cuartel liberado de servicio no se dirige a la ruidosa taberna, sino que va hasta un lugar mucho más silencioso, la necrópolis cristiana y la pequeña capilla de Santa María de las Arenas, donde los cristianos dicen que han enterrado los restos de una mártir a la que llaman santa Eulalia. A él no le gustan los cristianos, cada vez son más numerosos e influyentes, incluso dicen que mandan ya en el Senado de Roma. Merodea arriba y abajo con la esperanza de ver a la mujer. Se dirige a un cordelero que tiene su taller junto al depósito de agua. El hediondo olor de esa espesa pez hirviendo se pega en las paredes de los pulmones. Le pregunta por una sierva con una saya marrón que iba cada día a buscar agua con una vasija. El cordelero levanta la cabeza de la soga gruesa para atracar barcos y lo mira inexpresivo. Tiene ojos de pulpo.

«Hay cientos de esas mujeres. Elija la que quiera. Todas tienen lo mismo entre las piernas.»

El cordelero lo sigue mirando con sus ojos como globos a punto de reventar recorridos por derrames que forman racimos de sangre sobre el blanco de la esclerótica. Después, vuelve a su trabajo sin más. El soldado se exaspera, sale maldiciendo a los dioses. Ese estúpido artesano no entiende nada: no le vale cualquier mujer, sino exactamente esa. Vuelve a merodear por las casas cerca de la pequeña capilla cristiana rodeada de tumbas. Finalmente, va a refugiarse a la taberna que hay yendo hacia el Monte Táber. El vino es agrio, pero menos que sus pensamientos.

Pasa el tiempo y la mujer de la vasija no vuelve a aparecer. Tal vez la han vendido como esclava o ha muerto. El soldado es destinado a una centuria que ha de sofocar rebeliones en las montañas frías del norte de Iberia donde nunca cesa la lluvia que lo encharca todo. Ya no es joven. Ya no sabe por qué combate ni qué defiende. Tan solo camina de castro en castro arrastrando la armadura de escamas de metal que cada día pesa más. Las caminatas son penosas sobre el barro mojado, el ambiente húmedo, la niebla densa que agujerea los pulmones hasta que escupen sangre, las tiendas que nunca dejan de chorrear agua sucia.

Una mañana se siente indispuesto. Unas bacterias han empezado a vivir en su estómago y él ha empezado a morir. La infección trepa por dentro y le va envenenando los riñones, el bazo, el hígado, los pulmones, llega hasta la garganta y se enrosca en ella hasta pudrirle las cuerdas vocales. Ya no puede comer, tampoco hablar. En uno de esos delirios de la agonía, entre ardores, temblores y un sudor de pus, se le aparece aquella mujer que iba a buscar agua en la hora tercia y caminaba como una gacela. Nunca más la volvió a ver y nunca la olvidó. Lo que lo aflige en ese momento final donde ya nada tiene arreglo es que no llegó nunca a preguntarle su nombre porque, al menos, ahora tendría alguien de quien despedirse.

Afuera llueve. Y el soldado llora.

—González, se nos ha hecho de noche.

—Como al soldado romano.

Por las noches, antes de conciliar el sueño, me conjuro para levantarme temprano al día siguiente y empezar seriamente la búsqueda. Acudir a la comisaría de policía, al Hospital del Mar. Hacer gestiones, gestiones prácticas, eso es lo que tengo que hacer. Pero cuando me levanto por las mañanas el cuerpo me pesa y al salir me cuesta dar cada paso como si las aceras estuvieran hechas de aquel chicle Bazooka que sabía a fresa química. Me levanto demasiado tarde, empalmo el desayuno con una comida de tapas malas y caras. En el sótano González parece que dormita, pero en cuanto me siento en mi silla frente a mi mesa y enciendo mi luz, él enciende al momento la suya. Somos fareros comunicándonos en la noche.

—Es el año 1610, Iturbe. Es hace un momento.
Asiento. Escucho, o creo que escucho.
—El depósito de sedimentos en el fondo marino hace que la isla de Maians, hasta entonces un islote frente a la escollera, se una a la tierra firme formando un enorme arenal extramuros de la ciudad, que ahora, hacia 1600, ya no se llama Barcino, sino Barcelona. En ese terreno expropiado a las almejas y los berberechos se han ido levan-

tando de manera anárquica barracas de pescadores, algunos talleres de artesanos con pocos recursos o almacenes de cachivaches de industrias clandestinas. También se ha instalado ahí gente poco amiga de la ley que vive en el filo de su cuchillo.

La ciudad es otra, pero la muralla persiste, aunque haya avanzado unos metros ganados al mar y ahora la llamen baluarte. Es una noche calurosa, la playa relumbra en un ardor de hogueras, bullicio de música estridente y una atmósfera tóxica saturada de pólvora. Un hombre recién llegado a la ciudad atraviesa el Portal del Mar, la puerta de la muralla ubicada a la altura de la actual plaza de Palacio, y es tal el trajín que ha de echarse a un lado para dejar pasar carros y carretas, hombres y mujeres bulliciosos en esa ciudad de comerciantes.

Cuando sale de la ciudad y se asoma a la bahía, se ajusta los lentes redondos y observa todo muy atento mientras se acaricia la barba con la mano buena, porque la otra le cuelga en el costado como una acelga mustia. Mira con asombro a esos barceloneses que cantan, bailan, discuten y celebran ruidosamente el solsticio de verano con un reguero de fogatas. Corren botas de vino, hay risotadas y palabras soeces, peleas donde se arrancan dientes que se hunden en la arena con un rastro de sangre, mujeres que se insinúan a hombres ebrios, hombres ebrios que persiguen a mujeres que ríen o que lloran, música de guitarras y de dulzainas, sardinas que arden sobre las brasas y saturan todo de un denso olor a humo y escamas de pescado. Dentro del recinto de la ciudad están prohibidas las hogueras y esa costumbre tan mediterránea de hacer estallar ingenios repletos de pólvora desde que un par de años antes a punto estuvieron de causar un incendio catastrófico en la catedral. Pero en ese lugar extramuros, la ley es el fuego y el pudor arde en las hogueras. El Portal del Mar es una grieta por la que los barceloneses escapan de esa ciudad clasista encorsetada por las murallas y compran botas de vino o cazuelas de chicharrones a los pillastres que vocean su mercancía También se venden armas, hierbas que curan el mal de ojo, joyas robadas, sexo o cualquier cosa que se pague con dinero.

Camina por la playa y se acerca sin saberlo al grano de arena, que en las idas y vueltas tiene su sitio a un palmo por debajo de la superficie y a veces lo pone de perfil la tenaza de un cangrejo.

—¿Pero, González, cómo sabes que pasó tan cerca del grano de arena?

—Pasó a tres pasos. —Me mira enfadado, así que me abstengo de discutir.

Lo que contempla el forastero de aire tristón es una rebelión de hogueras en la playa, el mar negro y una brisa que trae una neblina de humo y brasas que pica en los ojos y un olor agrio de odres de cuero mojados de vino mezclado con el tufo de peces incinerados que se mete en las napias.

En la playa de Barcelona esa víspera de San Juan se ríe y se maúlla y se tocan instrumentos de cuerda que maúllan y ríen, pero el hombre que ha llegado a la ciudad esquiva el ruido, los cuerpos que bailan o pelean o fornican sobre la arena, para tratar de quedarse solo. Camina hasta la orilla y contempla con el reflejo de la luna el contorno de las cuatro galeras que custodian la ciudad cabeceando frente al puerto pastando sobre un campo de agua. Las olas se rizan con coquetería. Como todas las cosas hermosas, vienen y se van. Sobre el mar se refleja el bailoteo brujo de las fogatas, pero él está ajeno al bullicio encanallado que lo rodea porque en sus ojos arde su propia hoguera que lo abrasa por dentro, ese ardor que lo impulsa a inventar historias disparatadas.

Esa noche apenas duerme porque en su cabeza algo se ha empezado a mover. Está avanzada la mañana cuando se abre paso entre un gentío a través de la avenida principal que está en el paso de Sota Muralla. Mujeres, hombres y niños se han echado a la calle como si fuera la procesión de Semana Santa, pero sin cruces ni caperuzas, con una alegría pagana cómplice con el día luminoso y la brisa refrescante de poniente. Unos soldados empujan sin miramiento a la gente que se agolpa frente a las casas para que dejen el paso expedito a las figuras montadas a caballo que ya despuntan en el inicio de la calle precedidos por una banda de atabaleros que hace sonar con estruendo sus timbales. Desde el baluarte se disparan cañonazos de respeto y desde las cuatro galeras encargadas de proteger a la ciudad de las incursiones de los piratas turcos se responde con otros tantos estallidos.

Pregunta el forastero y un catalán con un solo diente le dice con palabras silbadas que los concelleres vienen del mercado del Borne y van a pasar para honrar la festividad de San Juan. Da la vuelta para encontrar un hueco por el que esquivar ese gentío y doblar por un callejón que le permita infiltrarse por otros lugares menos concurridos.

Al llegar a la esquina de la calle de Montcada, lo más señorial de la ciudad, resopla agotado por el calor. Tiene sesenta y dos años, una mano muerta y el cuerpo derrengado. La vida le pesa. Le pesa el siglo entero cuando el criado ceñudo que ya conoce de otras veces abre el portón del palacete al que ha llamado con la aldaba y lo mira de arriba abajo groseramente y cataloga con mala cara su ropa gastada y mil veces remendada y, aunque ya ha venido en otras ocasiones, pregunta con desprecio quién llama a la puerta del palacio del conde de Lemos. Le pesan los desaires, los fracasos, le pesa la estancia en la cárcel de Sevilla, le pesan los caminos del reino como cobrador de impuestos, pero hay en él una obstinación orgullosa de antiguo hidalgo. Podría ser el hidalgo del que se cuenta en *El lazarillo de Tormes* que para que los vecinos no barruntaran que estaba en la ruina y que ni aun para comer tenía, antes de ponerse la capa para salir de casa y cruzarse con sus vecinos, se frotaba los morros con un taco de tocino seco para que todos creyeran que venía de hartarse. Pero su voz se arma como un caballero que agarra la lanza antes de una justa y en un tono de rey de remotas ínsulas le dice:

«¡Yo soy Miguel Cervantes de Saavedra!».

El gran Miguel de Cervantes el pobre Miguel de Cervantes, siempre buscando con la cabeza gacha las migajas que los mecenas con muchos títulos echan a los artistas, mendigando siempre con los bolsillos llenos de historias y vacíos de monedas, pero sin renunciar a ser quien es. La suya es la misma tenacidad heroica que la de Don Quijote. Ambos tienen fe en la imaginación. A Don Quijote lo muelen a palos unos mercaderes toledanos burlones empeñados en no reconocer la belleza de la emperatriz de La Mancha, Dulcinea del Toboso. Queda quebrantado en el suelo sin poder coscarse del palizón que le han dado pero, en cuanto puede incorporarse con ayuda de un buen vecino labriego que le insiste con buena intención en hacerle ver que él es el señor Alonso Quijano, Don Quijote, el alucinado, el loco, el patético, le responde rotundo: «Yo sé quién soy».

«¡Yo soy Miguel Cervantes de Saavedra!», exclama

con firmeza a la entrada del palacete de la calle de Montcada.

El conde de Lemos ha hecho escala en Barcelona camino de Nápoles, donde ha sido nombrado virrey. Ya sabe que el conde no lo recibirá, demasiado ocupado en asuntos de importancia para atender a escritores y gente minúscula, pero tenía la esperanza de que al menos lo recibiera un momento el secretario del conde, don Lupercio de Argensola. El criado lo mira con su descaro de rufián y esa sonrisa rastrera de los pobres que a quien más inquina tienen no es a los ricos, con los que se muestran serviles porque esperan lamer sus sobras, sino a los que son más pobres que ellos. Otra vez va a tener que irse por donde ha venido.

La primera parte del *Quijote* publicada diez años atrás ha visto nueve ediciones, dos de ellas en Lisboa, una en Bruselas y otra en Milán. Miguel de Cervantes es un escritor de fama, Miguel de Cervantes es nadie. A una edad que ya roza la ancianidad ha tenido que acudir a Barcelona a mendigar al conde de Lemos, mecenas de literatos y otros malvivientes, un puesto en la corte de Nápoles, donde ha sido nombrado virrey.

Al salir se asoma a la puerta otro caballero de ropajes aún más modestos que los suyos, pero el criado bribón le dice que no es día de pedigüeños y lo despide sin atender a razones, cerrando la puerta de golpe para que no entren moscas ni moscones.

El que ha sido despachado con cajas destempladas lleva ropas sencillas pero aseadas, cara angulosa de muchas berzas y poco filete, y manchas de tinta en las manos de las que ningún jabón arranca, así que Cervantes no tiene duda, ha de ser escritor o algo peor. El joven, ya no tan joven, se quita el sombrero algo arrugado, y le hace una reverencia que quiere ser respetuosa, pero resulta un tanto desmañada y hay en su aliento un fermento de uva más propio de taberna que de biblioteca.

«Disculpad mi atrevimiento, señor. Mi nombre es Cristóbal Suárez de Figueroa.»

«Paréceme que vuestra industria es la de las letras, que así mesmo es la mía», le responde Cervantes.

«No vais mal encaminado. Y quisiera pediros, puesto que salís de la vivienda de mi señor el conde de Lemos, si pudierais darme vos santo y seña de dónde encontrar al ilustrísimo secretario, don Lupercio de Argensola, para ponerme a sus pies.»

«Si todos los que quieren ponerse a sus pies lo hacen, el ilustre señor de Argensola no podrá dar un paso salvo que camine sobre la gente como si pisara uvas.»

Cervantes le desea suerte en sus cuitas y se marcha calle abajo. Una plaza en la corte podría sacarlo de los apuros económicos que amenazan con la pérdida de la casa de Madrid donde habita su familia. Pero no puede evitar que el humor se le haya agriado y empieza a parecerle que Nápoles está más lejos que esos reinos fabulosos de los que hablan las novelas de caballerías que trastornan el seso a don Alonso Quijano. Acaso no haya tanta diferencia entre la quimera de Don Quijote por alcanzar esos países de jauja y la suya propia queriendo verse de cortesano en Nápoles a pan y cuchillo y jamón de pezuñas negras.

Para evitar el jolgorio y la alegría de las calles, que rozan en su ánimo sombrío, se encamina al Portal del Mar y a la playa. De la verbena quedan un tizne sucio de carbonilla y rescoldos de brasa, odres destripados y alguna parrilla grasienta que sus dueños no recogieron a tiempo por el mucho beber y los pillastres aún no han arramblado por el mucho dormir. Allá tan solo gaviotas y cormoranes vienen y van atacando las raspas de sardinas de la verbena de San Juan. Alguna barcaza descansa sobre la arena y unos cuantos que resoplan la mona, también.

Se aleja hasta la zona más solitaria del arenal y es ahí, justamente, cuando le viene a la cabeza la escena con la que concluirán las andanzas del gran Don Quijote de la Mancha, luz de la caballería andante, gloria de los siglos, refugio de desamparados, alucinado entre los alucinados, porque ya va siendo hora de volver a casa.

Cervantes nos contará que Don Quijote ha llegado a Barcelona con la complicidad de los bandoleros, de otra manera, pero marginales también como él. Allí los prohombres de la ciudad se han maravillado de la locura tenaz de ese hidalgo que no echa cuentas de la hilaridad de los barceloneses al verlo pasearse por las calles con su estrafalaria vestimenta de caballero andante, que más que andante parece renqueante, acompañado de un escudero de pocas luces y mucho saque. Ha salido de mañana a pasear por esa playa de Barcelona con todas sus armas, porque como muchas veces decía, ellas eran sus arreos y su descanso, el pelear.

Y es entonces que aparece en dirección contraria lo imposible: un caballero de su gremio fabuloso, pero más aseado, con armadura blanca con un escudo donde brilla una luna. A una prudente distancia se detiene y se presenta: «Yo soy el caballero de la Blanca Luna». Y lo reta de una manera que ningún caballero andante puede rechazar: ha de confesar que la dama del caballero de la Blanca Luna es más fermosa que su Dulcinea del Toboso. Don Quijote se tensa en la montura del escuálido Rocinante: ¡ni en mil millones de años diría semejante cosa, porque no ha habido ni puede haber belleza que supere la de Dulcinea! Le dice al caballero blanco que tome la parte de la playa que quisiere al punto de disponerse al combate y que «a quien Dios se la diere, san Pedro se la bendiga».

Los dos caballeros toman sus posiciones y se arrancan uno contra otro con sus lanzas en ristre. El de la Blanca Luna, más fuerte y con un caballo más poderoso, se viene a galope tendido contra Don Quijote y su escuálido jamelgo. En el último momento antes del impacto, que podría ser de mucho daño, levanta la lanza. Aun así, con el topetazo caballo y caballero andante caen con tanta fuerza contra el suelo que, si no fuera de arena, Don Quijote seguramente no volviera ya a levantarse hasta el juicio final o más.

El caballero de la Blanca Luna le pone la lanza sobre la visera, pero Don Quijote no está dispuesto a confesar lo inconfesable: «Dulcinea del Toboso es la más hermosa mujer del mundo, y yo el más desdichado caballero de la tierra, y no es bien que mi flaqueza defraude esa verdad. Aprieta caballero la lanza y quítame la vida, pues me has quitado la honra».

Pero el de la Blanca Luna le dice que no hará eso, por cierto. Que se contenta como vencedor ordenar que el gran Don Quijote se retire a su lugar un año sin tomar las armas. Y, molido, con la voz tan quebrada como las costillas, le dice que así hará, pues es su deber de caballero ser obediente en la derrota.

El de la Blanca Luna se marcha levantando una polvareda de arena ante la asombrada concurrencia. Don Quijote no sabrá nunca que ese caballero del que no tenía noticia no es otro que su vecino, el bachiller Sansón Carrasco, que con ese ardid trata de llevar de vuelta a casa al señor Alonso Quijano para que no ponga su vida en peligro por esos caminos donde en vez de gloria lo que consigue son burlas y descalabros.

Iturbe, en esta playa cae Don Quijote. Y en esta playa se levanta, aunque tan maltrecho que han de traer una silla de manos y llevarlo en ella de vuelta a la ciudad. Y regresa a casa. Y Cervantes, tras hilar en su cabeza esta escena final, se va hacia la orilla, para más quedarse solo, con la única compañía de las fábulas y de las olas.

Hoy he gastado medio centímetro de suela de goma recorriendo inútilmente la barriada. Por más que insista González, a mí las calles no me hablan. A veces soy yo el que hablo solo después de algunas paradas en el Iberia o en Cal Chusco, pero nadie responde.

Bajo con cuidado las escaleras demasiado verticales y me dejo caer en el butacón, que empieza a memorizar la forma de mi cuerpo. González prende su luz y me mira con indiferencia. Le hablo de mi merodeo sin rumbo, de que la gente me observaba de reojo, como a un tipo estrambótico. Tal vez soy, junto a algún árabe, el único que lleva pantalones largos en este reino de bermudas, bañadores y tangas.

—Creo que tan vestido parezco raro.

—Te preocupas demasiado, Iturbe; siempre te preocupas demasiado. Llevan tatuajes hasta en la lengua, se ponen gafas de sol por la noche, se han abrasado voluntariamente la piel hasta desollarla, beben sangría con vino envasado en tetrabrik, compran sombreros mexicanos de recuerdo, hacen fotos a las paellas congeladas y toman helados en enero... ¿Y nosotros somos raros?

Asiento. Que a ratos me parezca que González tiene razón no sé si es una buena o una mala señal. Conozco ya todos sus gestos, aunque a veces parezca que se le difuminen en la cara. Levanta una ceja y sé que es el momento de contar una historia.

—Es el año 1750, Iturbe.

—Ya sé, ya sé: es hace un momento.

—Todo es hace un momento.

Las redes de pesca rojizas se extienden muchos metros sobre la arena junto a las barcas y dejan un goteo de algas marinas. Coser las redes de pesca es trabajo de paciencia y de ojos atentos porque se enredan con solo mirarlas. En los terrenos arenosos sin ley, extramuros, frente a las barracas que han ido levantándose de manera improvisada junto a la acequia condal que desagua al mar los restos de una traída del río Besós desde tiempo de los romanos, cosen mujeres y cosen hombres también. Los hombres de mar siempre han sido de aguja e hilo, para coser redes, velas o heridas que se abren en la carne a muchas millas de la costa por anzuelos o por el filo áspero de los cabrachos. Las redes son la herramienta que saca el jornal del fondo del mar y de nada sirve el sufrimiento, ni el valor ni toda la épica de faenar proa a la galerna, si lo que echas a los peces es una jaula sin puerta.

Una mujer que cose muy concentrada lleva una cofia atada con una cinta azul que ha confeccionado ella misma de un retal viejo y la cinta que le ha dado la señora donde va a repasar la ropa todas las tardes a cambio de la merienda o unos huevos o medio pan de centeno. Al levantar la cabeza, sus ojos ven atravesar el Portal del Mar a un ejército que avanza hacia las casetas del playón.

Con una coreografía de hormigas avanzan en cabeza dos capitanes, uno de infantería y otro de ingenieros, y detrás dos escuadras mal conjuntadas. Una de soldados con botas, casacas rojas ceñidas y fusiles con llave de percusión de pedernal y bayoneta calada; otra más desordenada en el paso, de menestrales con sombreros desiguales, camisolas anchas, alpargatas de esparto y un armamento de picos y mazos, y detrás un cierre de carretas y mulos que van dejando sobre la arena un reguero de excrementos.

Los pescadores levantan las cabezas. Los que viven frente a las barracas tumbados en hamacas del oficio de no tener oficio, no se inmutan, ni siquiera dejan de fumar tabaco de picadura en sus pipas, pero ya saben que vienen. Días atrás un pregonero anduvo por allí cantando con voz de eunuco las nuevas ordenanzas que vienen nada menos que del capitán general de la ciudad, el marqués de la Mina. La gente pasaba por delante y ni se paraba ante el enfado del pregonero desgañitándose; en el playón, cuando se habla de normas no se oye nada con el rugido del oleaje.

Viven en una geografía de arena revuelta, mar revuelto, gaviotas revueltas sobre restos de pescado y barracas revueltas en una promiscuidad humana y urbanística que desafía la geometría de los generales. Hasta doscientas once casetas entre cobertizos de material de los pescadores, viviendas ilegales de tablón, pequeños almacenes de comerciantes de la ciudad, un par de tabernas clandestinas que venden un aguardiente que no quita las penas pero las vuelve del revés, donde algunas mujeres abren sus piernas como si fueran ostras y ofrecen por pocas monedas su carne secreta a comerciantes, delincuentes o seminaristas, hay hasta una oficina del recaudador de impuestos entre esas edificaciones precarias que han ido apareciendo en ese terreno arenoso fuera de las murallas de la ciudad como setas en un bosque pantanoso que de noche nadie que se considere decente pisa. Un centenar de propietarios han abandonado en esos días las casetas antes de que venza el plazo dado por las autoridades para el desahucio, pero hay más de cien que han decidido quedarse.

Al marqués de la Mina todo ese desorden le trastorna su cabeza castrense, es un borrón en la pujante ciudad de Barcelona, que después de ser domesticada en la guerra de sucesión por su rebeldía contra el rey Borbón, ha iniciado un repunte económico importante. El gobernador militar es el máximo representante de la corona en Barcelona, hombre pío preocupado por las almas de la gente en ese arrabal clandestino de zahúrdas de pecado y guitarra, que cuando se cierran las puertas de la ciudad al caer la noche quedan aisladas, sin atención médica y, lo que es peor, espiritual. Al capitán general le angustia pensar que algún buen cristiano se sienta morir en la noche y no pueda recibir los santos sacramentos que le den el salvoconducto a la vida eterna. Y allí, de noche, lo más que pueden darte es un vaso de aguardiente que te funda el hígado o cuarenta navajazos. Los militares no es que tengan mala intención, Iturbe, es que prefieren el orden a la libertad.

Entre 1715 y 1750 Barcelona ha duplicado su población. La ciudad se engorda pero las murallas le comprimen las carnes, la gente se hacina, la presión empieza a ser insoportable. Esos terrenos ganados al mar por el aporte de los ríos y el trajín laborioso de las corrientes, el gobernador militar se plantea que puedan ser un alivio para una ciudad que empieza a sudar dentro de sus murallas. No será una zona elegante, desde luego, no habrá palacetes ni casas señoriales, pero será un lugar decente de viviendas sencillas de planta y piso para los oficios de la mar, artesanos y también vecinos del barrio de la Rivera que fueron expulsados años atrás para construir esa ciudadela militar que vigila la ciudad hacia afuera y hacia adentro, porque los barceloneses en la última guerra se pusieron del lado del rey equivocado.

La mujer solitaria, sentada entre un enorme tul de redes que se extiende muchos metros por el suelo como el esqueleto de la cola de un pavo real gigantesco, ve llegar el destacamento sin moverse del sitio. Sabe que las armas traen malas noticias. Empieza a escuchar órdenes y chillidos. Mira de reojo cómo el pelotón llega hasta la caseta que ella y su marido levantaron con tablones y clavos oxidados rescatados de barcazas desguazadas durante semanas, con un esfuerzo cuidadoso porque su marido quería que las tablas encajaran con precisión, que todo fuera modesto pero digno y que el tejado tuviera unas losas finas. Incluso gastó los pocos ahorros en una campana de latón para poner en la puerta y que ella la tocara cuando estuviera lista la comida y no tuviera que irse hasta la orilla donde calafatean las barcas y algunos días, en el mismo fuego que calientan la brea, echan un puñado de arroz al caldo con pescado que nunca falta. Como él tuvo su capricho quiso que la mujer tuviera el suyo y, para celebrar que habían terminado la casa, le regaló un pañuelo azul del color del cielo. Su marido pudo disfrutar poco de la caseta porque a los seis meses de acabarla se embarcó una noche con otros tres y nunca regresaron.

Cuando el vocero municipal se quedó afónico sin que nadie dejara de beber, remendar velas, calafatear los cascos, fornicar o mecerse en hamacas de barco colgadas entre dos estacas, dejó prendido de un clavo sobre un poste de madera el bando de obligado cumplimiento de abandono de esos terrenos costeros propiedad de la corona con la orden firmada por el gobernador militar y capitán general de los ejércitos en Cataluña. El papel lo arrancaron unos zagales y se lo llevó el viento.

Pero cuando el río suena, agua lleva, y ha traído aquí una riada de los soldados. Fusiles contra hamacas. El oficial llega en cuatro zancadas frente a la caseta de la campana que está muda. Da unas órdenes y los mazos golpean la cabaña hasta doblegarla. La mujer no hace un solo gesto, tan solo cose las redes, no se levanta del taburete de madera.

Algunos pobladores salen lentamente de entre las casas de tabla como caracoles después de la lluvia, otros se quedan dentro y cierran unas puertas de madera que tienen incrustados hilos de algas, tan podridas que no hacen falta ni mazos. De una patada de los soldados, las puertas se caen, incluso en algunas, la caseta entera, y sus habitantes salen, unos corriendo y otros a rastras de entre los tablones, todos maldiciendo. De unas barracas sale gente muy pobre, vestidos con blusones renegridos con esa mugre que brilla, que se llevan como única posesión una manta y un odre de vino que se van bebiendo a gollete antes de que se lo incauten los soldados. De otras, salen familias modestas, con padre, madre y niños, algunos en el regazo, que se llevan consigo como pueden algunos enseres sencillos. Un padre carga un niño y una silla de madera, la madre carga con dos pequeños y dos sillas, así podrán sentarse, aunque sea bajo el techo del cielo.

Los soldados los azuzan a golpe de culata para que corran, da igual la edad o la fragilidad. A un chiquillo se le cae de las manos un hatillo de ropa y un soldado le da un puntapié y las camisolas, casi transparentes de tan desgastadas por esa pulcritud de jabón y lavadero de las madres de ese tiempo, se esparcen por la arena. Hay chillidos aquí y allá, un soldado que suelta una bofetada a una mujer que le ha mentado a su madre. Hay un momento de caos en que parece que el barril de pólvora va a estallar. En una barraca, sus tres ocupantes, un padre pescador y dos hijos recios, con barbillas mal afeitadas que raspan solo de mirarlas, se encaran con los soldados e incluso empujan a uno de ellos, mientras los otros los encañonan con los fusiles y los amenazan con la punta afilada de las bayonetas.

Enseguida se forma un círculo alrededor y dispersan a la gente de la zona a patadas, golpes de culata e incluso punzadas de bayoneta que dejan un rastro de goterones de sangre. Los pescadores se abalanzan contra los soldados y estos abren fuego contra ellos. El primero en caer es el padre, que se mira con incredulidad el agujero rojo que se ha abierto en su faja negra. Uno de los hijos coge por el cuello a un soldado y lo estrangula sin soltarlo, pese a que le llueve una lluvia de aguijonazos de bayoneta. No siente el dolor, solo la rabia que ha convertido sus manos en tenazas que hacen que el soldado llore sangre. El capitán de infantería, desmelenado y hambriento de violencia, azuza a los soldados como a perros de presa a los que sueltan las correas.

Unos soldados se fijan en medio del caos de carreras y golpes en una mujer con un pañuelo en la cabeza que permanece indiferente a todo en medio de la playa, cosiendo desafiante sus redes de pesca en mitad del caos como si nada sucediera a pocos metros. Se van hacia ella con la ebriedad eufórica de la adrenalina y mientras se acercan le hacen gestos expeditivos para que se levante y poderle patear el culo mientras huye. Pero ella sigue en su labor. Gritan cada vez más fuera de sí y más cerca. Ella los ignora, no gira la cabeza. Tampoco cuando la rodean y le gritan y llega hasta ella su saliva espesa de rabia. Los soldados aprietan los puños y los nudillos se les ponen blancos. Ella cose. Uno con los ojos rojos como la casaca alza la bayoneta amenazante con los brazos crispados. La mujer no se mueve. Ella cose redes.

En la retaguardia, a distancia de ingeniero, observa todo sin intervenir el capitán Paredes. Los pescadores revoltosos son prendidos y conducidos a uno de los carros con las manos atadas. El bullicio de los que aún protestan, aunque sea ya a una prudente distancia, queda ahogado con el repiqueteo de los picos y los mazos, que derriban casetas como si fueran castillos de naipes. Los caballos son usados para tirar de los postes de las más firmes y hacerlas caer con indecorosa facilidad. Se han levantado unas ráfagas de *garbí* que dispersan el polvo y los últimos lamentos, cada vez más apagados, de los que yacen en el suelo. También disgregan el crujido de los que arrastran su quincalla por la playa camino de ninguna parte. La brisa se lleva volando un pañuelo de tela azul. Es del color del cielo.

Las obras las va a ejecutar el oficial ingeniero Paredes sobre los planos que ha delineado otro capitán de ingenieros llamado Juan Martín Cermeño. El arrabal nacido al otro lado de la muralla es una obstinación del gobernador militar, un empeño de soldados que sueñan con escuadras y cartabones. Los ingenieros militares ilustrados del xviii, afrancesados, con sus pelucas empolvadas y su racionalismo de sistema métrico decimal, consideran la línea recta como la máxima expresión de la belleza. El diseño de Cermeño es un ejercicio de geometría y traza un barrio a regla, con ocho calles verticales tiradas a cordel y tres horizontales perpendiculares, con manzanas rectangulares idénticas y dos plazas cuadradas en medio, una que albergará la guarnición militar y otra la iglesia que se va a consagrar a san Miguel. Y a ese nuevo arrabal fuera de murallas sobre el playón, como si fuera una ciudad en miniatura para operarios del puerto, cordeleros, pescadores y calafates, lo van a llamar la Barceloneta.

Me he quedado en la cama hasta muy tarde. He comido tostadas de pan con queso, me he cruzado con Susú, que se mueve por la casa perezosa, como si flotara. González nunca abandona el sótano. O tal vez lo haga saliendo por alguno de esos túneles ocultos sobre los que murmura. Hace unos días esa posibilidad me habría parecido disparatada, yo solo creía en los datos, en los hechos experimentales, pero la realidad se ha vuelto más elástica. De hecho, ahora no estoy seguro de si me desperté y ella estaba mirándome fijamente desde el quicio de la puerta y luego me dormí de nuevo, o simplemente lo soñé. He dormido hasta esa hora de la tarde en que la luz empieza a aflojar. Abajo, siempre es la misma hora de una madrugada perpetua.

—Es febrero de 1923, Iturbe.

Esta vez, los dos lo decimos a la vez: «Es hace un momento».

—A veces los sueños crujen con un chasquido sordo de huesos. Cuando el suelo de madera gruñe a sus pies y se escucha afuera el graznido de las gaviotas, Pere Vergés no sabe si sueña que está en la bodega de un barco o de verdad camina por los pasillos de su escuela. Hay un penetrante olor a madera, a salitre, a lápices recién afilados. Toma la manilla de la puerta y abre despacio para mirar dentro discretamente: una quincena de chicas con sus batas de raya fina están concentradas en silencio sobre sus láminas y a cada poco levantan la cabeza para mirar el jarrón que la profesora de dibujo ha colocado en una mesa. Las ventanas muestran un cielo rayado de nubes y una franja de mar con manchas de espuma. Vergés vuelve a cerrar lentamente y sonríe.

Al atravesar el pasillo, de detrás de una puerta le llega la musiquilla del recitado de la tabla de multiplicar; de la siguiente, el murmullo de una maestra explicando el ciclo de la lluvia; desde otra se filtra por debajo la palabra *pirámide* y no sabe si es clase de matemáticas o de historia antigua. Abre la puerta acristalada del fondo del corredor que da al mar y una brisa de yodo le satura las fosas nasales. Baja por las escaleras de madera envuelto en aire salado y ya está en la playa. Camina unos pasos sobre la arena y el viento le levanta la corbata y se la posa en el hombro como un pájaro amaestrado. Se gira y contempla en toda su magnitud el hermoso edificio de madera levantado sobre unos pilotes de cemento. Ese sueño aupado sobre la arena es la Escuela del Mar.

Vergés camina con las manos en los bolsillos del pantalón de su traje oscuro. Al observar cómo las olas se deshacen sobre la orilla se le desatan en la cabeza los recuerdos y le muestran su propio colegio de niño, la escuela moderna de su barrio de Pueblo Seco, al otro lado de la avenida del Paralelo. Su escuela en esos primeros años del siglo xx trataba de mantener viva la llama que encendió el maestro y pedagogo Ferrer Guardia al poner en marcha en Barcelona la primera escuela laica, sin separación por sexos ni clases sociales, que daba al excursionismo o el teatro la misma importancia que al álgebra, y que fomentaba el debate de los alumnos para formar librepensadores.

Vivía en un piso muy modesto de clase trabajadora tan pequeño que no había sitio ni para que corriera el aire. El colegio, en cambio, era un lugar diáfano que olía a jabón y, sobre todo, un sitio en el que cada día descubría algo nuevo. Le fascinaban los mapas que desplegaba el profesor en clase y empezaba a señalar islas tan remotas que los exploradores tenían que ponerles nombre a medida que las iban descubriendo. Le asombraba el dibujo del cuerpo humano, con el corazón protegido por las costillas como un diamante tras una reja. Todo le causaba sorpresa. Desde bien pequeño supo que no querría irse nunca de ese lugar de los prodigios que era la escuela y, como no pudo evitar crecer y dejar de ser niño, lo que hizo para quedarse en el colegio fue hacerse maestro. Con dieciséis años ya era ayudante de maestro y gracias a una beca pudo completar los estudios de magisterio y sacar el título con diecinueve. Desde entonces ha luchado por un sistema educativo que contagiara a los niños el asombro por el funcionamiento del cuerpo humano, por la formación de las cordilleras, por las vidas multiplicadas de la literatura, por el extravagante individualismo de los números primos...

Suspira para atrapar ese ozono que viene de mar adentro, una de las razones por las que insistió en la necesidad de esa escuela pública frente al mar en una Barcelona que en esos años veinte tiene problemas de salubridad y malnutrición que afectan de manera especialmente preocupante a los niños. Todavía flotan sobre la ciudad los devastadores efectos de la epidemia de tifus de 1914, que dejó más de dos mil muertos y una nube negra de malos augurios sobre una ciudad que aún no ha conseguido completar la mejora de las canalizaciones de agua. El estudio en ese entorno saludable va a fortalecer su espíritu y también su cuerpo.

Se acerca a unas tumbonas de tela en que un grupo de niños recién llegados de los barrios periféricos de la ciudad, donde no ha llegado aún la red de alcantarillado y los descampados funcionan como vertederos de basura, con el pelo rapado al uno, afectados de piojos y mala alimentación, están siguiendo la lectura en voz alta que realiza el profesor de literatura. La brisa le trae el esgrima de espadas de *Los tres mosqueteros* y las ráfagas del poniente pasan las páginas del libro del maestro como si el viento quisiera seguir leyendo. Vergés está pensando que podrían aprovechar ese patio al aire libre que es la playa para organizar las clases de ajedrez y ya se imagina a los niños sentados en la arena frente a los tableros. Y un taller de cometas. Y un concurso de castillos de arena... El bedel llega agitando su panza apenas contenida por el mandilón y lo saca de sus cavilaciones.

«¡Señor Vergés, están aquí las autoridades con el sabio! La subdirectora está dándoles la bienvenida.»

«Pues hágalos venir aquí.»

«¿No va usted a recibirlos en su despacho?», se asombra el conserje.

Vergés abre los brazos y observa junto a la escuela las instalaciones de los modernos Baños Orientales, el mar apacible, el espigón del puerto con su linterna...

«¡Ya estoy en mi despacho!»

La subdirectora aparece al poco por la escalera y, detrás, los representantes municipales, vestidos con sus severos trajes oscuros tocados con cadenas de reloj de oro y sombreros de copa. Rodean a un hombre con una americana demasiado ancha, una pajarita de color rojo un poco torcida y que, en vez de sombrero, luce un pelo rizado eléctrico. La comisión de Cultura ha querido mostrar a su ilustre visitante esa recién inaugurada escuela con métodos de enseñanza innovadores ubicada en un lugar tan inusual que la convierte en una instalación de vanguardia. El responsable de Cultura del ayuntamiento de Barcelona, Manuel Ainaud, hace las presentaciones:

«Señor Vergés, este es el doctor Einstein».

Einstein acaba de ganar el Premio Nobel y es una celebridad mundial, ha venido a impartir unas conferencias en Barcelona y Madrid sobre ese descubrimiento suyo que lo ha cambiado todo aunque nadie entienda nada: la teoría de la relatividad.

—No es que no se pueda entender, González, es que solo se puede explicar con ecuaciones. Explicado en palabras es como si te hablaran en alemán.

—Pues Vergés no sabe alemán, así que saluda a Einstein en francés. Él, cansado de esos tours por países donde las autoridades lo pasean del brazo como si fuera la mujer barbuda, observa a Vergés y, con esa agudeza suya que atraviesa la materia, enseguida ve enfrente a uno de los suyos.

«La idea de una escuela en una playa es brillante», le dice Einstein.

«Los maestros a veces nos esforzamos hasta la extenuación en contarles a los chicos cómo es la geografía, la geología o la botánica cuando podrían descubrirlo ellos solos pasando una tarde en un bosque o dando un paseo por la playa.»

Einstein asiente. El jefe de protocolo del ayuntamiento adelanta su cabeza con chistera y en un francés descacharrado los interrumpe.

«Disculpe, doctor. Hemos de irnos, nos esperan en la Diputación para una recepción.»

De repente, el apacible físico tuerce las cejas en un gesto malhumorado. Está harto de diputaciones y municipalidades, de bandas de música tocando himnos con mucho golpe de platillos, agotado de discursos huecos y parabienes estériles.

«Ahora necesito fumar mi pipa», le responde con severidad.

Se gira hacia Vergés.

«Señor director, ¿me acompaña?»

Vergés asiente cortés y echa a caminar por la playa junto al científico. Detrás, los de la comitiva se miran unos a otros y no saben si ir o quedarse, pero llevan zapatos de charol y no acaban de decidirse a andar a saltos por la arena.

Einstein se detiene a mirar a los niños que atienden a la lectura en voz alta.

«Me gusta su método de enseñar la literatura.»

«Tenemos los mejores profesores del mundo: aquí la literatura la enseña Cervantes. Y Dante, y Shakespeare, y Mary Shelley. Hace unos días el maestro les leía la historia de la criatura de Frankenstein y el cielo se nubló de golpe que ni hecho a posta. Debería haber visto cómo se encogían de miedo en las hamacas y se agarraban las rodillas... ¡pero pedían que les siguieran contando!»

Vergés, al ver que el erudito alemán lo observa muy fijamente sin decir nada, piensa que para la severa mentalidad alemana debe de parecerles poco serio.

«Bueno, también estudiamos la teoría, claro. La historia de la literatura y los géneros literarios, por supuesto...»

Einstein agita la mano que no sostiene la pipa como para expandir el humo.

«La imaginación es más importante que el conocimiento. El conocimiento es limitado, pero la imaginación es infinita.»

—¡González, es cierto! ¡Esas palabras las dijo Einstein!

—¿No te lo estoy diciendo?

Caminan unos pasos y se detienen muy cerca de la orilla. Vergés mira al científico alemán y se siente pequeño, vuelve a ser un alumno voraz que lo quiere saber todo.

«Disculpe, profesor, ya sé que es imposible explicar en un momento su teoría de la relatividad, que además son dos, pero le ruego que me dé una pista para adentrarme en ella y tal vez un día poder contársela a mis alumnos.»

Einstein toma un palo mojado de la orilla y empieza a trazar ecuaciones larguísimas, una tras otra. A Vergés le da la impresión de que podría llenar la playa de números. Se gira hacia la escuela y ve a la comitiva municipal alargar la cabeza por encima de los cuellos de celuloide de sus camisas de gala tratando de adivinar qué demonios hace tan enfrascado el estrambótico profesor, malhumorados porque va a retrasar la importante audiencia en la Diputación.

De repente, Einstein levanta la mirada jadeante y tiene los ojos afiebrados, como si regresara del remoto país de las matemáticas. Vergés, parado a su lado en respetuoso silencio, observa esas complejas operaciones, pero se levanta una ola más fuerte que las demás, de esas que vienen repercutidas desde el fondo del océano por el coletazo de una ballena, y los dos han de retroceder rápidamente varios pasos para poner a salvo sus botines. El agua en su retirada se lleva las ecuaciones al fondo del mar.

«¡Oh! ¡Qué mala suerte!», se lamenta Vergés.

Einstein levanta la mano y hace que no.

«El mar tiene razón, señor director. Esos números no servían para explicar lo que usted me preguntaba.»

Agita la cabeza y sonríe bajo el bigote y, por un instante, Vergés es capaz de atisbar el niño juguetón que fue Einstein, que no dejará nunca de ser.

Con el palo traza sobre la arena mojada: $E=mc^2$.

A la luz del flexo del sótano veo cómo González estira el dedo índice y escribe la célebre ecuación en el aire.

—La verdadera ecuación es algo más larga —le digo. Y le sirvo a él medio vaso de coñac y otro medio para mí—. González, ¿tú sabes lo que significa esa ecuación?

—Explícamelo tú, que eres físico.

—E es la energía, m es la masa (por tanto, materia) y c es la velocidad de la luz, que es el único valor no relativo porque su velocidad es constante. Pero lo importante es la historia que nos cuenta: si aceleramos la materia hasta velocidades enormes la convertimos en energía, por tanto, materia y energía son equivalentes.

—O sea, que un rayo de luz tiene la misma naturaleza física que la Torre Eiffel o el mango de un paraguas.

—Simplificando mucho podrías decirlo así.

—Entonces eso es exactamente lo que Einstein le explica a Vergés en la orilla de la playa: que materia y energía son lo mismo, que todo está entrelazado. Se quedan un instante callados y sus pensamientos se los lleva el viento. Por la playa se acerca el jefe de protocolo trotando torpemente y respirando con dificultad. Al llegar a ellos, la chistera se la arrebata una ráfaga y ha de salir corriendo tras ella.

«Me temo que debo irme, director.»

Einstein mira al horizonte un instante y mueve sus ojos pequeños que todo lo filtran. Observa con atención el oleaje y a los alumnos recogiendo sus libros y esa escuela de madera sobre la arena.

«¿Sabe qué creo, director? Que el estudio y, en general, la búsqueda de la verdad y la belleza conforman un espacio donde podemos seguir siendo niños toda la vida.»

Vergés lo ve alejarse con sus rizos grises caracoleando al viento en dirección al grupo de hombres trajeados mientras el responsable de protocolo, que por fin atrapó el sombrero, corre también detrás tan patoso como si fuera Charlot.

Cada día a las cinco de la tarde un timbre anuncia el final de las clases y comienza el crepitar de pupitres y sillas. Los niños han colgado sus batas en los percheros y hay en los pasillos un murmullo risueño. Aparece por una de las puertas de las aulas Teresa abrazada a unas cuartillas y sonríe al director, que también es su marido. Su boda fue veloz, sin tiempo para luna de miel porque debían atender a los chicos y chicas de la escuela de verano, y tal vez por eso se sienten como si todavía fueran novios. Ella sigue ruborizándose cada vez que Pere la coge de la mano mientras caminan por la calle Atlántida hasta la plaza del mercado para comprar un puñado de pescado fresco.

Les agrada el bullicio de ese barrio donde las casas son tan pequeñas que la gente saca las sillas a la calle y el salón de estar se alarga hasta la acera para desgranar guisantes en un cubo mientras se cuentan la vida, donde los carros llevan carbón de aquí para allá, el afilador pasea su piedra redonda montada en unas ruedas de bicicleta y llama al vecindario con su chiflo que llena las calles de sonidos del fondo del universo, un hombre va en dirección al mercado con una barra de hielo apoyada en un pedazo de cuero sobre el hombro agarrada con un garfio y una mujer muy garbosa pasa con una cesta plana de mimbre apoyada en la cabeza repleta de sepias que palpitan. La vida hierve en esas calles minúsculas con gente llegada de todas partes a trabajar en las industrias y talleres del barrio porque dentro de los pisos, los cuartos de casa, ya no se cabe: una madre levanta el brazo para coger una perola del altillo y con el pelo del sobaco despeina a sus tres hijos.

En el plano de Cermeño, el marqués de la Mina, Paredes y todos aquellos ingenieros militares que desayunaban tortilla francesa, las casas eran de planta y piso, con unos oreados ciento sesenta metros cuadrados. Pero la población de Barcelona se duplicaba y se volvía a duplicar como en una plaga bíblica. La gente reclamaba viviendas y fue buen negocio dividir las casas en dos, una en la planta y otra en el piso, de ochenta metros cada una. Pero aún había más gente ávida de vivienda en ese barrio de muchos talleres y trabajo para quien quisiera remangarse y más negocio de los propietarios por hacer. Así que esas medias casas se volvieron a dividir por la mitad en viviendas de treinta y cinco metros cuadrados. La gente seguía llegando a esa ciudad de los prodigios en busca de trabajo y se empezaron a levantar pisos en altura. Primero se autorizó uno más, luego alguien agitó una bolsa y se autorizaron dos, luego tres y luego cualquier cosa.

El barrio es orgánico, vivió una adolescencia en que se le estiraron los huesos y los tendones, creció y se adelgazó, un esqueleto de calles desgarbadas, un urbanismo de galgo, un crecimiento vertical de chopos de cemento que generan una sombra densa debajo de él. La Barceloneta crece, y al crecer pierde la luz. En 1930 ya había edificios de siete pisos de altura. Aquellas calles pensadas para que el sol pasara entre casitas de un piso estrangularon la luz entre bloques de cinco y seis pisos de altura y se convirtió en un reino portuario de sombras. Y, sin embargo, ese alud humano de emigrantes que llega con la esperanza ruidosa de los pobres, con sus rumbas del sur y sus conjuros del norte, contagia a esas calles algo que palpita, que chorrea líquidos calientes y hace que en esas calles estrechas la vida se ensanche.

Teresa le recuerda a Pere que se va acercando el mes de abril y que han de convocar los Juegos Florales. Los dos empiezan a repasar las bases, las categorías por edades o si hay que poner un tema o dejarlo libre, y debaten mientras pasan por delante de la carnicería de la familia Batllori con un gran rótulo que anuncia: TORO LIDIADO, traído de la plaza del Torín a la entrada del barrio. En lo que se ponen enseguida de acuerdo es en que nada de categoría de chicos y chicas. «¡Ha de ser mixto!», exclama Vergés, y ella le aprieta muy fuerte la mano.

Mientras les ponen unos calabacines en una parada del mercado, «¡Dos kilos al precio de uno, reina!», Vergés se lamenta de estar leyendo muchos ensayos y mucha prensa, pero casi nada de poesía. Teresa reconoce que ella últimamente llega tan cansada por la noche que abre un libro y enseguida se queda dormida.

No deberían lamentarlo, Iturbe. La poesía casi nunca está en los libros de versos, ahí solo hay cabriolas de frases. Vergés cree que no dedica tiempo a la poesía, pero ojalá pudiera estar yo ahí en la cola de la parada de la verdura, para decirle que esa Escuela del Mar, que han levantado en la playa frente a todos los temporales del siglo, es más poética que cuarenta cuadernos de versos.

Los años veinte son efervescentes con la recuperación económica de Europa tras la guerra, el charlestón que agita los salones de baile, la invención de las máquinas sumadoras, el secador de pelo, los primeros vuelos aéreos transoceánicos. En España se empiezan a vaciar los campos, a colgar las horcas en zaguanes y llenar los portaequipajes de los autobuses de línea de maletas atadas con una cuerda repletas de mantas, morcillas y sueños. Esa ola de modernidad jubila a la monarquía y, de la noche a la mañana, España amanece republicana. El rey Alfonso XIII se lleva al exilio francés su bigote engominado y sus ardores venéreos.

Los años treinta son los del auge del nudismo y el vegetarianismo, de la consolidación de las escuelas laicas, la incorporación de las mujeres a la vida pública, las misiones pedagógicas que tratan de llevar la formación a los pueblos más recónditos y atrasados de la Península, la creación de ateneos populares para discusión política, la expansión de bibliotecas públicas, muchas de ellas conducidas por mujeres surgidas de las escuelas de biblioteconomía, la creación de clubs excursionistas... Pero bajo esa superficie de lo nuevo hay un humus negro de lo viejo donde se pudre el rencor de un tribalismo ancestral y violento. Las luces de la República iluminan tanto que ciegan y no dejan ver las sombras que se agigantan. En 1936 las tapas de las alcantarillas revientan, los generales deciden que es el momento de acabar con ese caos ateo y convertir el país en un cuartel con capilla, imponer el orden de la gente decente y fusilar en la madrugada por la gracia de Dios.

En enero de 1938 la guerra desmiembra familias, esparce hambre y dolor, abre zanjas que se llenan de muertos sin nombre. Mantener abierta la escuela es un pequeño milagro laico en medio de la tensión de una ciudad acosada por los bombardeos de los sublevados, que han encontrado apoyo en las poderosas maquinarias militares de Alemania e Italia, encantados de tener al otro lado de los Pirineos un campo de tiro para probar su nuevo armamento. La reacción a la violencia de los fascistas ha sido también violenta por parte de los milicianos anarquistas del otro bando, que se hicieron durante unos meses con el control de la ciudad imponiendo una disciplina de expropiaciones aleatorias, quema de iglesias y juicios sumarísimos de tiro en la nuca para los que eran considerados enemigos. Barcelona ha logrado reorganizarse, pero en ese caos muchos padres no quieren que sus hijos se alejen de casa y ha descendido a la mitad el número de alumnos que asisten a la escuela.

A Pere Vergés y Teresa Cadanet les han salido canas prematuras en ese ambiente que hace que se tambalee la fe en el ser humano, pero aun así, incluso en esa primavera que esparce un polen de odio, siguen trabajando obstinadamente en la formación de los chicos y chicas en ese ambiente de libertad al filo del mar. Lo saben, están en un globo de cristal muy delgado: los suministros son escasos, no hay carbón para la calefacción, no se les puede dar a los alumnos ni una galleta. En la ciudad ya no hay gatos. Pero Teresa y Pere resisten, creen que mantener la escuela abierta es conseguir, en medio del disparate abyecto de los adultos, que los niños puedan seguir siendo niños.

Aunque a su alrededor todo se tambalee, la vida sigue teniendo momentos de normalidad. Una vez terminada la jornada del día, han asistido a una conferencia en la Barceloneta en la Cooperativa Obrera La Fraternidad, impartida por un profesor de astronomía que trabaja en el Observatorio Fabra, sobre el mecanismo de relojería cósmica de las mareas. Al final, en el turno de preguntas, enseguida alguien ha alzado la voz para decir que eso está muy bien, pero lo que hay que hacer es frenar a los fascistas y poner a los científicos a fabricar armamento más eficiente, que en el frente de Teruel están tirando con escopetas de cazar perdices y así no se puede ganar una guerra. Enseguida la platea se enardece en un barullo de consignas, los que le dan la razón y los que le reprochan que desmoralice a la gente, se dan vivas a la FAI, también a la República. Pero la conversación cesa de golpe: el lúgubre quejido de la sirena del puerto empieza a sonar: ¡Ataque aéreo!

Se lanzan en tropel escaleras abajo, se unen con los que estaban en la cafetería del primer piso y en la calle se suman a otra riada que se dirige, unos corriendo y otros caminando deprisa para fingir que no tienen miedo aunque lo tengan, al refugio antiaéreo al final del paseo Nacional porque el de la plaza Francesc Magrinyà no se ha finalizado todavía. Aunque otros los empujen y los arrollen en su prisa por ponerse a salvo, Vergés y Teresa caminan ligero pero no corren para no tener que separar sus manos. También ven a algunas mujeres en dirección opuesta que regresan a sus casas. Les gritan a esas mujeres mayores que corran a ponerse a salvo, pero no hacen caso, con esa aura indestructible de las personas que no creen merecer mal alguno, utilizando como batería antiaérea el rezo de un padrenuestro. Justo antes de meterse en el subterráneo, Pere oye un zumbido lejano, alza la vista y ve en el cielo unos mosquitos acercándose.

El refugio tiene las paredes rebozadas con cemento sin más adorno que unas lámparas de bujías muy débiles y hay tanta gente que han de quedarse de pie. La luz es mortecina y las caras apenas se distinguen, pero se oyen las respiraciones, los suspiros, los sollozos, el tamborilear de dedos, los rezos en murmullos.

Un estallido llega amortiguado y una trepidación les sube desde la planta de los pies hasta la garganta. Se hace un silencio espeso hasta que llega otro estallido todavía más cerca que hace entrechocar los dientes y dispara el llanto de los niños. Las bombas están golpeando en el barrio. Solo se alza por encima de los murmullos de miedo la voz tranquilizadora de una madre que le susurra a su hija que allí están a salvo, que la tormenta pasará.

Pasan unos minutos, pero parecen horas, hasta que la sirena del puerto anuncia el final de la alarma aérea. Los más claustrofóbicos salen a toda prisa, dando empujones, con un pánico de ojos desorbitados; otros se mueven con una lentitud premeditada para convencerse de que en ningún momento han tenido miedo pese al temblor de las manos, tan fuerte que les hace saltar las uñas y dejarles los dedos en carne viva.

Afuera se escuchan gritos, llamadas de auxilio, una ambulancia chilla con la sirena. Alguien dice que en la fábrica de la Maquinista hay dos muertos, que uno es el yerno de Rosendo, el de la carbonería. Una mujer se santigua y afirma que una bomba ha caído en la puerta de la iglesia de San Miguel y que no ha estallado por intercesión del Espíritu Santo: se ha estrellado contra la escalinata, se ha ido rodando por la plaza hasta topar contra la fuente y los caños han empezado a manar agua ellos solos. La mujer se suma al tropel de gente santiguándose con vehemencia.

Está atardeciendo, pero por encima de los edificios en la zona de la playa hay un resplandor amarillo como si amaneciera por segunda vez en el día. Teresa se lleva la mano al pecho.

La escuela...

Corren justo en dirección contraria de donde viene la gente que huye del cataclismo, con el pavor de que regresen los aviones italianos asesinos. Cada vez hay más gente en dirección contraria y ya no pueden correr porque el gentío es una riada y han de bracear para avanzar. Los que vienen del otro lado lo hacen en estado de shock, algunos con la ropa sucia de polvo o desgarrada, con las bocas desencajadas, otros abren paso a heridos que llevan brazos ensangrentados y ese fulgor negro de la piel quemada. Pere y Teresa tratan de avanzar desesperadamente contra la corriente humana de caras ensangrentadas manchadas de yeso y tumefacciones. La gente quiere arrastrarlos con ellos y ellos no quieren ser arrastrados.

Exhaustos, horrorizados ante las escenas de pánico de los que corren despavoridos sin saber hacia dónde, en la esquina con la calle Pescadores se despliega ante ellos un teatro de la catástrofe: la droguería está desmoronada y entre los cascotes brutales se esparcen polvos blancos y verdes de jabones que forman un caleidoscopio extraño sobre la acera. Los edificios han perdido los cristales de las ventanas y muestran en la fachada unos agujeros cuadrados como cuencas vacías de calaveras. Los sobrecoge la transformación de esos edificios de viviendas en gigantescos nichos de un cementerio que ha emergido de repente en el centro del barrio como si estuviera hasta entonces oculto bajo el asfalto. En uno de los edificios la fachada de la casa se ha derramado en el suelo y muestra su interior como una casa de muñecas: un comedor minúsculo, una cocinilla económica de carbón, una mesa de comedor con un mantel a cuadros sobre la que hay una sopera que se ha llenado de cascotes, una lámpara que cuelga de un cable del techo y todavía se bambolea, un dormitorio con una cama que ocupa todo bajo un crucifijo torcido, un lavabo pequeño y una taza del retrete sobre la que hay sentado un hombre desnudo muy quieto, atónito, petrificado como una estatua, con el pelo manchado de cal y esquirlas de ladrillo adheridas a la barba.

Ese lugar apocalíptico no es la Barceloneta ni es Barcelona. La guerra es un país único con una capital que cambia de nombre pero es la misma ciudad. Al cruzar la calzada de escombros y cristales rotos están atravesando Gernika, Manila, Londres, Colonia, Budapest, Hiroshima, Mostar, Varsovia, Dresde, Róterdam, el Bucarest bombardeado donde, en una carnicería derrumbada, entre cascotes, cabezas degolladas de cordero y muslos de pollo desperdigados, ha quedado sobre el mostrador de mármol una mano limpiamente cortada con las uñas granates y un anillo con una piedra blanca en el dedo.

Pere y Teresa caminan y tiemblan, los ciega un resplandor que arde al otro lado de los edificios, y un olor a madera quemada los ahoga y los aterra. Avanzan lo más aprisa que pueden, pero caminan con la lentitud en que uno se mueve en las pesadillas. Al doblar la esquina de la siguiente calle el calor aumenta de manera insana y las cenizas revolotean por el aire.

A unos metros de la playa se detienen y el corazón les quiere salir por la boca. La Escuela del Mar es una hoguera inmensa. Las llamaradas salen por las ventanas con una violencia de fin de los tiempos. La escuela se quema y ellos, mudos por el horror, sienten que algo delicado se les está calcinando por dentro.

Como si hubiera estado aguantando erguida en su dignidad de animal herido de muerte hasta su llegada, en ese momento la Escuela del Mar se dobla hacia adentro para derrumbarse sin hacer daño a los vecinos que pululan alrededor del fuego como insectos desorientados. El edificio cruje, se pliega, es un origami en llamas, se desmorona sobre la arena en un descalabro mudo de maderas y astillas al rojo vivo. Tras el derrumbe, brota hacia el cielo una nube de polvo dorada de pavesas que se despliega como las alas enormes de una mariposa de una belleza asombrosa y, después de mantenerse ingrávida en el cielo por un instante, se va deshaciendo en el aire en un mar de brillos, y está ahí el oro de las risas de los niños y niñas que corretearon entre sus arterias y pasillos. Algunos de los que contemplan absortos el fenómeno se santiguan, Vergés y Teresa se aprietan las manos hasta estrujarse los huesos.

Ella no quiere llorar, llora por dentro y se traga lágrimas amargas. Con la mayor serenidad que puede, le dice: «Volveremos a comenzar, Pere». Él trata de memorizar la última imagen del último brillo de la mariposa que voló y permanecen quietos sin moverse durante horas, cogidos de la mano, hasta que la última llama se ha extinguido en el frío de la noche y ya solo quedan rescoldos de brasas con su destello anaranjado de núcleo de estrella. Una luna delgada ilumina los muñones carbonizados de los pilotes de cemento que sostenían el colegio y todavía dejan escapar volutas de humo blanco. Y solo entonces, cuando ya se ha hecho la quietud mortecina sobre la playa, unas lágrimas que les resbalan por la barbilla y, al caer en la arena, apagan el último rescoldo de la última brasa de una época que nunca regresará. Teresa le susurra al oído: «Volveremos a comenzar, Pere. Reconstruiremos la Escuela del Mar en otro sitio, ya lo verás. La verdadera escuela no la pueden destruir las bombas». Él asiente, pero en su interior le inunda el presagio de que ese otro día que vendrá ya no será el mismo día.

Empieza a llover, pero es una lluvia de ceniza. La lluvia va a durar cuarenta años.

He comprado una pequeña pizarra blanca y un par de rotuladores borrables. Me paso mucho tiempo trazando ecuaciones sin propósito, igual que los niños dibujan montañas con picos triangulares y nubes con cuerpo de ovejas de alambre.

Pongo números uno tras otro como soldaditos de plomo, establezco un signo de igual y trato de resolver integrales imposibles, introduzco aleatoriamente símbolos de la secta de los iniciados en el lenguaje secreto de las matemáticas: letras $\forall$ boca abajo, campos escalares ϕ, eses estiradas como notas musicales, pirámides invertidas que hablan del gradiente entre dos puntos... Me invento una función vectorial. Trato de establecer una ecuación que muestre el gradiente entre dos puntos: la curva que separa al científico mediocre que regresa al barrio del muchacho que se fue veinticinco años atrás. Las matemáticas son crueles, hay algunas x que no logro despejar. Acabo borrándolo todo con más desaliento que rabia.

Anoche hizo calor y dejé la puerta abierta. Estando ya acostado, antes de conciliar el sueño, vi a Susú ir hacia su habitación del fondo con sus pasos elegantes y silenciosos.

Me recuerda a una novia que tuve mientras iba a la universidad. Algunos domingos, tomaba con ella la golondrina que atravesaba el puerto desde Colón hasta el rompeolas y entrábamos a gastar la tarde en aquella extraña cafetería del final del rompeolas llamada Porta Coeli, poco acogedora, de una modernidad que quedó obsoleta a la mañana siguiente de ser inaugurada, con unas cristaleras grasientas desde las que se veía entrar y salir de puerto barcos de todo tonelaje en un espectáculo silencioso y sobrecogedor de animales metálicos. Tomábamos patatas fritas con mayonesa servidas en vasos de plástico y al querer besarla en público se ponía colorada. Cuando me marché a Estados Unidos, su pelo largo ondulado se lo llevó el viento. Igual que esa cafetería del rompeolas, que fue demolida y que ya solo despacha cafés con leche a los peces.

Bajo al sótano y me encuentro cara a cara con el búho. Creo que sabe que me gusta la coquetería de Susú, pero que no le importa. Enciende la lámpara.

—¿Qué haces a oscuras, González?

—Ideo pasajes para mi obra.

—¿Cuántos libros has publicado?

—Todavía ninguno.

—¿Nadie ha querido publicarlos?

—Aún no los he escrito.

—¿Y a qué esperas?

—Los libros matan la literatura. Mis historias están vivas en mi cabeza, flotan en la cisterna de mi cráneo, crecen y se multiplican hasta el infinito como un criadero de truchas carnívoras. Si las pusiera en palabras sobre un papel solo serían flores secas en un álbum.

—Excusas baratas, González. Si no publicas, no eres escritor.

—Es cuando publicas que dejas de ser escritor.

—Me agotas, González. Ahora voy a contar yo y tú me vas a escuchar.

—No has parado de contar.

—¡Pero si he estado muy callado!

—En la habitación de arriba, a veces hablas mientras estás dormido.

—¿Tú me escuchas?

—A veces. Igual que tú a mí.

Lo miro y él me mira. Nos reímos. González está mayor, más estropeado que yo, tiene el rostro manchado por el tiempo, pero quizá no hagamos tan mala pareja de baile.

—Es el año 1967, González.

—Es hace un momento.

—Es otoño.

—Siempre es otoño.

—Una mujer camina bajo los porches del paseo Marítimo.

Bajo esos porches con columnas blancas garabateadas con sus grandes ronchas de yeso desconchado hay un goteo crónico de próstata estropeada y un eterno olor a meados.

Ella lleva unas gafas de sol de plástico muy grandes y un pañuelo dorado y negro atado a la cabeza. Y un niño de meses en el regazo. Mira fijamente el mar como si dudara que en verdad eso que tiene ahí delante sea el mar. Nunca lo había visto antes. Está más asombrada que conmovida, González. Creía que el mar era azul y, cuando se quita esas gafas de sol de falsos cristales verdes, contempla un agua sucia de fregar, del mismo color turbio del río Ebro de las crecidas al pasar entre los ojos del puente de Piedra arrastrando broza y terneros ahogados.

Esa mujer atravesó el yermo de los Monegros donde las aves rapaces se sustentan en el aire dormidas. Una historia más de emigrantes que llegan al barrio en los años sesenta: cuarto de casa, escuela nacional, quinto piso sin ascensor, un terrado comunitario para tender la ropa, bombonas de butano subidas al hombro escaleras arriba, un mar que trae astillas y muñecas sin cabeza.

Camina unos pasos hacia la orilla y mira un instante el rizo de las olas. Se promete que va a aprender a nadar y lo cumplirá. Se quita el pañuelo de la cabeza y flamea un momento, casi se escapa volando, pero consigue extenderlo lo mejor que puede y pone encima al niño, que gatea sobre la tela.

Gatea por una playa de seda.

El niño está distraído, ve el mar por primera vez, pero no se acordará.

No le impresiona la inmensidad del mar. A los niños no los conmueve ningún paisaje por grandioso que sea porque forman parte de él. Las fontanelas que se acabarán convirtiendo en férreas suturas craneales y blindarán su cerebro del mundo exterior son todavía de una pasta blanda, una frontera porosa. Si apoyáramos firmemente un dedo encima de su cabeza lo hundiríamos como en un bollo de azúcar. El niño aún no se ha encerrado en su fortaleza, todavía escucha el runrún del movimiento eléctrico de los átomos que forman el corazón de los granos de arena.

Lo que realmente capta su atención son los pedazos de carbonilla entremezclada con la arena.

Acaba de descubrir que la vida mancha.

La mujer agita su cabeza joven, saca un pañuelo de hilo del bolsillo y lo chupa para mojarlo en saliva y limpiarle. González, ese niño al que su madre limpia la mano soy yo. He llegado.

—¿Sabes una cosa, Iturbe? Un día también llegan a la playa obreros con palas montados en un camión con volquete. Toman paladas de arena y las echan en carretillas, luego las arrojan a la caja metálica de un camión. El grano de arena siente el baileteo al traquetear por las calles adoquinadas mientras da vueltas y vueltas en la hormigonera.

Unas lluvias torrenciales han desconchado algunas partes de la fachada del colegio público Virgen del Mar y los albañiles trabajan sobre andamios para poner unos parches. El grano de arena chapotea entre la argamasa de la espuerta y un obrero que canturrea coplas de amores arrebatados lo estampa con la paleta contra la pared a muchos metros de altura. Ahora su playa es la fachada de una escuela. Desde ese mirador sobre la plaza del Poeta Boscán se abre ante él la vista de terrados y antenas huesudas de ondas electromagnéticas orientadas hacia el repetidor del Tibidabo de esa colonia humana levantada sobre el arenal donde cayó Don Quijote.

No resoples, ya sé que el grano de arena no tiene ojos. No los tiene porque no le hacen falta: el grano de arena sabe por los cambios de temperatura, la presión atmosférica, el golpeo molecular de la brisa, la reverberación de las ondas sonoras del gorjeo de las palomas o el choque pastoso de sus excrementos ácidos, los veinte mil latidos y las veinte mil respiraciones.

—Mi cuerpo ha ido creciendo, González. Esos vasos de leche con el ColaCao que no se disuelve nunca, las judías pintas hechas en la olla grande con una cabeza de ajos, el rancho de raspa de bacalao en el caldero plano que contagia un maravilloso sabor metálico a las patatas, las migas con uvas, los salmonetes fritos en aceite de oliva, el cocido de garbanzos donde flota el huevo duro...

—Son paladas y paladas de granos de arena que te van haciendo crecer sin tú darte cuenta.

—A la salida del colegio nos ponemos en fila y la maestra de las niñas, una mujer muy severa que me atemoriza, va tomando de una cubeta unos cartones de leche triangulares individuales y nos va entregando uno a cada uno de manera militar. Todavía no ha llegado al barrio la palabra *tetrabrik*. Yo agarro bien el cartón contra la bata de rayas para que no se caiga. La leche me gusta, aunque me gusta menos cuando mi madre la hierve.

—Porque la leche hervida sabe a vejez.

—En cuanto baje la escalera de piedra del colegio se lo mostraré a mi hermano y a mi abuelo. Me siento orgulloso de llevar algo a casa, me gusta ayudar; no falta de nada, pero no sobra el dinero.

—No sobra en ninguna casa del barrio. Las madres remiendan los rotos de los pantalones con unas rodilleras de escay del tamaño de rodajas de mortadela.

—El colegio es gigante. Yo entonces no sé darme cuenta de que es un edificio feo, gris, de un monumentalismo burdo. A mí me parece un castillo.

—Es un castillo. Está construido con sillares de piedra granítica y tiene dos cuerpos a cada lado con unas amplias escaleras de acceso y un cuerpo central desproporcionadamente grande en forma de torre rectangular con banderas que ahora escuecen. Una lleva un haz de flechas que apuntan hacia arriba y la otra un águila pintada.

—Las banderas son cosa de los adultos, yo no sé qué significan, pero ya entonces me producen aprensión. Todavía hoy, no sé por qué, me incomodan.

—Porque todas las banderas están cosidas con un hilo de odio.

—Eres un radical, González.

—Tú hubieras querido serlo también.

—En ese cuerpo central del edificio del colegio donde algunos se cuelan a curiosear, yo nunca entro, está prohibido, o eso me parece. Hay unas puertas enormes de madera y veo entrar chicos mayores por las tardes que forman un grupo juvenil de aire excursionista que le llaman la OJE.

Son las siglas de Organización Juvenil Española, el intento de Franco de ganarse a los más jóvenes con una mezcla de ocio, arenga y uniformes, una reminiscencia de alegres juventudes fascistas.

La palabra *fascismo* no se dice nunca en voz alta, es peor que una palabrota. Da pánico. Yo solo se la he oído decir una vez a mi abuelo entre dientes como si la masticara. A mi padre, nunca; jamás habla de política. Con la República, cuando tenía diez años y al salir del colegio iba a servir a un mesón a cambio de la merienda, era camarero. Con la dictadura de Franco, fue camarero cuarenta años en un restaurante. Con la democracia que cambió el país del derecho y del revés, siguió siendo camarero con la UCD, con los socialistas, con la derecha..., gobernase quien gobernase, siempre serviría mesas.

Las pocas veces que está de buen humor, solo explica historias del trabajo mientras fuma y bebe cerveza Estrella Dorada. Está satisfecho de ser camarero en el mejor restaurante del barrio. En las raras ocasiones en que salimos un domingo a comer fuera, cuando vienen a servirnos él deja caer algún comentario de entendido y cuando el camarero lo mira con desinterés, le dice ufano: «Soy del oficio». Cuando explica sus batallitas todos se escabullen si pueden, pero yo tengo miedo de desagradarle y soy un público cautivo que escucha de la primera hasta la última palabra sin pestañear. Si tengo que ir al servicio, me aguanto las ganas y rezo por no mearme encima.

Mi padre tiene orgullo de oficio, explica muy serio su teoría sobre la diferencia entre el camarero profesional y el transportador de platos. Se ríe cuando nos explica la historia ya contada de un compañero del restaurante que al ir a servir una bullabesa inclina demasiado la sopera hacia atrás y vierte unas gotas de *fumet* de pescado en la carísima chaqueta de un industrial de muy malas pulgas que está comiendo en la otra mesa. En cuanto se levante, los comensales le advertirán de la mancha y se armará una escandalera. Así que primero pasa un ayudante que lleva a otra mesa una cesta de pan y le roza con la servilleta para rebañar algo la mancha. Mi padre, que viene a traer un lenguado, pasa también rozando con la servilleta que lleva siempre en el antebrazo. Y desfilando todo el personal del servicio por la espalda del cliente, roza que te roza, unos con la servilleta húmeda y otros, seca; hasta que la mancha se disimula lo suficiente para que se la lleve puesta a su casa de la parte alta de la ciudad.

Está muy contento, o todo lo contento que sabía estar, de trabajar en un restaurante con una clientela mayormente de empresarios catalanes que, con el paso de los años, son ya clientes fijos, algunos van a comer a diario. Mi padre sabe el vino que toman y se lo lleva a la mesa antes de que lo pidan, sabe si van a querer platillo de ternera o pulpitos encebollados, sabe a quiénes avisar de que ya ha empezado la temporada de las habas o los que se pirran por las fresas de bosque, que no se encuentran cada día en el mercado de la Boquería. Muchos clientes le llaman por su nombre de pila pero de usted, para asegurarse de que él no les apee el tratamiento, y le dejan propina.

Una de esas noches de viernes en que estamos despiertos hasta tarde y él llega del trabajo, ya pasada la medianoche, enciende otro cigarrillo Pall Mall, se toma una cerveza y enseguida otra, y otro cigarrillo, y nos cuenta que ha estado el señor Viladomiu, que es muy señor, gente de categoría, dice. Cuando ya estaba terminando la comida, ha pedido una botella de vino de Rioja, se ha servido medio vaso y ha dejado la botella casi intacta: «Para los empleados». Y mi padre que se lo agradece mucho porque le gusta el vino bueno, herencia de estar desde pequeño trabajando en bares, cafeterías y restaurantes donde en la mesa de los camareros pobres se escurre el vino de ricos que se han dejado sobre las mesas.

Entre calada de cigarrillo y trago de cerveza, explica que hoy ha venido el señor Guasch, empresario propietario de varios teatros. Llega siempre vestido con un impecable traje y las manos metidas en el bolsillo del abrigo. Mi padre sonríe misterioso como si supiera un secreto que nosotros no sabemos, aunque hayamos escuchado la historia cien veces. En cuanto ha llegado, todos los camareros y ayudantes se han avisado discretamente: el que está yendo camino de la cocina a buscar el pedido de la cuatro se lo susurra al que está de espaldas sirviendo un arroz caldoso en la nueve. El que está sirviendo con el cazo, en cuanto puede deshacerse de la sopera en medio de la mesa, sale a buen paso hacia la entrada, antes de que deje el abrigo, para darle la bienvenida al restaurante estrechándole la mano. Cada vez que el señor Guasch saca la mano del bolsillo del abrigo para estrechársela a cada uno de los camareros, contiene entre los dedos un billete de cien pesetas. Un chollo. Solo hay que ir a decir «*Bona nit, senyor Guasch*» y, si acaso, agachar levemente la cabeza. En casa las propinas son una cosa muy seria: mi madre siempre dice que son otro tanto del salario. A veces explica a alguien: «El sueldo, para los gastos de agua, luz, hipoteca..., ¡comemos con las propinas!».

—Iturbe, los emigrantes siempre comemos con las propinas.

He perdido las ganas de seguir buscando por las calles y ya solo rebusco entre los recuerdos. González me anima a seguir contando, y al contárselo a él también me lo cuento a mí mismo. La memoria de mis primeros años me lleva una y otra vez al colegio Virgen del Mar.

—Nuestro colegio, González.

—Emerge en medio de la cuadrícula de calles como una fortaleza. En la fachada del cuerpo central está el reloj y en el habitáculo de la maquinaria vive el mecánico que lo engrasa y lo repara.

—¿Un relojero?

—El relojero. Nadie supo nunca su nombre, todo en él era clandestino. Llegó de algún lugar, como todos. Vino a ponerlo en marcha cuando se inauguró el colegio, y debía terminar su trabajo el primer día de clase, cuando diera las nueve de manera eficiente y todos los niños entraran a la tripa de la ballena.

Había manejado también otros relojes al final de la guerra, para que los artificieros del ejército republicano en retirada volaran puentes camino de Francia y pudieran escapar a la uña negra del fascismo. Desde entonces vivió con la angustia de que una noche llamaran a la puerta de casa de sus padres a golpes, lo sacaran al frío de cuchillo de la madrugada y lo llevaran de paseo hasta una tapia con agujeros donde no existía la piedad. Ese primer día de clase que era su último día en el Virgen del Mar llegó una carta enviada por su madre con esa letra suya de palo de quien aprendió a escribir en un establo. Le decía que habían ido a casa a buscarlo y le pidió que esperase hasta que ella viniera a la plaza y le hiciera desde abajo una señal cuando fuese seguro regresar.

Él le dijo al director del colegio que había un ruido en el mecanismo que había que observar. Y el director, hombre muy serio, convino en la importancia de no dejar de vigilar ese ruido improcedente. Y así fue como se quedó en el cuarto de los engranajes ese primer día. Por el minúsculo ventanuco secreto bajo las agujas, del tamaño de un ojo, se asomó a la plaza a las seis de la tarde a ver llegar a su madre vestida de negro. Pero no vino. Le dijo al director que el mecanismo era delicado y requería de un engrase diario. Se instaló allí un camastro y se hizo traer un montón de novelas del Oeste para distraer la espera, que alguno de los de octavo le iba a cambiar a la tienda del Chincheta cuando ya las había leído. Y allí se quedó. Primero una semana, después dos y, después, tres. Si te tumbas en un camastro, la vida acaba corriendo más que tú.

Iturbe, cuando tú subes las escaleras de piedra del colegio con la bata de rayas, él sigue viviendo allá arriba encerrado en el cuarto del reloj. Es ya un hombre tan envejecido que se pisa la barba al caminar. El grano de arena desde la fachada, a unos pocos metros del reloj, siente la vibración de sus pasos cuando da vueltas en su jaula como el viejo león pellejudo del zoo. Aunque ha pasado ya mucho tiempo, todos los días a las seis de la tarde el relojero se asoma a mirar la plaza y solo ve revolotear con la brisa del anochecer niños, pájaros y algunas ilusiones perdidas.

—González, a la hora del recreo, cuando el reloj marca las diez y media, bajamos a jugar. La pista de cemento del patio del colegio es «la Repla», que debió de quedarse con ese nombre por la pereza de llamarla *replazoleta*.

—Y más pereza llamarla por su nombre oficial: plaza del Poeta Boscán. A los poetas se les ponen estatuas y nombres de calles para olvidarlos mejor. El señor García nunca recita un poema; tiene la piel muy blanca, fría, de reptil, y en la nariz se le transparentan unas venillas como relámpagos de bilis.

—A mí el otro maestro, el señor Palop, me parece muy mayor, tiene una cabeza calva rodeada por un poco de cabello blanco como un obispo y le sale una torunda de pelo de las orejas. El señor García nos hace copiar mañana y tarde las lecciones del libro de texto a la libreta. Nos pone unos problemas de matemáticas que nadie sabe resolver y tampoco nos explica. Cuando pasa la hora, vamos a su mesa de uno en uno y él nos los resuelve en la libreta sin más. A la hora del patio el señor Palop abre un cuartito del pasillo donde tiene un almacén de material para vender sacapuntas, lápices, gomas, reglas..., a veces se presenta en el aula algún niño de otro curso que necesita algo y el señor Palop deja la clase y se va a atenderlo a su pequeña tienda.

—Nunca hemos olvidado el olor a nata dulce de las gomas Milán.

—Nunca he olvidado el olor a tierra mojada de las placas de musgo salpicadas de pinaza que mi madre traía para montar el nacimiento por Navidad.

—Todo el año esperábamos que fuera Navidad.

—En mi cabeza ahora es Navidad, González. Mi madre nos acompaña escaleras arriba del colegio y se va hasta el despacho del director, el señor Chamorro, a llevarle una botella de coñac 501 envuelta en papel de regalo. También hay otra botella de vino más económica para el maestro, que he de llevar yo cuidadosamente envuelta. El señor Chamorro es muy educado con las madres, incluso a la más humilde la llama señora tal o señora cual, con el apellido del marido. Con su eterno traje oscuro y uno de esos bigotitos estrechos a la moda franquista, parece salido del No-Do, ese noticiero documental que ponen en el cine antes de empezar la película. Forma parte de la atmósfera de ese colegio público, como los crucifijos en las aulas o el rezo antes de entrar.

En Navidad todos los días programan en la tele películas de Tarzán en blanco y negro. Me gusta mucho una en que los elefantes al sentirse morir se van bamboleando por la selva hasta un lugar secreto: el cementerio de los elefantes. Un maligno cazador y traficante de marfil trata de descubrir el lugar a toda costa para robar los colmillos. Hiere de muerte a un elefante para seguirlo durante horas en su agonía, caminando tambaleante por la selva mientras se desangra hasta que llega a una cascada que cae desde un peñasco. Ante el asombro del cazador, y el mío..., ¡la traspasa! ¿Cómo puede atravesar un elefante una pared de piedra? En realidad, la caída de agua esconde la entrada de una cueva y es allí donde los elefantes van a morir, y sus esqueletos lo convierten en un osario repleto de marfil. El cazador malvado se las promete muy felices, pero un alarido chillón ensordece la selva y sabemos que todo va a acabar bien.

—Nosotros entonces no sabíamos que Tarzán era ecologista, aunque fuera conservacionista de una selva de cartón piedra levantada en unos estudios de Hollywood, porque en la Barceloneta nadie había oído hablar del ecologismo. Ni se habían visto unas minifaldas selváticas tan eróticas como las de Maureen O'Sullivan.

—Yo juego sobre la alfombra en el pequeño salón de la tele, que entonces me parece un campo enorme.

—No es que a los niños todo les parezca grande, es que a los adultos todo nos parece pequeño, forma parte de nuestra estupidez adulta.

—Trato de lanzar las canicas desde un extremo de la alfombra hasta el centro de una figura geométrica como si fuera el gua. Me paso mucho rato mirándolas, agrupándolas por categorías, decidiendo cada día cuál es mi favorita. Tenía una bolsa de tela con una goma donde guardaba mis tesoros.

—Te fascina su belleza de cristal y esas misteriosas hélices de ADN atrapadas en el ámbar.

—La bolsa me la hizo mi madre con un trozo de funda de almohada. Ahora me doy cuenta de que era tan valiosa como las canicas. Es el día de Nochebuena, la mayor celebración de las Navidades para nosotros, aunque mi padre no vaya a cenar en casa porque trabaja en el restaurante, como cada día. Llega esa tarde del 23 de diciembre a la hora del descanso del trabajo con un pequeño sobre marrón y al abrirlo afloran unos billetes verdes con la cabeza de un obispo. Es la paga de Navidad. Separa unos cuantos y se los da a mi madre, que estaba esperando ese dinero para poder ir a hacer la compra de la cena de Nochebuena. Se cambia las zapatillas por unos zapatos y salimos de casa deprisa antes de que cierren las tiendas.

Va a cocinar cardos para el abuelo y ella, como marca la tradición de Nochebuena en Aragón, pero para nosotros va a haber algo extraordinario. Entramos en la panadería Escursell, la más cara y elegante del barrio, y compra algo que me parece muy sofisticado: un pan de molde que corta una máquina ruidosa al momento en rebanadas. En la Granja La Catalana compra también cosas caras: mantequilla, jamón york y unos filetes de queso gruyer con muchos agujeros. Esa noche es la primera vez que probamos los sándwiches mixtos, que llamamos *biquinis* y se toman en las cafeterías de lujo. Al morder notamos el pan tierno y crujiente con sabor a mantequilla y los hilachos de queso se estiran y estiran sin llegar nunca a quebrarse y nos sentimos cosmopolitas, como si estuviéramos en Nueva York o en una de esas ciudades donde dicen que hay robots que hacen la comida, la televisión es en color y no existe el aburrimiento.

—La Barceloneta no es Nueva York, Iturbe, si se asemejara a un lugar sería al Nápoles de calles estrechas y picaresca colgando de los balcones, aunque el crecimiento de los edificios hasta seis y siete pisos en unas calzadas estrechas los ha convertido en rascacielos de pobres. Pero en algo se parece a Nueva York: es una ciudad que nunca duerme. Nunca se apaga la luz en los bares del barrio. Unos abren y otros cierran, y algunos en los que son varios de familia, ni siquiera cierran; los hijos dan el relevo a los padres tras la barra, y se sirven huevos fritos con chistorra y se bebe vino a las dos de la tarde o a las dos de la madrugada, que no falta clientela a cualquier hora.

Hay cuartos de casa de treinta y cinco metros cuadrados donde viven juntos los hijos, los padres y los abuelos y, como no caben tantas camas, también se acuestan rotativamente: el que trabaja en la pesca o en el turno de noche en los talleres de reparaciones del puerto, llega a casa de madrugada y levanta al hermano para que le deje sitio en la cama, así ahorran en colchones y en despertadores. Y el barrio está siempre moviéndose porque hay turnos de veinticuatro horas en los bares pero también en la Maquinista o en los talleres Vulcano, y también en la estiba porque los barcos pagan por hora de atraque y han de vaciarse y llenarse a destajo. Los pescadores que van de noche a la pesca con luz antes de embarcar se toman una *barrecha* de coñac y cazalla, o tres, para ver si queman el frío de la madrugada y los pescadores que vuelven del arrastre al atardecer paran en el bar para vender del lote de pescado que les toca como parte de la paga, tomar vino y contar historias.

Este nunca fue un sitio de ricos, pero el ingenio hizo que jamás se pasara hambre, ni en la posguerra que dejó España en los huesos.

Después de la guerra, a las niñas con buena letra se las ponía a rellenar cartillas de racionamiento falsas que se imprimían de extranjis en una imprenta del barrio entre estampita y estampita de la virgen. Una familia de la calle Sevilla vivía en un piso de 35 metros cuadrados: el matrimonio, el abuelo y seis hijos que dormían de pie. Tenían al *yayo* moribundo desde hacía años y rezaban para que no se muriera, que su cartilla de racionamiento ayudaba a pasar la penuria de la posguerra. Como no podía ir a firmar le iban renovando la cartilla con la huella digital en un formulario. Cuando murió tuvieron mucha pena por el hombre y por la cartilla. La nuera, que era pescadera cuando había pescado, le cortó el dedo índice con el cuchillo de desventrar besugos y todo fue muy limpio porque los muertos no sangran, y luego metieron el dedo en la nevera. Y cuando tocaba renovar los papeles de la cartilla y la fe de vida, lo sacaban del frigorífico, le mojaban la yema en tinta china y seis meses más de harina y arroz. Se encariñaron mucho con esa reliquia familiar y a veces los niños jugaban con el dedo a ser la estatua de Colón.

Se trabajaba en lo que se podía. Acuérdate de la tienda de ropa de la calle San Carlos, su nombre era el lema del barrio: Las Ocasiones. Aquí se vive de las ocasiones, Iturbe. En la Barceloneta cogemos el agua cuando llueve. Y si no llueve, se hace un agujero a la cañería general con un taladro.

—En Las Ocasiones la mama me compró a plazos una trenca verde de piel de camello.

—De camello, de camella, quién sabe. Tal vez estaba hecha con los recortes del pellejo de todas esas operaciones de fimosis al por mayor que nos hacían entonces y que nos dejaban el pito en carne viva.

En la tienda del Santos se vendían tejanos Levi's a menos de la mitad de precio con el recuadro de la etiqueta de cuero recortada con unas tijeras y nadie hacía preguntas. A veces, un vecino estibador avisaba que esa noche había trabajo en el puerto para ir a echar unas horas y con el jornal algo se pegaba a las suelas de los zapatos, una caja de naranjas o media docena de paraguas, que el que carga y descarga no se lleva la mejor parte, pero algo pesca.

Fue hace muchos años, un diciembre, la víspera de Santa Lucía, que es patrona de la vista porque a la santa por no renunciar a su fe le arrancaron los ojos de cuajo y aun así volvió a ver. Pues esa noche casi navideña, un barco cargado de legumbre seca que entró retrasado a puerto había pedido a los estibadores descargar de noche para no pagar otro día de amarre, que valía un dineral. Como faltaban manos y se pagaba la hora al triple, se apuntaron unos cuantos del barrio para sacarse un aguinaldo. Pero sería por la cosa de santa Lucía o porque los grupos electrógenos del puerto eran un asco, que justo cuando se iban a poner manos a la obra, se fue la luz en el muelle adosado. De la gente solo se veía la brasa de los cigarrillos, así que habría que dejar la descarga para la mañana siguiente, a precio corriente. Pero se montó una asamblea veloz y se dijo que no estaban los tiempos para remilgos. Así que empezaron la descarga alumbrándose con candiles.

Llegó la pareja de la Guardia Civil y cuando vieron arder velas aquí y allá, dijeron que parasen inmediatamente la descarga, que iban a prender fuego al barco y hacer estallar los tanques de combustible, y que se dejaran de hostias, que tenían mujer y cuatro hijos, y la paga de huérfanos de la Guardia Civil no daba ni para pagar las púas de los peines. Y el cabo fue tajante: ahora se iban a la garita que hacía frío para estar dando paseos, pero que si veían una sola luz en el muelle, los llevaban a todos al cuartelillo. Y los guardias civiles se volvieron a la caseta de la entrada que daba al paseo de Colón, que estaba oscura como boca de lobo y dormían allí como en cueva de oso.

Se apagaron los candiles, pero de allí no se movió ni el gato. ¡Cómo no iban unos de la Barceloneta ser capaces de descargar un barco a oscuras si te amparaba santa Lucía, patrona de modistillas que han de enhebrar una aguja en un pajar! Uno dio unos golpecitos con una llave para señalar la escalinata metálica de la bodega, otro que metió medio cuerpo por la escotilla y otro más que dio una calada intensa que se llevó medio cigarrillo para tener un poco de reflejo. Y se empezó con la descarga a oscuras, a tientas. Se empezó a correr la voz por el barrio como si se prendiera una mecha de pólvora y se fue juntando gente hasta formarse una cadena humana donde unos se tocaban a otros y se pasaban los fardos.

Lo que pasó es que era noche cerrada sin luna y sin iluminación, y sin guardias civiles, y uno se despista mucho en la oscuridad. La cadena humana se equivocó y en vez de ir hacia los almacenes del puerto se desvió hasta el barrio. La fila arrancaba de la tripa del barco, cruzaba la dársena, pasaba por delante de la torre del funicular, bajaba por el paseo Nacional y luego giraba la calle San Carlos hasta llegar a una carbonería frente a la Repla. No se veía, pero palpando se iban pasando saco tras saco. Ni uno solo cayó al suelo. Y se vació el barco, que no quedó ni un garbanzo, ni las escobas para barrer encontraron al otro día los marineros, pero daba igual porque no quedaba nada que escobar. Y cuando vino la patrulla de la Guardia Civil a indagar por el barrio a ver si alguien sabía algo de unos sacos de legumbres desaparecidos, en la barra de los bares se fumaba, se bebían carajillos de anís y se comían a destajo garbanzos con una chispa de tocino, pero mientras masticaban le explicaban a la autoridad que no sabían nada ni habían visto nada. Muchos niños comieron potaje ese invierno. Y desde entonces en la capilla de Santa Lucía de la catedral de Barcelona, que se abre al público el 13 de diciembre, aparece entre las ofrendas un puñado de garbanzos.

—González, el puerto de Barcelona en el tiempo de nuestra infancia sigue siendo un lugar de trabajo, cerrado por paredes de piedra y rejas metálicas, y la barrera rojiblanca que sube y baja como en las fronteras.

—No hay visitantes ni curiosos, tan solo operarios con buzos azules manchados de grasa y bocadillos envueltos en papel de aluminio en el bolsillo de atrás bamboleándose al ritmo de sus nalgas. Iturbe, cuando tú llegaste hacía muchas décadas que se habían derribado las murallas y aquel Portal del Mar extravagante levantado en el siglo XVIII con sus fantasiosas puertas moriscas de herradura, pero el barrio seguía estando extramuros de la ciudad, acurrucado en sí mismo como un animal abandonado que se ha de espabilar solo.

—Yo debí de llegar gateando.

—A la Barceloneta llegaste gateando y aprendes a andar, pero también aprendes que no se va muy lejos: es una península que limita con el puerto, la playa y ese Somorrostro donde antes hubo chabolas de emigrantes y gitanos, y que en el ahora de tu infancia es un inmenso descampado de hierbajos, cascotes y lavadoras oxidadas. El único nexo de unión para acceder a la ciudad es el final del paseo Nacional, atravesando la avenida Icaria. Pero cruzan por ahí los raíles de la línea ferroviaria de mercancías del puerto y cuando pasa el larguísimo tren, con una lentitud de caravana de camellos, la ciudad al otro lado resulta inaccesible, tan lejana como un país remoto, el barrio se ha cerrado en su único acceso a la ciudad, se convierte en una isla perdida.

—Pero a mí no me importa, González.

—A ti no te importa porque el barrio es el mundo. A veces los niños muy pequeños corréis junto al tren para ganarlo, y lo lográis, sois más veloces y celebráis vuestra victoria gritando con toda la fuerza de los pulmones porque nadie os oirá con el jaleo de motor y chatarra, aunque lo hacéis un poco atemorizados porque los chicos mayores en la Repla os han advertido sobre el guarda tuerto. El guarda de un solo ojo estira el brazo desde el vagón, agarra del pelo a los niños que corren junto al tren, los sube a rastras y los lleva al reformatorio. Y nunca más regresan.

—Reformatorio me suena a un lugar horrible al que no querría ir por nada del mundo.

—Por eso hay que correr más deprisa que el tren, más deprisa que los guardias tuertos.

—Y corro, siempre corro.

—Tú ya no viste los tiempos fabriles en su auge, porque a principio de los años sesenta desmantelaron la Maquinista Terrestre y Marítima y se quedó muda la sirena del cambio de turno. Cuando llegaste al barrio la megafonía era la de los ganchos de los merenderos de la playa del Gato Negro, muy cerca de donde un día ardió la Escuela del Mar.

La familia Costa empezó adobando arenques y boquerones, poniéndolos en una caja de madera y yendo a venderlos como almuerzo a los empleados del puerto. Abrieron un modesto merendero a pie de playa hecho con tablones que traía la marea, pintados a brocha gorda y, como un tío tenía una barca, traía un pescado tan vivo que saltaba dando coletazos en el plato de los clientes que venían de Barcelona a comer a ese barrio pobretón de gente de mar. Y los merenderos vivieron un auge risueño. Iturbe, cuando tú corrías por las calles veías a los ganchos de los restaurantes requebrar a los paseantes con pinta de forasteros. Otro merendero, el Cataluña, era del Leslie, el vocalista de los Sirex, que cantaban «Si yo tuviera una escoba... cuántas cosas barrería». Al final, claro, fueron los merenderos, demasiado humildes, demasiado caseros, demasiado verdaderos para ser posibles, los que fueron barridos por un escobazo olímpico de modernidad.

En esos días que ahora parecen tan lejos como si nunca hubiesen existido y Barcelona solo pudiera ser como es ahora, a nadie se le pasa por la cabeza que esas calles modestas de gente trabajadora tengan interés para ningún visitante de fuera, más allá de pararse a la entrada del barrio en los bazares del puerto junto al restaurante Siete Puertas, donde venden televisores y aparatos de electrónica que se anuncian como «más baratos que en Andorra». A nadie se le pasa por la cabeza que Barcelona pueda ser una ciudad turística. La gente que puede permitirse hacer turismo o pagarse un viaje de bodas en condiciones se va a Madrid o a Mallorca o a San Sebastián.

La Sagrada Familia es una montaña de cascotes; Gaudí interesa tan poco que en los bajos de la Pedrera hay un bingo. En el mercado de la Boquería en marzo se venden guisantes, en junio, fresas, y bacalao en salazón todo el año en cajas redondas de madera como ruletas de un casino submarino; en el Parque del Laberinto solo se extravían drogadictos; en las Ramblas se venden pájaros en jaulas enanas y hámsteres que dan vueltas sobre rulos de plástico; los taxistas no saben inglés pero hablan gallego; en lo hondo del Barrio Chino no se atreven a entrar ni los chinos; en el Borne se compra fruta al por mayor y frutos secos que se venden en sacos gigantes; a mediados de octubre se ponen casetas minúsculas de tablón en el paseo Nacional donde tuestan castañas en bidones metálicos en llamas; a la estatua de Colón no sube nadie.

Y la Barceloneta es un barrio que tiene mala fama en la ciudad y se la ha ganado, porque entre pescadores y trabajadores también se filtra gente peligrosa.

—A mí lo que me impone es ir a Barcelona. Yo jamás me siento inseguro en el barrio.

—Si hay que robar, se roba fuera. Hay leyes escritas en los charcos.

—Recuerdo al cura de la iglesia de San Miguel, que lleva pantalones tejanos y una barba desaliñada.

—Se saca un dinero trabajando en los Talleres Nuevo Vulcano que invierte en ayudar a gente necesitada o que dice que está necesitada. A las chicas descarriadas les da consejos pero también, a escondidas, preservativos.

—Mi madre cree en Dios a ratos, como toda la gente del barrio. A veces se pasa por las tardes por la iglesia vacía para charlar con ese cura que sueña con irse a Sudamérica y hacerse misionero. Recela del clero desde que en el pueblo de pequeña el mosén las sobaba por debajo de la blusa cuando se iban a confesar, pero le agrada ese cura que dicen que es comunista y ayuda a la gente necesitada. Al páter barbudo no le falta fe, pero le faltan manos. Tanto es así que cuando no le da tiempo de asistir a alguno de los pacientes de la clínica de enfermos terminales que hay frente a los merenderos, envuelve una hostia consagrada en un paño blanco y envía a mi madre con ella para que le dé la comunión a alguno de los moribundos que se está deshaciendo a solas en una de las camas.

—Ella no sabe si cree en Dios, pero cree en el consuelo.

—Una tarde en la iglesia, se encuentra al joven cura barbudo muy nervioso. Le explica que alguien ha dejado una pistola sobre la repisa del confesionario. Se estruja los dedos y le dice que la va a llevar a la policía. Mi madre se lo queda mirando y delante de la cara le mueve el dedo índice igual que un limpiaparabrisas. Ni se te ocurra, le dice.

—Es que el cura lleva poco tiempo destinado ahí y aún no sabe la música que se toca: aquí, cuando la autoridad pregunta, nadie sabe nada, nadie ha visto nada, nadie ha oído nada. A una comisaría solo se entra para hacerse el carnet de identidad.

—Ella le dice lo que ha de hacer y él la obedece como si fuera el obispo. Enrolla la pistola con uno de esos trapos blancos en los que envuelve las hostias sagradas, se lo echa al bolsillo del chaquetón y se va hasta el rompeolas al anochecer. Cuando está en la punta, toma con aprensión la pistola y la lanza con todas sus fuerzas. El mar sabrá qué hacer con ella.

—Es la época en que a los ladrones de poca monta se

los llama *chorizos*. Los vecinos ponen en el parabrisas un papel que dice «soy del barrio» para que el Peseta o el Walter o el Maldonado no les abran el coche para mangarles el radiocasete extraíble *auto-reverse*. Pero aquí se vive bien, a nadie le preocupa que el tren del puerto corte la comunicación con el centro durante minutos o días o semanas. A Barcelona solo se va una o dos veces al año a los médicos de pago del Ensanche y se vuelve enseguida al barrio, al laberinto de calles donde encontramos el cobijo frente al viento de levante que arranca la arena de la playa cada otoño y cada primavera la devuelve.

—González, al salir de clase, antes de ir a casa a comer, jugamos en la plaza de San Miguel frente a la iglesia, alrededor de la fuente municipal de gatillos metálicos, que tiene un pequeño abrevadero para las palomas donde siempre flotan remojones de pan. Jugamos sin mucho ímpetu con una pelota a pasarla en un círculo improvisado. Están Baizán, Arrabal, el Licho..., pasa por ahí el Carmona con unos chicos mayores chuletas que lo menos deben de ir a octavo. Se ponen en medio y nos quitan la pelota y se ponen a jugar entre ellos. Es el primer balón de cuero que tengo, me lo han regalado en casa para los Reyes aunque ya no crea en los Reyes. Tengo miedo pero tengo más rabia que miedo y trato de ir a recuperar mi pelota y eso es lo que esperan, para añadir diversión a su aburrimiento de adolescentes sin dinero. Mis otros compañeros no me siguen, saben cuándo toca respetar la jerarquía y quedarse quietos. Los abusones hacen un rondo. Llego a los pies de uno y entonces se la pasa al de al lado, voy al de al lado y ya se la ha pasado al otro. Se divierten un rato, me torean como a un novillo sin cuernos. En uno de los quiebros que me hacen, trastabillo y me caigo rodando por el suelo de manera penosa para jolgorio de los abusones y de mis propios compañeros, que se suman a las risas.

—Sumarse al fuerte es una de las primeras lecciones de la calle.

—Ya se han divertido, así que le pegan un chupinazo al balón, que golpea con fuerza contra el lateral de una furgoneta que frena de golpe, y el conductor, que piensa que hemos sido nosotros, saca la cabeza por la ventanilla y dice cosas muy feas de nuestras madres mientras los grandullones se marchan riéndose.

Cuando arranca la furgoneta, todos salen corriendo a buscar la pelota mientras yo me levanto sacudiéndome la suciedad de los pantalones. Viene hacia mí un chico nuevo, que ha llegado al colegio al inicio de este quinto curso. Se llama Parra, es alto y pálido, pero tiene el pelo rizado como el moreno de *Starsky y Hutch*. Debe de venir de la tienda del Chincheta porque lleva varios sobres de cromos en la mano y se está riendo con carcajadas ruidosas de mi caída estrepitosa.

«¿Por qué perseguías tanto la pelota al Carmona, tío?», me pregunta.

«Porque es mía. Porque no es justo que nos la quiten», le respondo molesto. Y Parra agita la cabeza.

«¿Qué eres, como Batman, que lucha por la justicia? ¡Qué julay!»

Los demás ya regresan con el balón para seguir jugando y Parra se aleja riendo y aún se gira un momento y hace una elipse juntando los índices y los pulgares de las dos manos. Es la señal de Batman en el cielo de Gotham City. Pero no me lo tomo a mal porque es un rarito: no le gusta el fútbol y está loco por los tebeos de superhéroes.

Volvemos a la tranquilidad de nuestro juego de pasarla con un bote y al medio el que falla. Y sucede algo que no he olvidado. Desde el paseo Nacional giran por delante del restaurante Hispano dos tipos muy rubios exageradamente altos. El único extranjero que yo conozco entonces es un peruano rechoncho y risueño que entrena algunos equipos de fútbol, el Bombita, al que he visto en la Granja La Catalana de la calle Ancha comprar con ojos ilusionados un tarrito de arroz con leche. El Licho, con esos pantalones suyos anchotes que le bailotean en la cintura, se acerca a ellos y, enterado como está siempre de las ligas de fútbol de toda Europa, les pregunta con desparpajo: «¿PSV?». Ellos reaccionan con sonrisas y dedos pulgares hacia arriba contentos de haber sido reconocidos como seguidores del PSV Eindhoven, rival esa noche del F. C. Barcelona en la Recopa de Europa.

Esos extranjeros desgarbados que nos miran y sonríen con simpatía, que entonces me parecen muy mayores pero que tal vez tuvieran veinte años, fueron los primeros turistas que vi en mi vida.

Busco por el barrio, pero con escasa convicción. Miro las caras de la gente por si fuera el rostro que busco, aunque tantos años después tal vez haya cambiado tanto que lo vea y no lo reconozca. Me acerco hasta el centro cívico, que para mí es nuevo, uno de esos asépticos edificios municipales que lo mismo podría ser un ambulatorio que una oficina del catastro. El ruido de las partidas de dominó de hombres con la cabeza blanca lo ahoga todo. En la recepción me miran con recelo, no saben nada de lo que les pregunto y se me sacuden como a una mosca.

Entro en un bar del paseo Nacional, que ahora ya no se llama así, y el bar es una franquicia de no sé qué que rima con tapas, y regreso a la calle de la Sal con un regusto amargo de cerveza entre los dientes. Estoy un poco achispado. Casi me caigo rodando por las escaleras del sótano y González, al encender la luz, me mira pero no dice nada. Y yo siento la necesidad de contarle a él para contármelo a mí mismo.

—Un día en la tele solo dan imágenes de una larguísima fila de personas, parecen miles, que hacen cola para despedirse de un señor dentro de un ataúd. Es el hombre calvo con bigote de los retratos que hay en las aulas de la escuela.

—La bandera de España en blanco y negro parece cualquier bandera. El Caudillo ha muerto.

—Franco ha muerto. A nosotros nos alegra porque nos dan un montón de días de fiesta en el colegio y así puedo ir a la calle a jugar a la pelota mañana y tarde. En la Repla hay dos porterías, pero se juegan varios partidos a la vez. Yo soy portero y en cada portería hay dos o tres porteros. Cuando atacan los del otro partido, te apartas a un lado, y cuando atacan los del tuyo, se aparta el otro. Cuando atacan a la vez es un poco lío. La pelota va rebotando contra unos y otros como en la máquina del milloncete del bar Deportivo.

En un balcón de la calle del Mar, un compañero del colegio está mirando la calle mojada, matando la tarde de domingo, esperando que pase algo. Y pasamos nosotros por debajo. Mi madre nunca lleva paraguas, sino un canguro rojo impermeable como si fuera una chica. Se detiene bajo el balcón y le dice que se venga al cine, que lo invita. Badal se quedó sin madre de pequeño y su padre, pintor, ha de sacar a brocha tres hijos. Este es un barrio alegre lleno de historias tristes. Escuchamos cómo Badal baja los peldaños de la escalera de cuatro en cuatro.

—El Cine Marina huele a viejo, pero está lleno de risas jóvenes y cáscaras de pipas.

—De veras que lo intento, pero no atino a partir la cáscara de las pipas solo con los dientes, igual que no me sale hacer globos de chicle ni silbar con los dedos en la boca. Pero en ese momento da igual porque están dando *Los tres superhombres en el Oeste*.

—Las películas son de reestreno, pero a vosotros os parecen nuevas. Los superhombres son unos tipos enclenques que viajan en el tiempo vestidos con unos trajes de chichinabo; hoy día parecerían los novios feos de una despedida de soltero barata que quiere ser divertida sin saber cómo serlo.

—El Badal tiene la boca abierta y yo también.

—Tenéis la boca abierta de par en par, se os ven los dientes montados unos encima de otros porque todavía no se ha puesto en marcha el negocio de los dentistas que venden la chatarra de los *brackets* a precio de platino. Al lado, un pescador desenvuelve un bocadillo que trae olor de sardinillas en aceite porque al cine se va a merendar. El Enmascarado de plata se enfrenta a unos pistoleros malotes con cartucheras de plástico. Los de arriba tiran chicles macerados en babas a los de la platea y los de la platea se cagan en los muertos de los de arriba, y todo fluye.

Es la época de los wésterns de imitación, rodados en Almería con vaqueros que se escocían con la silla de montar y jefes indios andaluces, pero no se notaba. Y también la época de esa ventolera del erotismo, porque lo primero que cayó en España tras la dictadura fueron los sostenes y las bragas de las actrices. Los niños no sabíais lo que era la democracia, pero pronto supisteis lo que eran un par de tetas.

En un lateral de la sala se abre una franja de luz blanca, como si la fantasía de la película se hubiera trasladado a la realidad y se hubiera abierto en la pared del cine una puerta a otra dimensión. Lo que se ha abierto de golpe es la puerta de emergencia que algún compinche ha dejado entornada y se cuelan en tropel media docena que echan a correr por los pasillos oscuros y se sientan de golpe en los sitios vacíos. Viene detrás uno cojo con dos muletas que rema lo más deprisa que puede y cuya silueta grandullona conocemos todos los del barrio a kilómetros. Al poco llega el acomodador armado con su linterna de petaca, resoplando, tratando de localizar a los polizones, y solo pilla al Paulo, que aún está tratando de acomodarse en una butaca recolocando las muletas metálicas con un ruido de sables. Entre las risas del público y el cabreo de algunos que piden silencio porque justo el detective está a punto de salvar a la chica, el Paulo sale dando saltos de pirata en dirección a la salida seguido por el acomodador, que lleva a otro agarrado por el jersey, como si jugaran al pillapilla. Regresáis a la película y un tipo se gira hacia el detective negro, Bolt, agente trueno, y le pregunta muy dramático: «¿Y yo qué soy?», y desde el fondo de la sala una voz le responde: «¡Una mierda pinchada en un palo!». Hay carcajadas mezcladas con quejas de alguno cabreado. Por fin se hace el silencio y el detective negro del pelo muy rizado por fin ha salvado a la mulata preciosa. Ella tiene unos rasguños leves en una mano que él le empieza a besar con delicadeza y con una voz dulce le pregunta: «¿Y en dónde más te duele, cielo?». Uno grita desde el fondo de la platea: «¡En el chocho!». Y os partís de risa, porque los guionistas del patio de butacas tienen más guasa que los de Hollywood.

—En el descanso entre películas, estiramos las piernas y comemos cacahuetes muy salados. La segunda de la tarde es de artes marciales. Dice Badal que las de kung-fu chanan, pero esa tarde hacemos un descubrimiento que nos cambia la vida: se apagan las luces y empieza *Furia oriental*. Es la primera vez que veo a Bruce Lee.

Al principio todos lo llamamos «bruce lee», pronunciado a la española, como si además de maestro de kung-fu fuera también un gran lector.

Bruce Lee va a buscar a los malvados japoneses que se han burlado en el funeral de su maestro y él solo se enfrenta a dos, cuatro, ocho, catorce, treinta y siete.

—Reparte hostias como si fueran caramelos en la cabalgata de Reyes. Todos estáis hipnotizados por el vaivén de los nunchakus. La Repla enseguida se convertirá en un templo saolín con practicantes de artes marciales poco disciplinados entrenando con nunchakus fabricados en casa con dos trozos de palo de escoba y una cadenita.

—Salimos del cine de noche. Reímos excitados y lanzamos patadas al aire que parecen más de fútbol que de artes marciales.

Como sucedáneo de esas fantasías de kung-fu, se ha puesto de moda el judo, la única actividad extraescolar que se practica. A nadie se le ocurre estudiar inglés, no hay academias de idiomas en el barrio, es tontería, ¡si todos somos de allí y hablamos lo mismo!

Mi hermano y yo compartimos una bolsa de deporte con el anagrama de las Olimpiadas de Montreal y vamos a aprender judo al edificio de la Fraternidad.

—La Fraternidad tiene un largo pasado cooperativista, Iturbe. El edificio fue una fábrica de galletas de barco y a principio del siglo xx se trasladó allí la Cooperativa Obrera La Fraternidad para ser algo más que un economato para los trabajadores: se abrió en el piso de arriba un salón de actos para acoger conferencias o actividades culturales gratuitas para formar a la gente de clase obrera y una biblioteca, pero tras la guerra ese sueño cooperativo se lo llevó el levante. En los años setenta para ti tan solo es la academia de judo del Humet, que en días alternos también es academia de ballet. Al Humet le interesa la danza más que el judo, tiene una voz delgada, unas manos que aletean en el aire más de lo habitual y una perilla de faquir. Tal vez lo sea. Se cuenta que guarda una cobra escondida en el armario del despacho y duerme sobre una cama de clavos en la que recibe a sus amantes marineros.

Dobla la esquina de la calle San Carlos y sube por la calle lateral de la Repla un coche con un megáfono que expande a todo volumen una voz metálica que retumba por todo el barrio: «*Volem l'Estatut, volem l'Estatut!*». El grano de arena tiembla en la fachada del colegio con esa crepitación de tiempos que parecen nuevos. Nosotros, también.

—Los niños del barrio levantamos la cabeza contentos con esa novedad ruidosa. Salimos detrás corriendo alegremente como si fuera el flautista de Hamelín, más aún cuando desde el Renault 4L lanzan unos caramelos redondos con celofán transparente que llevan las cuatro barras de la bandera de Cataluña con sabor a fresa.

Hay un verano en que desaparecen los profesores del bigotito estrecho y la mala leche ancha. En septiembre aparecen unos maestros jóvenes, barbudos, melenudos y con camisas tejanas. Ya no son el señor Palop o el señor García, sino Javier, Nati, Rafa... Rafa no es melenudo por la calvicie precoz, pero llega al colegio en una moto italiana de 400 cc y entra en clase con una chupa de cuero que nos deja flipando en colores. También llega una maestra tímida que se llama Nuria con un pelo muy rizado de escarola y un bolso de ante con muchos flecos como los de las películas de vaqueros, y trae un libro de texto en catalán que se llama *Gresol* y tiene en la portada una lámpara de Aladino. También saca del bolso apache un libro con un niño rubio en la portada, *El petit príncep*.

En mi casa nadie sabe hablar catalán, solo mi padre, o eso cree. En la tele un grupo de cantantes vestidos con pantalones de pana canta «Libertad, sin ira, libertad»; cuando mi madre va a la Granja La Catalana se cuenta que en las Ramblas hay manifestaciones sindicales todos los días; una mañana nos encontramos en la clase paquetes de hojas rectangulares con nombres de partidos extravagantes que han sobrado de la jornada del día anterior que tienen la cara de atrás en blanco y yo me quedo un fajo del PIPPA, el Partido Independiente Pro Política Austera, para graparlos y hacerme unas libretas alargadas.

Todo ha cambiado pero todo es igual: jugamos en la Repla al fútbol, a salpicar agua en la fuente, a pasarse globos llenos de agua hasta que nos estallen encima, a las pilas de cromos y, para las fiestas del barrio por San Miguel, seguimos el cañón minúsculo comandado ya por el hijo de Paco, un grandullón desastrado que ha heredado de su padre el cañón, el traje napoleónico que le viene corto, el sable de mentirijillas y el apodo de Paco, el Tonto, que no se usa con voluntad de crueldad pero es cruel.

Las palabras de entonces escuecen, son duras, pero no nos damos cuenta.

—A las personas con síndrome de Down que utilizan la Repla a mediodía, justo antes de que entremos al colegio por la tarde, se los llama *subnormales*. Se usa esa palabra con la misma naturalidad con que ellos juegan en la replaceta al aire libre en medio del barrio o se dan besos de tornillo. Ahora somos más compasivos, los llamamos con palabras suaves, les construimos instalaciones modernas, ponemos a su disposición personal especializado, se legislan ayudas. Pero los mantenemos lejos de las calles, lejos de nosotros.

—El Metralleta vive en la calle.

—El Llavi, le llama todo el mundo, que no es ni Javi ni Xavi, ni castellano ni catalán, porque en la Barceloneta se habla un idioma inventado. El Llavi, el Metralleta, el Metralla, va sucio, mal afeitado, despeinado, casi siempre mugriento, con una sopa de vino derramada sobre la camisa, con ropa regalada que le viene grande y caminando de manera errática, no es raro verlo con manchas de sangre de una ceja abierta. Puede pasar al lado de alguien que esté en la terraza de un bar del paseo Nacional y, en un descuido, agarrarle el vaso de cerveza y bebérselo de un trago. Si el cliente se lo reprocha, el Metralleta, con sus ojos rojos alucinados, solo le contesta indignado: «*Fill de puta!*», como si no tolerase la insolencia de los que niegan su derecho de emperador de los callejones a beberse lo que quiera cuando quiera en su reino de la Barceloneta. Puede pararse a insultar a alguno que pasaba por allí simplemente porque le da por ahí o ponerse a cantar el himno del Barça; a veces, lleva la cara tatuada de las hostias que le dan los que tienen poco sentido del humor o poca paciencia. No se sabe si está trastornado porque bebe o bebe porque está trastornado. Le miras a los ojos y los ojos del Llavi no miran a ninguna parte.

Algunos gamberros, cuando lo pillan a solas en alguna zona alejada del barrio, le pegan, incluso con saña. Va al hospital canturreando el himno del Barça en la camilla y vuelve con un turbante en la cabeza. Hace alguna de las suyas y un vecino le amenaza levantándole la mano y se encoge atemorizado como un perro asustado. Hay quienes lo invitan a beber con un sentido ebrio de la misericordia. Hay gente que le da ropa o incluso le lleva comida. A veces la toma muy agradecido, con la cabeza gacha, arrepentido de sus trapacerías; otras, coge el bocadillo que le lleva una señora bienintencionada y lo estampa con toda su mala leche contra el escaparate de una zapatería.

—A veces vamos detrás de él para hacerlo rabiar, imitando su voz de borracho gritando *«fill de puta!»* para salir enseguida corriendo entre risas.

—El Llavi no tiene casa, su casa es el barrio, su oficina es cualquier bar donde lo inviten. Duerme a veces en los soportales del paseo Marítimo que apestan a orines, arrebujado en unas mantas tiesas. Cena un cartón de vino. No es el único, el mar de la noche es negro y la playa a oscuras está llena de náufragos. Una pareja de adolescentes con chupas de cuero caminan con paso apresurado en busca de un rincón oscuro para morrearse y quemar después una tableta negra de chocolate que no está hecho de cacao. Al pasar cerca del bulto del Metralleta, él, sin levantar la cabeza, les pide un cigarrillo. *«Ves a cagar, Llavi»*, le contesta él, en función de gallo con espolones. Los dos adolescentes siguen caminando entre sombras y alguna de sus pisadas con las botas camperas provoca un crujido de cristales diminutos como si caminaran sobre granizo. Creen que son botellas rotas, todavía no se han familiarizado con las jeringuillas. Pronto lo harán. El Metralla desde algún lugar en la oscuridad canta hasta quedarse afónico.

—Va vagando por el barrio a todas horas.

—Los locos deambulan por el barrio, pero a nadie le importa, porque ellos también son el barrio. El Legionario, con su casaca militar descolorida y un gorro del Tercio con borla, se planta en mitad de la calzada en el cruce de la calle Ancha con el paseo Nacional a dirigir el tráfico con un silbato. Los que son de afuera hasta le hacen caso. Los de la Barceloneta le gritan que se quite de en medio o le van a dar un puñetazo, y el legionario saca pecho. Se va hasta el cubo de hielo donde el restaurante Ancora tiene expuestas unas gambas mustias y mira por debajo de las hojas de parra de plástico a la búsqueda de mensajes cifrados de algún centro de mando del que espera órdenes cruciales. Saca del bolsillo una trompeta y toca diana a las doce del mediodía. Y desfila él solo por la calle del Mar hasta perderse de vista en algún bar del que lo echan enseguida a empujones o lo invitan a vino, según la guasa de los parroquianos.

Pedrito tiene algo roto dentro de su cabeza que no se sabe qué es. Mira raro, esquinado, pero de lejos puede pasar por un joven normal. Va por el paseo Nacional recogiendo colillas del suelo y fumándoselas con avidez. Algunos lo invitan a tabaco y él agacha la cabeza educado, es inofensivo como un ciervo. Va caminando por el paseo y, sin que parezca venir a cuento de nada, echa a gritar y a correr con los brazos rectos pegados al cuerpo. Los chavales os lo pasáis bomba siguiéndolo a unos metros de distancia cuando camina pacíficamente y observando el salto que dan los que no lo conocen cuando pasa a su lado y de repente empieza a chillar con unos alaridos que pertenecen a un lenguaje desconocido, más cercano al de las ballenas que al de los humanos, y echa a correr.

—Le llamamos el Colillas.

—Cuando el Colillas chilla por el paseo Nacional frente a los tinglados del puerto, los pájaros se desestabilizan, trastabillan en el aire y caen al suelo; los perros aúllan como si se compadecieran de su vértigo de nicotina.

Siento el vértigo de salir del sueño cuando la cabeza me resbala por el respaldo de la silla y me despierto de golpe. La lámpara de González está apagada y la mía también. Me he quedado dormido y hay un leve resplandor arriba de la luz de la cocina. Aquí abajo todo está a oscuras y González no está.

Por la mañana tengo resaca de recuerdos. Desayuno un zumo demasiado dulce y me preparo un emparedado de jamón york verdoso, con el mismo moho que trepa por las baldosas de la cocina.

Necesito hablar con González, así que bajo hacia las tinieblas y acude a la llamada de la luz. Necesito hablarle de Parra.

—Es ese chico nuevo alto y desgarbado, Parramón. Es un apellido muy largo, como de señor mayor, así que en el colegio le llamamos Parra.

—Tiene nombre de abuelo: Eustaquio. Su madre es una señora viejísima. Tiene mil años.

—González, tal vez tuviera menos años de los que tenemos nosotros ahora. Pero nos parece muy rara, con un pañuelo en la cabeza atado a la barbilla, unas gafas con cristales de culo de botella y agarrada a un bolso salido de un museo. Le llamaba Eustaqui y le hablaba en catalán con voz de pito. Nos reímos de todo el mundo. Cuando Parra no está delante nos reímos de su madre; yo consigo aumentar mi popularidad encontrando parecidos ridículos a la gente. Pero esas malicias las interrumpo inmediatamente en cuanto se acerca un maestro.

—Temes a los maestros, Iturbe.

—Había compañeros de clase que creían que yo era un pelota.

—Eras un pelota. Hacías siempre lo que te mandaban los profesores sin rechistar y salías corriendo a cumplirlo a rajatabla.

—¿Y no es lo que hay que hacer?

—En la Barceloneta la gente tiene sordera crónica para escuchar las órdenes de la autoridad. Pero, aunque nadie espera que lo hagas, ni los propios maestros que lo ordenan, tú insistes en hacer lo que te mandan.

—Soy obediente porque soy inseguro, pero es difícil no serlo con diez años. Soy enclenque, miedoso, llevo gafas.

—Llevar gafas te adjudica inmediatamente al bando de los pringados.

—Parra es más alto y fuerte que cualquiera de nosotros, ya empieza a tener algún grano de acné, pero es también inseguro y se ve a kilómetros que es un pringado como nosotros, que evitamos a los repetidores que fuman y se besan con las chicas mayores, o les reímos las gracias, porque si les da por ahí te pegan una colleja o dos patadas sin venir a cuento.

La madre viene a buscarlo a la salida del colegio con una merienda de niños ricos: una pasta comprada en la panadería y un batido de cacao Cacaolat. Ella trata de peinarle el pelo rizado de estropajo mientras él trata de zafarse de mala manera a la vez que nos mira de reojo. Cuando su madre no está, Parra se saca los faldones de la camisa por fuera de la cintura de los pantalones para parecer más rebelde. Alguien dijo que venía de estudiar en La Salle, que era colegio de pago. Y es verdad que lleva zapatillas deportivas de marca y cada día desayuna dónuts o pastelillos como los Bonys o los Megatones, que traían cromos de superhéroes o de motos, pero vive como casi todos, en un cuarto de una casa cualquiera de una calle cualquiera del barrio.

En cuanto Parra se aleja unos pasos de su madre y se acerca de nuevo al grupo, hace notar su llegada con un regüeldo gigante y así marca territorio y deja claro que no es un blandengue. A veces se arranca con una imitación del baile egipcio que hace un humorista en televisión, doblando los codos y muñecas en forma de zeta, y moviendo el cuello adelante y atrás. En él, siempre descamisado, despeinado y desgarbado, el baile cómico tira a grotesco y nos reímos, pero más con afecto que con mala leche. Es un grandullón con acné, pero hay algo profundamente infantil en él.

Recuerdo una tarde de tantas en que la gente de clase juega al chuta-pared contra el murallón del colegio.

—Los pelotazos son tan fuertes que con la vibración corren más rápido las agujas del reloj y tiembla hasta el grano de arena.

—Pegado a la pared hay un banco de madera medio quebrado, donde al anochecer los mayores se sientan a morrearse con las chicas y fumar, que se usa como parte del juego. Los rebotes de la pelota en el banco hacen que tome trayectorias inesperadas y al que le toca devolver el chute contra la pared, le complica mucho acertar. Los que fallan han de ponerse en la pared a la manera de muñecos del pim-pam-pum y esquivar como puedan los balonazos. No vale separarse de la pared, pero sí vale parapetarse detrás del banco, aunque protege poco: está medio desmontado y de las dos traviesas del respaldo le falta una. Cuando hay alguno pringando en el banco la gracia del juego ya no es chutar a la pared, sino acertar al pringado de turno.

El juego dura poco; en cuanto falla alguno de los grandullones repetidores, los que con más saña tratan de acertar a los que paran, en vez de ponerse en el banco como les toca, dicen que no se vale, que repiten, y entonces los demás protestan con la boca pequeña, no vayan a partírsela. O en cuanto falla uno de los fuertes, simplemente deja el juego y se larga sin más. Y se deshace el grupo.

Parra está sentado a un lado, en la escalera de piedra, porque a él no le va el fútbol. Apenas he hablado con él, más allá de cambiar cromos a la hora del patio, pero me acerco. Tiene su pelambrera rizada metida en un libro ilustrado de *La guerra de las galaxias* que se ha comprado con el dinero que le da su madre. Las naves brillan en el papel. Nos sentamos juntos a mirar los desiertos de Tatooine, los moradores de las arenas, Darth Vader con su cabeza cuadrada de charol... Pasamos las páginas deprisa, con ojos voraces. Parra abre mucho los ojos cuando aparece en una foto a página entera la princesa Leia con su raya en medio de niña de colegio de pago y se pone en pie impulsado por un resorte.

«¡La princesa está buenísima!», berrea. Y ejecuta ese baile egipcio suyo para celebrar la excitación eléctrica que le recorre el cuerpo.

Le da igual que pasen por ahí unos de séptimo y le griten «¡Locus!». Él responde llevándose la mano a la bragueta en el gesto internacional de «tocadme los cojones».

Locus, una forma de buen rollo de llamarle loco, es su mote habitual, por esos arranques bailarines, pero también por esa obsesión suya con las películas de ciencia ficción y los tebeos de superhéroes.

—Tiene la cara angulosa forrada de granos de grasa y barrillos negros, también un bigote incipiente. Regüelda.

Se rasca por encima de la bragueta como un tipo duro, pero es más frágil de lo que aparenta.

«Te voy a contar un secreto», me dice. Y yo lo miro muy atento. «En Pueblo Nuevo está la fábrica de los Madelman. Los que salen con alguna pequeña tara, aunque casi ni se note, los tiran a la cloaca del río Bogatell y los arrastra hasta la desembocadura en la playa. ¡Se encuentran *la estiba* de Madelman!»

Nos encantan esos muñecos articulados. Parra tiene los ojos brillante pensando en muñecos, trajes y accesorios: el Madelman polar, el explorador, el soldado, el astronauta...

En la Barceloneta los pisos son minúsculos y cuando hay que hacer la limpieza, las madres nos barren de casa. A veces, vamos a la playa y nos juntamos en pandilla algunos de la clase.

—A la playa ya no vais a hacer castillos, si acaso a deshacerlos. En invierno es una playa gris, hay sobre la arena tablones empapados y harapos de redes con el brillo peligroso de algún anzuelo. Las gaviotas escarban buscando carne putrefacta y vosotros avanzáis esquivando la quincalla arrastrada por el temporal, dais puntapiés a botas viejas y pájaros muertos. Y reís.

—Parra no abre la boca, hasta que uno de la clase le pide que haga el eructo bestial y se pone contento de tener protagonismo. Coge aire y lanza un regüeldo estruendoso que rebota en los soportales del paseo. Mira a uno y otro lado para ver si ha gustado, pero nadie le hace mucho caso, nadie celebra los logros de nadie. Alguien dice algo y solo llegan palabras sueltas, entrecortadas.

—Las conversaciones en la playa las deshace ese viento fuerte que despeina a los calvos.

—«Este *garbí* es de galerna», dice Pacheco. Y nadie le lleva la contraria, porque es chuleta y pegón, pero también porque de eso sabe mucho: su padre es pescador y él un día lo será también. El padre de otra compañera de clase, la Fernández, hace poco murió en alta mar.

—Fue durante un temporal que mató a tres pescadores que iban a la luz, a engañar al boquerón con las lámparas para hacerlo venir del fondo los días sin luna; acuden a ella hipnotizados. Pero esa noche de tormenta el mar los engañó a ellos.

—Playa adelante hay un cubo rectangular de cemento que se adentra en la arena.

—Protege la tubería que lleva el agua salada a los delfines del zoo. Si apoyas la cabeza y escuchas atentamente oyes sus chillidos alegres y hasta los aplausos de la gente en el zoológico que está viendo el espectáculo de saltos. Saltan y golpean pelotas de playa con la cola para ganarse el sustento de sardinas. Vosotros dais saltos sobre la arena, para jugar y espantar el frío y ese mal fario de la palabra *galerna*.

—Pacheco coge del rabo una rata muerta hinchada como un pellejo a punto de reventar. La balancea en el aire y se la lanza al Lalo, que es el clásico miope larguirucho que recibe collejas por todos lados. Lalo echa a correr y nos la tira encima. Las ratas me dan un asco irracional, un pánico incontrolable, son aquellas garras que pensaba que entrarían por la ventana en la noche. Me aparto sin apurarme cuando viene volando, como si no me importara. Si me cayera encima creo que moriría, pero los demás no deben saberlo.

—Si tus amigos de juegos detectaran tu flaqueza, se convertirían al instante en una jauría que te perseguiría insaciable hasta meterte la rata por dentro del jersey o frotártela por la cara para buscar el asentimiento unos de otros. No sería nada personal, solo códigos de la manada.

—Uno señala a un individuo a una cierta distancia con una guerrera militar vieja muy sucia desfilando sobre la arena con una botella de vino al hombro. «¡Legionario! ¡Petaculos!», le grita Pacheco. Todos reímos. El tipo nos mira con cara de borracho cabreado. Arrancamos a correr entre risas y el Legionario nos persigue unos pasos.

—Enseguida queda atrás desfondado en mitad de la playa como un espantapájaros.

—¿Pero tú también estabas ahí esa tarde, González?

—Estaba, aunque tú no te dieras cuenta.

—Igual recuerdas que el temporal ha traído a la orilla una de esas cajas de fruta de madera delgada y corremos a ver quién llega antes para hacerla astillas. Saltamos encima y las maderas se quiebran. No veo saltar a Parra y es cuando me doy cuenta de que no está. Giro la cabeza a uno y otro lado hasta que lo veo alejarse hacia el campo de fútbol con ese caminar suyo patoso. Estoy a punto de llamarlo haciendo bocina con las manos, pero lo dejo estar.

—Se le ve diminuto en la distancia, deja atrás la valla del campo de fútbol y se encamina hacia la soledad del Somorrostro sin volver la cabeza atrás.

—Y, de repente, empieza a llover.

—Las gotas de lluvia percuten contra la barandilla metálica del paseo despellejada por el óxido y cae una cortina mojada sobre la playa. En la distancia se ve a Parra caminar sin alterarse, con la cabeza protegida por sus rizos grasientos donde resbalan las gotas como sobre la lana de un carnero, caminando hacia la vaciedad de esos solares que tienen el brillo de los cristales rotos.

—Los demás del grupo también lo miran un instante sin entender por qué no regresa. Uno le grita «¡Locus!» con toda la fuerza de su garganta, pero él ni siquiera se gira, continúa con una determinación inquebrantable como si tuviera una misión que cumplir en aquellos descampados donde lo único que hay es la putrefacta desembocadura del Bogatell.

—Parra queda a lo lejos, disgregado por la lluvia, febril en su determinación de encontrar tesoros sumergidos.

—Pasados unos días, quizá fueran semanas, una tarde me encuentro con él en el paseo Nacional. Tiene unos cómics en la mano y hace ademán de esconderlos al ver que me acerco, pero entonces ve que yo llevo unos ejemplares de la Patrulla X. Entonces, abre mucho los ojos, nos reconocemos.

—Pertenecéis a la misma secta.

—Caminamos juntos aunque él, más alto y más nervioso, da unas zancadas de gigante. Dejamos atrás el consultorio médico, El Rey de la Gamba y, ya al final del paseo, la tienda de efectos navales.

—Parece el almacén del capitán Nemo. En el escaparate hay faroles de latón, botas amarillas de agua, molinetes y sogas para atracar barcos, gruesas como anacondas.

—Pasamos la rotonda donde dan la vuelta los autobuses y el edificio del acuárium.

—Me gustaba ese acuárium.

—Te pega, González.

—Estaba en penumbra y solo quedaban iluminados los pequeños cristales de las peceras. Podías asomarte al fondo del mar a través de los ventanucos rectangulares como en las ediciones ilustradas de *Veinte mil leguas de viaje submarino*. Siempre estaba vacío y había en esa contemplación silenciosa de los peces un recogimiento que para mí era como estar en una iglesia. Les rezaba a los peces.

—Siempre fuiste un colgado, González.

—Y tú, más.

—Ese día nosotros no entramos en el acuárium. Parra sigue dando zancadas como si nos dirigiéramos hacia el rompeolas, hasta que se detiene en seco y levanta la cabeza. Enfrente se alza una de las dos torres del funicular que cruza el puerto y llega hasta la montaña de Montjuic. Nunca la he visto tan de cerca y me parece imponente.

—La Torre de San Sebastián es un observatorio de pájaros sobre la Barceloneta y el puerto. Una de esas obras construidas en el furor de la Exposición Universal de 1929 con ese fervor modernista por las estructuras de hierro.

—Yo le digo a Parra que esa estructura metálica me recuerda a las rampas de lanzamiento de cohetes de Cabo Cañaveral que hemos visto en los telediarios y asiente a toda velocidad con su cuello larguirucho. Nos entendemos enseguida. El muelle y los talleres de reparaciones están tan cerca que llega un fuerte olor a brea y a gasoil. Parra me dice que él viene aquí algunas tardes. Me señala unos montículos de polvo verde descargados en el muelle de áridos y le brillan los ojos.

«¡Es criptonita!», se exclama.

Mira hacia arriba y me confiesa que en su cabeza se imagina a Batman corriendo por el cable de acero de torre a torre del funicular, bamboleándose a cien metros de altura sobre el puerto. O trepando por la Torre de San Sebastián y saltando sobre una de las cestas rojas que llevan a los pasajeros hasta sobrevolar un barco atracado donde tiene su base flotante Dos caras, el fiscal de Gotham City.

—Fue rociado con ácido durante un juicio y la mitad de su cara quedó normal y la otra mitad tan desollada que podías ver la fontanería supurante de sus vasos sanguíneos, los dientes sin labios y el ojo redondo sin párpados como el de un zombi.

—Sobrevivió al ataque, pero se trastornó y se convirtió en un supervillano despiadado. Parra me explica cómo Batman salta de la cesta del teleférico hasta la cubierta del barco que cruza por delante camino del muelle de inflamables y allí se deshace con unos cuantos golpes de los vigilantes como si lo estuviera viviendo. Al contarlo, pega él mismo puñetazos al aire.

—Tú lo escuchas fascinado mientras el viento que entra por la bocana del puerto le mueve los rizos.

—Parra saca del bolsillo un billete azul de quinientas pesetas. Abro mucho los ojos porque me parece mucho dinero y él se ríe. Su madre se lo regaló para su cumpleaños, junto a tres o cuatro cosas más.

«¡Venga, tío! ¡Es la señal!», me dice.

«¿Qué señal?»

Y me señala la luz del faro destellando desde la falda de la montaña de Montjuic.

«¡Es el comisario Gordon desde la comisaría central llamando a Batman!»

Estoy entusiasmado. Vamos a subir a la torre del funicular y a balancearnos en sus canastas por encima del puerto como superhéroes y nos dirigimos a la taquilla. Parra, que es más corpulento y aparenta más edad, compra los boletos y se los venden sin problema. Tomamos el ascensor para subir a la plataforma de donde parten las cestas que cruzan el puerto suspendidas del cable. Pero subiendo noto que algo no va bien. Al llegar arriba, Parra está pletórico y sale como una exhalación a la plataforma batida por la brisa recia. Hace sus gestos copulativos con la pelvis.

«¡Toma!»

Mira hacia la enorme cuadrícula urbana que se despliega más allá del paseo de Colón. Barcelona empieza a encender sus luces al otro lado del puerto y resulta una ciudad misteriosa, mucho más grande de lo que yo creía. Parra observa la inmensidad con los ojos y la boca muy abiertos.

«¡Tío, es Gotham City!», grita excitado.

—La ciudad a vuestros pies, el mundo abriéndose para vosotros como el capullo de una flor.

—Tenía que ser un gran momento, pero a mí se me está atragantando. No me encuentro bien, doy un paso atrás, replegándome hacia la puerta del ascensor, alargando la mano para tocar el portón metálico porque necesito agarrarme a algo firme: esa altura me succiona hacia ella. La visión de la cesta colgando de manera frágil en el vacío me enfría el pecho y, sin embargo, noto que estoy sudando.

Parra me mira intrigado. Al ir a hablar, tartamudeo, siento un miedo irracional a caerme o a tener un arranque y saltar al vacío. Necesito imperiosamente pegarme a la pared metálica de la torre con todas mis fuerzas. Nunca había subido tan alto, ese día descubro que tengo vértigo, una novedosa variedad de mi catálogo de miedos.

Parra empieza a reírse con su carcajada estruendosa.

«¡Qué pringado! ¡Estás todo jiñado!»

No soy capaz de hablar, concentrado en mi miedo, en pegar la espalda a la pared metálica y en notar el rubor de la vergüenza que me arde en las mejillas. Tengo miedo a la altura, miedo al miedo, miedo a perder el respeto de Parra, que va a considerarme el ser más patético y despreciable del planeta, y no podré reprochárselo porque lo soy. Mañana lo sabrán todos en clase, me cantarán «¡Gallina, capitán de la sardina!», me tendré que pelear para no quedar mal y no sé, y no me dolerán tanto las patadas que me den como el ridículo que haré. Me imagino a esa chica tan guapa de clase, Silvia Minerva, mirando desde el otro extremo del patio viéndome tirado por el suelo. Seguramente no seré capaz de aguantarme las ganas de llorar, porque soy llorón, y aún será más humillante. Pero Parra se acerca y me mira un poco preocupado.

«Bueno, tío, podemos dejarlo para otro día. Igual hoy hace demasiado aire.»

Le dice al empleado que no me encuentro bien, que si nos pueden devolver el dinero y el hombre le dice que sí, que nos lo darán en la taquilla de abajo. Mientras descendemos, Parra no dice nada y yo tampoco. Caminamos hacia el centro del barrio y nos cruzamos con un compañero de clase, el Carracedo, que vive en uno de esos pisos del final del paseo. Mira hacia mí, blanco como un muerto, y pregunta de dónde venimos.

«De por ahí», le responde Parra sin más explicaciones. Y seguimos ante la mirada escamada del Carracedo.

Desde entonces nos buscamos a la entrada del colegio todos los días. Los jueves por la tarde no viene a clase, su madre lo deja quedarse en casa a ver la serie *Espacio: 1999*. Yo solo veo algún capítulo cuando me pongo enfermo de verdad, un par de veces durante el invierno, cuando la fiebre me amodorra y veo la tele tumbado en el sofá en pijama. Y los demás me los explica embarulladamente Parra, sentados en el bordillo de la acera al salir de clase. Los protagonistas de *Espacio: 1999* han sido destinados a una base en la Luna con sus uniformes de pata de elefante y sus patillas de hacha, pero una explosión del material nuclear hace que el satélite se descabalgue de su órbita terrestre. La estación lunar empieza a vagar por el espacio, visitando planetas en los que van topando habitantes diversos: hostiles, entrañables violentos o bizarros con orejas puntiagudas, según la semana. Parra gesticula con arrebato. Nos parece que el universo mola.

—Del calendario colgado en la cocina vuela la hoja de 1978 y asoma la de 1979. El año 1999 suena entonces remoto, el futuro es eso que nunca va a llegar, que solo sirve para hacer series de televisión que entretienen por las tardes.

—Nuestro principal entretenimiento es dar vueltas por el barrio.

Hemos descubierto un lugar intrigante. Siguiendo la ruta de los camiones que atraviesan el paseo Nacional cargados con unos enormes cubos de piedra, nos acercamos hasta el rompeolas. Los domingos por la mañana los camiones no trabajan en la descarga de esos bloques destinados a reforzar la escollera. Depositan las piedras en un descampado, apiladas unas sobre otras formando corredores de varios metros de altura.

En esas obras está prohibido entrar y hay un vigilante al que le llaman el Chérif. Dice Pacheco que si encuentra a un niño merodeando por ahí lo lleva a su caseta y le pega con una vara hasta hacerle sangre.

Nos introducimos por una de las entradas que se forman entre los cubos de piedra y nos imaginamos que recorremos el interior de una pirámide. Me parece divertido al principio, pero enseguida me acuerdo del Chérif y ya estoy deseando salir, pero no es tan sencillo. Es un laberinto de pasillos de piedra. Giremos donde giremos, hay bloques de cemento y nuevos corredores. Nos damos cuenta de que estamos extraviados y nos miramos, le susurro a Parra que tal vez tengamos que quedarnos a vivir para siempre allá adentro y él abre los ojos ilusionado, la idea le gusta: él y yo juntos viviendo aventuras alucinantes en lugar de pasar la vida en ese piso de treinta y cinco metros cuadrados asfixiante, impregnado del olor de sus deportivas que apestan a pies, con su madre tan pendiente siempre que lo agobia preguntándole si tiene deberes o qué quiere que le ponga de almuerzo para la hora del patio. Parra hace su movimiento egipcio y ríe con su carcajada atronadora, y yo, aterrado, le estiro del jersey para que cierre su bocaza, no vaya a alertar al vigilante.

Él sigue adelante y yo le sigo. Al doblar uno de los corredores, nos detenemos de golpe paralizados por el asombro. Enfrente nuestro hay una niña acuclillada con las bragas en los tobillos; brota del interior de su cuerpo una cascada dorada que mana desde una grieta secreta y estalla contra el suelo rebotando en chispazos que tienen todos los colores del arco iris. La niña con coletas nos dedica una sonrisa con toda naturalidad.

—Miráis hipnotizados entre sus piernas la fisura de carne donde se abre la entrada a la gruta misteriosa donde nace el oro.

—Salimos callados del laberinto, un poco trastornados. Durante años, las chicas no contaban, eran un universo paralelo, ellas saltaban a la comba y nosotros jugábamos al fútbol, ellas nos ignoraban y nosotros las ignorábamos. Pero, de repente, algo ha empezado a despertarse dentro de nosotros y en vez de ignorarlas algunos les tiran del pelo o les dicen cualquier burrada.

—Les rebuznan porque es la única manera que saben de comunicarse con ellas. Las ahuyentan cuando lo que de verdad querrían es atraerlas.

—Mi forma de comunicación con las chicas es el silencio. Hay una compañera de clase, una niña que tiene un pelo rubio anaranjado, los ojos oscuros y unas pecas de canela espolvoreadas sobre las mejillas.

—Silvia Minerva.

—Tú también te fijaste, González.

—Guapa, con clase, gacela.

—Cuando ando por el barrio voy mirando a uno y otro lado con la fervorosa esperanza de cruzarme con ella. Aunque si me la encontrara tampoco le diría nada, claro. Ni la saludaría siquiera, no fuera a percatarse alguno de mis amigos, o ella misma, de que me gustaba tanto. A veces Parra desaparece varios días en sus cosas o va con su madre al médico o no sé dónde, porque nunca se explica lo que cada uno hace en su casa, y me quedo sentado yo solo en un banco del paseo Nacional esperando que pase alguien conocido para jugar, pero en realidad a quien espero ver pasar es a Silvia Minerva. Nunca pasa por mi banco. Solo se cruza el Colillas, paseo arriba y paseo abajo.

Un domingo ha estado toda la mañana lloviendo y la Repla está encharcada, así que nadie va a ir a jugar. A mí me ahoga el humo del puro de mi abuelo y ese sonsonete saturado de parásitos del *Carrusel Deportivo* en la radio, donde un pitido metálico avisa a cada poco de un gol en algún campo de fútbol en ciudades remotas. Salgo de casa con las manos en los bolsillos y me voy hasta la Repla, y aunque ha dejado de llover, hace mala tarde y ya sé que estará vacía.

El cemento de la pista está mojado y no hay nadie, tan solo un par de patinadoras han aprovechado la deserción de la manada de futboleros. Pero al mirar como resbalan por el cemento salpicando agua con los ruedines me da un vuelco el estómago: una de ellas es Silvia Minerva. Reconozco esas faldas suyas largas y acampanadas y esas sudaderas con el nombre de alguna universidad de ciudades extranjeras donde nadie de la Barceloneta ha estado. Entro en el recinto vallado, me siento en el escaño de cemento y me quedo absorto viéndola sobre los patines de cuatro ruedas. Se coge de la mano de su amiga, la Sánchez, una compañera de clase de hueso ancho, no muy agraciada, y van arriba y abajo por mitad de la pista. Yo no sé si Silvia Minerva patina bien, pero a mí me parece una bailarina.

—Iturbe, el rodaje de las ruedas sobre el cemento manda mensajes que se transmiten en la substancia acuática del aire. El reloj, el relojero, el grano de arena, desde la fachada del colegio..., todos están al tanto de cada giro de Silvia Minerva, de su melena rubia agitada, de la percusión de cada uno de tus latidos.

—El roce de los patines se convierte en un agradable susurro sordo cuando pasan por encima de los charcos y ese movimiento de las dos chicas arriba y abajo como un péndulo, arrebujado en mi chaqueta de paño, me va adormeciendo.

—En ese estado de somnolencia ya no eres capaz de saber si las miras patinar o si sueñas que patinan.

—Y con esa agradable modorra de felicidad las veo detenerse cerca de la puerta de alambre, a la Sánchez quitarse los patines y dejarlos en el suelo porque debe de habérselos prestado Silvia, y despedirse alzando la mano. Y, entonces, Silvia Minerva se acerca patinando como si nadara. Parece que viene hacia mí, pero no puede ser. Me giro hacia atrás, pero no hay nadie más en la pista. Se me pasa de golpe la somnolencia cuando ella llega hasta la baranda metálica que separa la pequeña grada de la pista y se apoya en ella enfrente de mí. Me mira y yo bajo la vista, queriendo esconderme.

—Un gran papel, Iturbe.

—¡Acabo de cumplir doce años, estoy paralizado! Nunca le he dicho nada serio a una chica. Hasta quinto curso habíamos ido separados en el colegio chicos y chicas. Ella me mira pacientemente, incluso divertida, hasta que levanto la cabeza. Tiene los brazos en jarras. Y el pelo rubio anaranjado. Y los ojos negros.

«¡Coge los patines! ¡Vamos! ¡Espabila!», me dice con brío.

Me pongo colorado y le hablo al suelo.

«No sé patinar.»

—Iturbe, eres un julay.

—¡Joder, González! ¿Cómo voy a saber patinar? Patinar es cosa de chicas. No sé patinar y no quiero patinar, no quiero caerme patéticamente de culo, igual se me caen las gafas y se me rompen, con lo caro que es el oculista, no quiero hacer el ridículo delante de ella. No, no voy a patinar. Pero Silvia Minerva sigue ahí sin moverse.

«Yo te enseño», me dice.

Sé con seguridad que voy a hacer el ridículo, pero aun a sabiendas de que voy hacia el desastre, me levanto lentamente. Camino hacia los patines como si fuera un reo al que empujan a la horca porque creo que no voy a saber ni siquiera ponérmelos.

—Y no sabes ponértelos.

—Efectivamente, no sé ponérmelos, pero ella se agacha y me los ata con tanta dulzura que siento una oleada de agradecimiento por todo el cuerpo. Miro alrededor de la plaza esperando que nadie me haya visto, como cuando de pequeños tu madre te ataba los cordones de los zapatos a la puerta del colegio. Me pongo en pie y trastabillo un poco. Entonces ella me tiende la mano. Noto el sudor frío que me cae en cascada por la espalda. ¡No se puede dar la mano a una chica! ¿No es eso como ser medio novios? Estoy atribulado, pero ella agarra mi mano. Al tomar su piel siento una enorme vergüenza porque enseguida empieza a sudarme la palma. Ella tira ligeramente de mi brazo agarrotado y por fin arrancamos. Con mucha inestabilidad, pero logro no caerme. Estoy muy pendiente de mantener el equilibrio en esa primera vuelta, creo que patino rígido como un palo de escoba.

—Es la historia de tu vida. Estás tan pendiente de no caerte, de no sudar, de no defraudar, que no disfrutas del momento. Estás patinando de la mano de la chica de tus sueños y tu única atención está puesta en mirar al suelo para controlar la sustentación de los patines.

—Así es.

—Ni siquiera se te ocurre decirle nada.

—¿Qué voy a decir? Estoy concentrado, no puedo abrir la boca o me caigo. Estoy sudando tanto que me arden las mejillas.

—Emites tanto calor que el reloj cuadrado de la fachada del colegio se ablanda como en las láminas de Dalí que has visto en uno de esos libros que regala en Navidad la caja de ahorros.

—Los cristales de las gafas se me empañan y temo no ver y chocar con la baranda o, peor aún, hacer caer a Silvia.

—Como de todas formas, no ves nada, cierras los ojos y te dejas llevar por ella como si fueras ciego. Confías en su mano. Y es entonces, cuando por fin empiezas a patinar con mayor soltura.

—La puerta metálica es demasiado estrecha para que podamos atravesarla juntos, vamos a estrellarnos, pero me daría igual morirme en ese momento con tal de no soltar su mano.

—Silvia no frena y tú la sigues.

—La seguiría al fin del mundo. Cierro los ojos y, al

abrirlos, estamos fuera de la pista. Patinamos temblequeando sobre la gravilla alrededor de la pista y recorremos la maraña de calles en un zigzag sobre los charcos hasta el paseo Marítimo y rodamos sobre el cemento de los soportales bajo el paseo.

—Os golpea el aire salado. Saltáis con los patines a la playa y en la tierra húmeda compactada por la lluvia rodáis, levantáis nubes de arena, bandadas de gaviotas. Aprietas la mano de Silvia Minerva y captas la conversación de los cangrejos y el zumbido del panal de granos de arena, y patinas en otra dimensión, en la frontera exterior del tiempo.

—A la altura del campo de fútbol, ella vira y viramos los dos. Enfilamos de nuevo el paseo Marítimo por arriba, giramos en la calle Andrés Doria, que hace bajada hasta el colegio, y llegamos de vuelta a la Repla.

Nos detenemos, finalmente.

Jadeo exhausto y feliz, y ella me mira en el centro de la pista con una expresión que no sé descifrar. No sé qué espera de mí o tal vez no espera nada. Y regresa la angustia, González, esa incertidumbre de no saber qué es lo que se espera de mí y cómo agradar. Tal vez lo correcto sería despedirme con un beso, pero me parece algo imposible; la idea de hacer ademán de acercar mis labios a su mejilla me aterroriza.

—Yo ya sé lo que vas a hacer.

—Me quito los patines a toda prisa y echo a correr sin más. Cuando corro, no he de pensar en nada, nada me alcanza. Al correr hacia casa las calles se han oscurecido y no me he dado cuenta.

—Otra vez se te ha hecho de noche, Iturbe. Deberías haberle dado un beso en la mejilla o decirle que te gustaba.

—Yo era un enclenque soso y con gafitas.
—No te has atrevido ni a intentarlo.
—Nunca me habría hecho caso.
—El dichoso miedo a equivocarte.
—Tú no lo habrías hecho mejor.
—Las calles por las que sales zumbando hasta casa son ahora un bosque tenebroso porque tu ánimo es oscuro, los edificios se abaten sobre ti amenazadores como árboles que se cimbrean ominosamente en la noche y tú corres para escapar de ellos. Porque el barrio se transforma, nunca es el mismo, tiene propiedades vegetales y lo mismo abre el capullo y te muestra la flor delicada, que lo cierra y te engulle brutalmente como una planta carnívora. Silvia Minerva te mira correr desde el centro solitario de la pista.
—Yo corro.
—Chicago, Japón, Canadá, Suiza..., llevas toda la puta vida corriendo, Iturbe.

Esta mañana he ido arriba y abajo por la calle Almirante Cervera, aunque ya no se llama Almirante Cervera, pero da igual cuántas veces le cambien la placa en el ayuntamiento porque para la gente del barrio siempre será la calle Ancha, la única del barrio en la que los coches circulan en doble dirección. He tratado de ubicar dónde estaba la Carrosqui, aquella tienda de cambiar tebeos que a Parra y a mí nos encantaba. González la recuerda bien.

—Era un barracón alargado, como una de esas casetas de tiro de balines que vienen para la feria que se hubiera quedado ahí, varada para siempre en plena calle.

—Estaba junto a un par de solares cuadrados en los que jugábamos a las canicas donde ahora hay pisos.

—Fue en 1949, en uno de esos solares de la calle Ancha, que una niña con una cabellera rizada muy morena, una mujercita de trece años, cavó un agujero para hacer el gua de las canicas y topó con algo duro y metálico. Había encontrado un tesoro. Empezó a cavar con más ímpetu rompiéndose todas las uñas porque no iba a dejar que nadie le arrebatase lo que era suyo. Finalmente, tras ponerse el vestido perdido de barro, dejó al descubierto la tapa de un cofre plateado alargado y cilíndrico como un calabacín brillante.

Se preguntó qué maravillas contendría. Si estuviera lleno de monedas su padre no tendría que ir nunca más a la pesca de noche, su madre no tendría que rezar con la cabeza bajo las sábanas, él no tendría que emborracharse y pegarle. Era liso, hermético, sin presilla ninguna para abrirlo, así que necesitaba algo fuerte para quebrar la cáscara metálica.

Tomó el pedrusco más pesado que había y lo levantó a pulso con las dos manos por encima del cofre para dejarlo caer con todas sus fuerzas. Una mujer gritó y echó a correr hacia ella haciéndole gestos de que no lo hiciera y la vio venir con el rabillo del ojo. Ya sabía que los adultos querrían quitárselo porque era una niña. Pero ya no era una niña. Ella lo había encontrado y le pertenecía. La muchacha no podía saberlo, pero esos pequeños solares donde Parra y tú seguís jugando a las canicas veinte años después son el recuadro vacío dejado por los edificios que la aviación derrumbó durante la guerra. Lo que ella va a golpear brutalmente con la piedra no es un cofre plateado. La gente la mira con el rostro desencajado de terror. No es un tesoro.

«¡Niña, es una bomba!»

La palabra llegó tarde a sus oídos. No pudo detener el impulso de sus brazos y la piedra impactó brutalmente contra el obús italiano cargado de trinitrotolueno. La mujer que la había avisado aún tuvo tiempo de alejarse un par de pasos del lugar del desastre y arrojarse en plancha al suelo. El resto de los vecinos que observaban la escena con ojos desorbitados se acuclillaron instintivamente protegiéndose la cabeza. Un hombre ya anciano no se tomó la molestia ni de agacharse, simplemente empezó a santiguarse, consciente de que antes de que llegara al amén, ya habrían muerto todos.

Hubo una décima de segundo en la que se hizo un silencio de fondo del mar, se detuvo el graznido de las gaviotas y se paró el viento. Las respiraciones se cortaron para recibir la onda expansiva de la explosión que iba a arrancar de cuajo los átomos del cuerpo de la niña y convertirlos en una papilla roja lanzada a pegotes contra las fachadas de los edificios. Pero el silencio se demoró. La explosión no llegó. La Tierra volvió a girar.

Cuando la mujer echada en el suelo boca abajo alzó la barbilla, la muchacha tenía los ojos abiertos por el espanto, observaba con ojos desorbitados la bomba abollada por el impacto de la piedra, que no había explotado. Temblaba. El anciano gritó «¡Milagro!». La mujer que se había tirado al suelo, se alzó, se santiguó y fue a abrazar a la niña, pero al ir a tocarla se detuvo y la observó con aprensión. Dio un paso atrás y se santiguó de nuevo. La larga cabellera de la muchacha que hacía un momento era oscura se había tornado blanca. Hasta las pestañas se le blanquearon como a una albina.

González alza la vista de sus notas. Se queda callado, nos miramos. He de seguir contando yo porque no soporto el silencio de su mirada.

—Ahora es 1979, González. En la Carrosqui tienen tebeos y novelas de quiosco usados apilados por géneros para cambiar. El dueño es taciturno, chupa un trozo de palillo que solo tiene sabor a saliva, va a un estante y te alarga la pila que te corresponde. Me gustan las aventuras de Shang-Chi de la serie *Relatos Salvajes*, donde el hijo renegado del malvado Fu Manchú vaga por el mundo descalzo vestido con un quimono rojo cantón impartiendo justicia a golpes de kung-fu, envuelto todo en un aura de misticismo oriental vagamente zen, entremezclado con ninjas asesinos que se mueven como la brisa y mujeres orientales voluptuosas. A Parra le gustan más los superhéroes de la editorial Novaro, que publica a Batman y Superman. Estamos uno en cada punta del largo mostrador de la barraca y escucho a Parra berrear «¡Toma, toma, toma!», y hace unos movimientos con los brazos adelante y atrás acompañando a la pelvis como si follara en el aire que me hacen reír. Ha encontrado uno de los pocos ejemplares que le faltan para completar la colección de Batman y yo un par de Spiderman de los que nos gustan a mi hermano y a mí.

A veces en el merodeo por el barrio nos acompañan al quiosco otros colegas de clase, pero nosotros nos demoramos mucho con los tebeos y acaban yéndose aburridos de esperarnos. Parra y yo no podríamos vivir sin el chute de adrenalina de esos superhéroes que viven aventuras alucinantes. Nos sentamos en un banco y me muestra el ejemplar raro que ha encontrado, le da un beso de ventosa como si fuera una novia. Me río y me mira contrariado. Él se toma muy en serio a Batman. Tal vez ve en la historia de Bruce Wayne, que ha visto morir a sus padres asesinados por un ladrón que entra en su casa, algo que es suyo. Parra nunca habla de su padre y nadie le pregunta, los chicos no hablamos de esas cosas. Su madre es mayor que cualquiera de las otras madres, casi una abuela, y su padre no aparece por ninguna parte. Ni siquiera sé si tiene padre.

—Nunca se lo preguntaste.

—Ahora me parece increíble, pero nunca se lo pregunté. Nosotros no hablamos de esas cosas. Batman no tiene superpoderes, tan solo la rabia de huérfano. Y también, claro, Bruce Wayne tiene mucho dinero para fabricarse todos los artilugios que alucinan a Parra: sus armas sofisticadas, su batmóvil blindado lleno de ingenios e incluso su ultramoderna batcueva subterránea, donde entra vestido de calle como un ciudadano corriente y emerge como el poderoso hombre murciélago.

«De mayor me fabricaré un batmóvil», me dice muy serio.

«¡Será un parra-móvil!»

Él ni me oye o hace como que no me oye. Abre el tebeo y se mete dentro. Gesticula y murmura, se enfada y lo estruja entre los dedos, se ríe, dice tacos con el mismo arrebato que si estuviera viviendo las aventuras que lee. Tan absorbido está que le he de dar un codazo para que se dé cuenta de que pasa por la acera la Manolita.

—Los pescadores son hombres mal afeitados con escamas entre las uñas que por la mañana desayunan licores de cuarenta grados sin apellidos y no se achantan ante nada. La Manolita es pescador, pero sus uñas de manicura son de pez de colores. Lleva el pelo teñido de un tono óxido, las mejillas maquilladas para disimular la barba rasurada, un bolso a un costado y una peca a lo Marilyn Monroe. Algunos pescadores bajan la mirada cuando se cruzan con él por la lonja porque creen que si mirasen esa peca fijamente se les secarían los testículos como si fuesen uvas pasas y se verían arrastrados al vicio sucio de los invertidos. La Manolita es ajena a todo y camina con pasos pequeños y rápidos, mientras mueve el culo como si bailara samba. Un par de empleados del puerto que llevan el chaleco de los estibadores han salido a la puerta del bar La Cepa para gritarle desde la acera de enfrente.

«¡Loca!»

«¡Maricona de playa!»

La Manolita gira el cuello y ese gesto se congela en la

historia del barrio, se convierte en una fotografía de aire que nunca se borrará en tu retina. Les lanza una mirada con caída de ojos de gran diva y sigue hacia delante, muy digno, muy digna, sin detener su trotecillo mientras los otros dos siguen lanzándole insultos que se sacude con el bamboleo de las caderas.

—Visto ahora resulta ridículo, pero cada sábado y domingo por la tarde que llueve, me voy hasta la Repla. Tengo la secreta esperanza de que Silvia Minerva también considere que es una señal para encontrarnos en la pista solitaria. Ella y yo. Mi madre asoma la cabeza por la puerta a chillarme que a dónde voy con todo mojado, que me voy a constipar, pero yo ya estoy corriendo.

En mi imaginación suceden escenas de encuentros de los dos bajo una lluvia fina y en esas ensoñaciones la tomo de la mano y caminamos juntos. Ralentizo la velocidad de mi carrera. En realidad, quiero tardar lo más posible en llegar a la Repla, porque mientras tanto todos los sueños son posibles.

Cuando llego, Silvia Minerva no está. No hay mucho sitio donde guarecerse, así que me quedo bajo el árbol más frondoso fuera de la pista y me van cayendo goterones en el cogote. Pasan las horas y soy consciente de que no va a venir, que ni siquiera se acuerda de mí, y me voy sintiendo cada vez más ridículo. Los niños más pequeños llevan botas de agua y saltan felices sobre los charcos, pero son las tardes más tristes de mi vida. Son fracasos que, como no se los puedo contar a nadie, se los cuento a unas libretas que escondo en el fondo de un cajón del armario debajo de los tebeos.

Uno de esos días de lluvia melancólica a quien veo vagar de manera solitaria es a Parra. No lleva capucha, ni siquiera impermeable, las gotas de lluvia le resbalan por encima de la nariz y contornean sus granos de acné. Ninguno pregunta al otro qué demonios hace en la plazoleta lloviendo. No necesitamos decirnos nada, simplemente nos ponemos a caminar juntos con las manos en los bolsillos vacíos. La lluvia afloja y continuamos hasta el final del paseo Marítimo, que termina en una rotonda minúscula donde dan la vuelta los coches. Detrás está el campo de fútbol y empieza el descomunal solar del Somorrostro.

—El Somorrostro fue una república independiente de barracas frente al mar levantadas por emigrantes y gitanos a partir de mediados del siglo XIX con sudor, tablones y guitarras flamencas. En los años cincuenta llegó a haber más de 1.400 viviendas precarias que se mojaban los pies cuando se arbolaba el temporal de levante. Ya solo queda silencio de playa en ese descampado inmenso por el que caminas con Parra. Pisáis por donde bailaba descalza Carmen Amaya y trituraba los cristales rotos con la planta de los pies desnudos como si pisara uva. En la puerta de la barraca 48 su padre, el Chino, tocaba la guitarra y a ella con doce años la llamaban la Capitana. Levantaba los brazos enclenques y se los movía el viento, tenía fuego en las piernas. Eran los años treinta cuando Carmen Amaya triunfó en Barcelona, luego en Madrid, se fue a actuar a París y dobló la Torre Eiffel, se fue a las Américas y las conquistó todas, la del Sur y la del Norte. En 1941 el presidente de Estados Unidos, Roosevelt, le mandó un avión al aeropuerto de Nueva York para que volara a Washington a bailar en la Casa Blanca para él.

Carmen Amaya zapateaba y parecía que estuviera cayendo un aguacero sobre la tarima, tenía un nervio que dejaba a la gente electrocutada, cada movimiento era nuevo. Dicen que el presidente Roosevelt se enamoró de ella.

Igual que dicen que, harta de tanta hamburguesa y esos perritos calientes que les daban una aprensión que les revolvía las tripas porque en el Somorrostro ni aunque se estuvieran muriendo de hambre se comerían jamás un perro, paseando por Nueva York pasó por un puesto que vendían sardinas frescas y fue como si se le hubiera aparecido la Virgen. Compró tres kilos y se los llevó a la suite del Waldorf Astoria donde se hospedaba. Con la ayuda de sus primos sacaron el somier de hierro para utilizarlo como parrilla, hicieron astillas dos mesitas *art nouveau* para el fuego y llenaron el hotel de una humareda de sardinas que si hoy día acercas la nariz a los cortinajes de la recepción del Astoria, todavía puede olerse.

Carmen Amaya era seria, reía poco, porque los verdaderos artistas no ríen, saben que van a fracasar siempre, que hay algo que nunca se alcanza, que el pez divino siempre se escurre entre los dedos. Pero sus pies con los zapatos de clavos reían por ella.

Murió en la Costa Brava en 1963 y tres años después el generalísimo Franco decidió venir a Barcelona a revisar el estado de los barrios como si pasara revista a las tropas. Y el gobernador incivil mandó tirar todas esas casas baratas detrás de la Barceloneta en una tierra de nadie, de las gaviotas, las fogatas y las guitarras, que afeaban la Barcelona seria y fabril que volvía a inflarse con el soplo del desarrollismo tras una posguerra de veinte años. Se derribó el Somorrostro con esa violencia generalísima de las excavadoras. Y después, nada; abandono y vertedero, ratas y silencio, y un viento de seguidillas.

—Viento, sí. Por el Somorrostro corre una brisa dura que nos clava pinchazos de lluvia en la cara. Y Parra que va contándome sobre la película *Mad Max*, que mola, habla de un futuro con la Tierra devastada. Es un privilegiado: su madre le paga todas las películas de estreno y se infla a Coca-Cola.

—Atravesáis un paisaje infinitamente más desolado que el de cualquier película que se les pueda ocurrir en un confortable despacho de Hollywood. Una llanura de bolsas de desperdicios destripadas, neveras oxidadas, cascotes, señales de tráfico quebradas, muñecas sin cabeza, bolsos vacíos, sillas sin respaldo, mesas sin patas, gafas sin lentes, sartenes sin mango. Los pies crujen al pisar cristales rotos y baldosas desportilladas. Chutáis cubos de plástico rajados y reís.

—Llegamos hasta la desembocadura del Bogatell y camino con aprensión para no pisar alguna rata muerta.

—Ese Bogatell de los años setenta es un río que tiene una textura de natilla tóxica. La desembocadura es una cloaca radiactiva al aire libre que desagua los excrementos de las fábricas del barrio de Pueblo Nuevo. El desborde del río llena la orilla de maderas mojadas, plásticos, telas sucias y hasta orinales oxidados.

—Llovizna todavía.

—Las orillas del río son blandas, con un limo putrefacto, pastoso, que se pega a las suelas de las deportivas. Os da igual. Tratáis de no hundiros demasiado en la manteca fangosa y observáis todo con atención de profesionales porque habéis venido a buscar tesoros.

—Venimos a buscar los muñecos Madelman que desechan en la fábrica. Me siento exultante. Parra se saca del bolsillo una bolsa de plástico.

«¿Llevas una bolsa?», me pregunta, muy profesional. Y como le digo que no con la cabeza, se saca otra del bolsillo y me la da. Es una bolsa de la tienda Las Ocasiones. Parra levanta la cabeza, mira al horizonte gris de contaminación de Pueblo Nuevo y se frota las manos, asiente mientras sonríe de manera satisfecha y da un par de entusiastas sacudidas pélvicas de las suyas para desvirgar el aire.

No hay muñecos a la vista, así que se va en busca de un palo para levantar maderas que han quedado trabadas por la orilla de la desembocadura por si escondieran debajo alguno. Yo voy a por otro palo y le ayudo. Levanto una tabla mohosa pero debajo solo hay un zapato acartonado sin cordones.

«¿Cuál es tu Madelman favorito?», me pregunta.

Nos lo hemos preguntado mil veces, pero nos gusta repetirlo. Ya sé que el suyo es el del Polo Norte y que se sabe exactamente cuáles son todos sus complementos. Me admira el afán de coleccionista de Parra, que guarda debajo de su cama, porque tampoco cabrían en otro lugar en su habitación minúscula, todas las cajas de Madelman con los accesorios ordenados escrupulosamente. Es desordenado y descuidado para todo menos para eso.

«Mi favorito es el buzo.»

«Mola. —Y asiente con certidumbre de perito—. Pero a mí me flipa más la Estación Polar. Los trajes de ir por la nieve con las raquetas están tope de bien hechos. Flipas con la cocina plegable con chimenea y los prismáticos que son así.» Y pone los dedos del tamaño de una mosca.

Asiento con respeto porque Parra es un experto en los Madelman. Caminamos cerca del agua química con cuidado de no caernos: ratas muertas, botellas de plástico, algún colchón empapado con cercos amarillos..., entonces me señala un condón despachurrado y se ríe con sus carcajadas ruidosas algo exageradas y yo me río también muy alto, aunque igual no tenemos ganas.

«¡Nacidos para follar!», grita todo lo que le dan los pulmones y su voz se pierde en la tarde revuelta. Seguimos buscando hasta que ya no se ve.

—Ni siquiera os dais cuenta de que el río apesta, que sois unos críos en un lugar desolado donde no deberíais andar solos al anochecer.

—Si levantamos la cabeza, vemos allá al fondo la silueta del barrio.

—Del Somorrostro se cuentan mil historias negras. Una tarde, un representante de corbatas de Zamora que había venido a una fábrica de tejido de Pueblo Nuevo y al salir se despistó para ir a buscar el coche, o dicen también que preguntó a unos chavales si había por allí una casa de señoritas para ponerles el muestrario entre las piernas y ellos, guasones, lo mandaron en dirección al mar y se extravió, llegó ya anocheciendo cerca de la desembocadura del Bogatell. Y cuando se quiso dar cuenta tenía al lado a cuatro o cinco. Llevaban el pelo largo, pero no eran señoritas. Le quitaron el maletín de las muestras y la cartera, le quitaron la ropa y la tiraron al río, le quitaron también la virginidad anal con una barra de hierro y llegó con ella clavada caminando a cuatro patas, como si tuviera rabo, a la puerta del Hospital del Mar, que era entonces hospital de infecciosos, y allí en la recepción se acabó de morir desangrado.

—Ahora jugamos menos al chuta-pared y más a sentarnos en un banco de la Repla y ver pasar la gente, decirles guarradas a las chicas y contar mil historias sórdidas. Pero Parra y yo no participamos en esos corrillos donde se fuma y el chocolate de la merienda a veces también se fuma. Estamos ocupados persiguiendo los Madelman. No nos inquieta la noche.

—Tal vez porque no sabéis nada de ella.

—Estamos demasiado entretenidos para tener miedo en el Bogatell. Sí que nos sobresaltamos al ver que alguien se acerca por la orilla, es un chaval de nuestra edad, quizá un año menos. Hace frío pero camina descalzo y tiene la piel oscura de los gitanos. Se nos queda mirando con sorna y nos dice que ahí «no vamos a pillar *na*». Afirma rotundo que para encontrar algo hay que irse hasta la salida grande del colector grande del Bogatell, una entrada de cloaca. Nos cuenta que hay que meterse y a cien metros hay un anchurón donde se abren siete boquillas redondas de metro y medio, que no se puede ir de pie y hay que llevar linterna y una pala. Que allá adentro, en los socavones, la tierra que arrastra la riada trae «de *to*». Relojes de oro, anillos, pulseras... Que muchos gitanos se han hecho ricos, aunque él, vestido con unos pantalones remangados llenos de lamparones y un jersey agujereado, no lo parezca. También nos dice que otros se han muerto allá adentro de una subida de agua o de los gases. Nos dice que luego, más adentro, se hace más ancho otra vez y por el borde de la cloaca hay una acera por la que se puede andar durante kilómetros por debajo de Barcelona. Puedes llegar hasta una tapa de alcantarilla y, al levantarla, estás delante de las obras de la Sagrada Familia. Nos dice que vayamos con él, pero no nos fiamos.

Parra y yo nos miramos y nos entendemos. «Otro día, rey», le contestamos. Pero se lo decimos a la tarde nublada porque él ya no está allí. No hay ni rastro del gitano. Tampoco de los muñecos ni de ningún accesorio. Ni una pierna suelta. Ni un pico o una pala del Madelman buscador de oro.

—Allí los únicos buscadores de oro sois vosotros y se os está haciendo tarde.

—Parra es insistente, pero al final se da por vencido. Se queda abatido ante el fracaso de la búsqueda, mirando al suelo, en una pose de desamparo que le he visto otras veces.

«¡Volveremos otro día! —le digo—. ¡Y entonces seguro que los encontraremos!»

Parra abre mucho los ojos y manotea con energía.

«¡Y pillaremos de todo! Hasta algunos accesorios que no están ni en las tiendas, de los que hacen de prueba. ¡Y alucinará la basca con nosotros! ¿Te imaginas que encontramos un modelo de la enfermera de campaña con pezones?»

Se ríe con la bocaza abierta. Y me hace reír a mí.

—Una risa sincopada, porque las alusiones sexuales os producen una risa nerviosa.

—«¡La enfermera de campaña está buenísima!», grita con todas sus fuerzas. Y pone los brazos en forma de zeta y empieza con su baile egipcio moviendo el cuello adelante y atrás.

«¡Eres un *locus*!», le digo para picarlo. Echo a correr y él me persigue. Allá adelante, en la tarde que anochece, brillan solitarios los focos del campo de fútbol. Corremos, siempre corremos.

Al pasar frente a la trampilla del sótano me ha parecido escuchar allá abajo a González y Susú hablar en susurros y reír, aunque también podría ser el borboteo del agua de las cañerías subterráneas. Enciendo mi minúscula linterna y bajo las escaleras. En la oscuridad me cruzo con ella, que sube a toda prisa y me pasa rozando. Enciendo el flexo de mi mesa y miro a González.

Le empiezo a contar una tarde en que Parra llega corriendo muy alterado.

—Parra me pregunta casi sin respiración si he visto la nueva máquina del bar La Cepa y le digo que no. Me hace un gesto nervioso para que lo siga y echamos a correr como si se acabara el mundo.

—Y así es, Iturbe. Un mundo se acaba y empieza otro. El bar La Cepa sigue siendo el mismo, una tasca modesta que huele a vinagre de berberechos, con una barra de aluminio un poco abollada donde los pescadores beben y discuten sobre fútbol. Pero hay algo nuevo, reluciente y asombroso que viene de ese futuro alucinante que se anunciaba en *Espacio: 1999*. Es como un televisor robótico con mandos de control y una carcasa pintada con fantasías espaciales de chicas astronautas empuñando pistolas láser en colores chillones.

—Es la primera vez que veo una máquina de marcianitos. Entrar en los bares es cosa de mayores, yo nunca lo hago salvo para ir al bar Deportivo o al Porrón a dar algún recado a mi padre, pero Parra entra muy decidido. Saca del bolsillo una moneda de cinco duros y la echa. No es una máquina del milloncete donde se golpea una bola metálica con dos palas accionadas con botones como la del bar Deportivo, esto es tecnología punta. La musiquita sintetizada de la máquina es de otro milenio y nos hace entrar en trance.

Visto ahora, el juego Space Invaders inventado por los japoneses, con sus tiras de naves bajando lentamente por una pantalla bicolor verdosa, franja por franja, con una rigidez ortopédica, parece un cachivache. Han pasado muchas cosas en la tecnología desde entonces, pero el relato de los primeros videojuegos sigue vigente cuarenta años después: vivir durante un rato aventuras más grandes que tu pequeña vida.

Parra juega golpeando los mandos con tanto ardor que parece que vaya a desmontarlos y el dueño del bar nos mira mal. Suelta tacos cuando le cae encima una de las bombas de los marcianos o las tiras de naves acaban bajando y aplastándolo. Sigue sacando monedas de cinco duros. Me deja una de las tres vidas que tiene y me pongo muy nervioso. Le doy a los botones tan rápido como puedo, pero las tiras de naves se echan encima muy deprisa.

A la salida del colegio o los sábados por la tarde, Parra y yo vamos de ruta de máquinas. Pronto llega una versión más moderna de los marcianitos, con más colores y unas naves más virgueras, con más movimiento. Yo gasto mi moneda de cinco duros enseguida y él gasta cinco o seis. Cuando nos quedamos sin dinero, nos dedicamos a mirar cómo juegan los otros. En el bar Climent instalan la máquina de los asteroides. Las paredes del bar están forradas de pósteres de equipos de fútbol y de mujeres con tetas como planetas. Yo las miro de reojo, pero Parra se queda pasmado mirando descaradamente algún póster y me avergüenza cuando se arranca en voz alta diciendo: «¡Flipa, qué melones!».

Y llega a Can Ganasa la máquina de los comecocos. Vas comiendo cocos luminosos hasta que una de las bolas se transforma en comecocos, se da la vuelta y te persigue para comerte a ti por los pasillos de la pantalla y hay un sonido de robot que se mete en los oídos y por la noche al irte a la cama lo sigues oyendo en la cabeza.

Pasamos horas, tardes enteras mirando partidas. Cuando nadie echa dinero, miramos los fragmentos de partida que repite la máquina, siempre los mismos, y así nos aprendemos de memoria los movimientos. En un *frankfurt* de la calle Baluarte han puesto una máquina que se llama Galaxian, parecida al Space Invaders pero en color y con más movimiento: las naves espaciales enemigas saltan desde arriba de tres en tres como mosquitos mortales y se mueven por la pantalla soltando una lluvia de rayas explosivas.

Unas modestas ristras de bombillas suspendidas de edificio a edificio en la calle Ancha recuerdan que otra vez es Navidad, pero ya no nos interesan las películas de Tarzán, sino esas máquinas de marcianitos en las que salvamos la galaxia lanzando rayos o deshaciendo bloques de aerolitos gigantes.

—Sois la primera generación de la historia adicta a los videojuegos. A través de esas pantallas se abren ventanas que dejan asomaros a ese futuro que se acerca.

—Cuando den las doce campanadas en el reloj de la Puerta del Sol de Madrid y nos comamos frente al televisor las doce uvas, o las que podamos, porque solo mi abuelo es capaz de comerse una con cada campanada, será el año 1980. El futuro ya está llegando.

Una tarde de esa Navidad nos sentamos en un banco frente al colegio y vemos pasar riendo y hablando muy animados a Pacheco, el Licho, Arnás y alguno más con los gorros de Papá Noel que hemos hecho en clase como trabajo de manualidades para Navidad, y también llevan un par de panderetas.

«¿Qué hacéis, peña?», les preguntamos.

«¡Ganar tope de guita!»

Pacheco abre la mano y nos enseña unas cuantas monedas y un billete arrugado.

«¡Un nota nos ha dado veinte pavos!»

Arrancan a andar alegremente, y los seguimos a una prudente distancia hasta verlos entrar en la mercería de la calle Escuder. En cuanto ponen un pie dentro, arrancan a cantar a golpe de pandereta:

> *Dame el aguinaldo,*
> *carita de rosa,*
> *si no me lo das,*
> *eres una roñosa.*

La dueña, que siempre va rigurosamente vestida de negro, los espanta a manotazos, pero no se van. La mujer sigue atendiendo a una clienta que quiere unas medias económicas. Se arrancan de nuevo a cantar otro villancico desafinado y la mujer de la tienda no da pie con bola, pero los cantores arrecian con «El vint-i-cinc de desembre, fum, fum, fum» y como solo se saben dos estrofas vuelven con lo del aguinaldo y la roñosa. La dueña agarra una moneda de la caja y se la alarga con cara de vinagre, y ellos levantan el vuelo como una bandada de mirlos.

Parra y yo nos miramos. Le brillan los ojos como cuando busca los Madelman en la cloaca y le leo el pensamiento con la misma clarividencia que si leyera un cómic de la Patrulla X. Le digo que no con la cabeza.

«¡Que sí, tío!»

«Ya vamos tarde.»

«¡Achanta!»

Y se pone a hacer sus movimientos pélvicos de cuando está desatado.

«Pero, Parra, ¿tú sabes algún villancico?»

«¡Eso da igual, melón! ¿No ves que es Navidad? La gente suelta la pasta. Y mira a ver si tienes una pandereta. Si no, tocaremos la zambomba.» Y se ríe mientras hace gestos de masturbar el aire.

Lo espero en el portal, nunca se sube a las casas de los demás. Baja con la pandereta y se encasqueta con dificultad el gorro, demasiado estrecho. Yo en casa no tengo pandereta, pero sin que mi madre se dé cuenta me llevo un pequeño bongó de aire africano que le compró mi padre en el bar a un estibador del puerto sin que nadie supiera para qué.

—Hizo escala un barco cargado de bongós con destino a Róterdam y le metieron tal meneo que en Holanda las orquestas estuvieron tres meses tocando con latas de melocotón en almíbar.

—Parra mira el bongó que traigo y pone los ojos en blanco.

«Eso es tan navideño como la punta de mi nabo.»

«Tu gorro de Papá Noel da el cante. La borla está torcida.»

«También está torcida mi polla.»

«¿Y si lo dejamos, tío?»

«¡De eso, *nasti*!»

Ponemos un pie en la droguería, con ese olor tan fuerte a sosa que te colapsa las fosas nasales, y el dependiente con la bata azul sale como un cohete.

«¿Otra vez? ¡Ya os estáis largando!»

Tiene en la frente una cicatriz circular cosida con aguja e hilo como un parche de carne; al lado de la suya las de Frankenstein parecen cirugía estética de primera. También tiene una cara de cabreo que nos hace salir a toda prisa. Entramos en un par de tiendas por donde ya han pasado nuestros compañeros y es tierra quemada. En la Granja La Catalana, que son amigos de mis padres, no nos sueltan ni una peseta, pero nos dan a cada uno un cruasán del día anterior.

«Las tiendas están ya quemadas. Hay que ir a las casas», dice mientras masticamos el cruasán.

Me da mucha vergüenza ir a pedir de puerta en puerta, pero lo sigo con resignación. Parra se pone a llamar a un telefonillo de la calle Sevilla. Como no le contestan en diez segundos, llama a cuatro o cinco pisos más a la vez. Se aparecen varias voces cruzadas preguntando en distintos grados de irritación «quién es».

«Venimos a cantar villancicos.»

«¡Pues ve a cantarle a tu puta madre!»

Las respuestas en otros portales no son mucho mejores, pero Parra es inasequible al desaliento.

—Tiene fe.

—Se va al portal siguiente y vuelve a pulsar los timbres. Y ahí alguien abre sin preguntar y empezamos a llamar a las puertas. En la mayoría alguien pregunta qué queremos y, al saberlo, no nos abren. Aunque no abran, Parra dice que hemos de cantar y nos arrancamos con *El camino que lleva a Belén*, o al menos las dos o tres estrofas que nos sabemos gracias a la clase de música. Cantamos para puertas cerradas y nos vamos. Subimos a otro rellano. En el 2.º 1.ª nos abren, es una señora muy mayor, más cerca del otro mundo que de este. Cantamos *El vint-i-cinc de desembre, fum, fum, fum* y con cada *fum* le doy un palmetazo al bongó que creo que no queda mal. Al menos, ve que ponemos interés y la señora nos da una moneda de cinco pesetas. Cuando cierra la puerta, Parra besa la moneda y los ojos le hacen chiribitas.

«¡Esto es un puto chollo, tío!»

Recorremos algunos edificios más con escasísimo éxito, pero las quince pesetas que llevamos recaudadas tras horas de peregrinaje, ahora no llegarían a un par de euros, le parecen a Parra el prolegómeno de una vida de lujo y opulencia. Ya hemos cogido un poco el tranquillo y en cuanto nos abren, sin más demora, damos un paso adelante para que no nos cierren la puerta en las narices y empezamos a cantar sin preámbulos. A Parra se le ha caído la borla del gorro de Papá Noel, pero no le importa.

Accedemos a una escalera de la calle Atlántida y en el principal no hay suerte. Llamamos al primero y, en cuanto escuchamos volver la llave en la cerradura para abrirnos, nos arrancamos con el villancico, que nos sale desafinado, pero al menos podemos lanzar un par de estrofas. Mientras cantamos yo le voy dando al bongó y Parra a la pandereta de una manera desaforada, fuera de todo sentido del ritmo o de la cordura.

Cuando levanto la cara y me recoloco las gafas, me quedo con la mano en el aire y el *fum, fum, fum* atravesado en la garganta. Quien nos mira desde el umbral es Silvia Minerva con una de esas elegantes faldas suyas acampanadas que le llegan a los tobillos y el pelo dorado en dos trenzas primorosamente tejidas. Nos mira con aprensión, como con pena. En ese momento quisiera que llegara el fin del mundo, que la tierra se abriese bajo nuestros pies y nos tragase, que explotase el planeta y se desintegrase en un millón de asteroides lanzados al espacio. Le toco a Parra para que deje de berrear de manera patética y, como no se calla, le doy un codazo en el hígado que lo hace doblarse. Se gira cabreado y me arrea con la pandereta en la cabeza tan fuerte que se rompe el papel encerado y me queda colgando del cuello como un collar.

Cuando me vuelvo, Silvia Minerva ya ha cerrado la puerta. Me voy escaleras abajo saltando los escalones de cuatro en cuatro tratando de huir del bochorno que me abrasa por dentro y aprieto los puños para contener las lágrimas. Parra baja detrás y me va hablando pero ni lo oigo, no quiero oírlo más. Todo es una mierda. Corro hacia casa sin volverme, sin quitarme ese collar de pandereta rota. Solo correr me salva. Parra me grita.

«¡Qué mosca te ha picado, primarrón?», me chilla.

Llego jadeando a casa. Mi madre cocina y mi abuelo está tumbado en la cama al lado de la mía en la habitación que compartimos. Es un secreto que no sabe ni siquiera Parra, nadie debe saberlo porque me moriría de vergüenza si se supiera. Ya desde pequeño, llegaba a casa y me escondía debajo de la mesa del salón bajo el hule, y en esa cabaña escribía en una libreta cosas que me pasaban por la cabeza.

Aunque ya soy mayor, me vuelvo a meter debajo de la mesa oculto por el hule y agarro una libreta y un boli que escondo allí junto a algunos tebeos, pero no me salen ni palabras. Estoy rabioso, tan solo atino a trazar garabatos y monigotes como payasos trágicos. Al final, tomo un cómic de artes marciales de Shang-Chi, el hijo rebelde del malvado Fu Manchú, y eso me calma. Veo los pies de mi madre al otro lado del hule, que dice que ya está la cena.

—¿Por qué te escondes para escribir, Iturbe?

—Porque es algo íntimo. Escribo triste cuando estoy triste y eufórico cuando estoy alegre. Escribo historias que he oído contar cuando voy a buscar a mi padre al bar, otras que se cuentan en el mercado cuando acompaño a mi madre para ayudarla con la compra, las de los corrillos de la Repla. Otras, las trae el viento. También escribo repetido el nombre de Silvia como si hiciera un ejercicio de caligrafía con unas eses muy largas como carreteras de curvas. Y además...

—¿Además, qué? Iturbe, te ruborizas. ¡Con la edad que tienes y todavía te ruborizas!

—No lo puedo evitar. Es que... también escribía poesías.

—¿Y eso te avergüenza?

—Un poco.

—Yo sigo escribiendo poesías.

—¿En serio, González? Me gustaría leer alguna.

—No es posible, yo solo escribo en el aire.

—González, no sé si eres un raro o te haces el raro.

—Tú sí que eres raro, rey.

—Hace tiempo que no me hablas del grano de arena.

—Creí que no te importaba nada, que solo era un trozo de roca, que no confías en la vibración de las cosas.

—Y así es.

—¿Si no te importa nada por qué me preguntas por él?

—No sé. Tal vez porque te importa a ti.

González asiente. Y yo asiento también.

—El grano de arena sigue en la fachada del colegio. Está ahí, nadie lo ve ni a nadie le importa, es insignificante, pero sostiene el colegio entero.

—La verdad es que esa mañana después del desastre de los villancicos me gustaría pasar tan desapercibido como tu grano de arena. Entro en clase mirando las baldosas del suelo. Pero el apuro va pasando poco a poco.

—Porque todo va a pasar. Pasa un día y otro, y otro más. Y un mes y otro más. Y luego un año más. Ese de la infancia y la escuela es un tiempo de chicle que parece que va a ser la vida entera: levantarse, desayunar el vaso de leche con galletas, meter el bocadillo de pan del día anterior en la cartera y arrancar hacia la escuela. Pero todo tiene su época.

—Ya somos los mayores del colegio. González, tú eres el empollón de octavo. En ese último curso de la enseñanza primaria, Parra y yo nos acercamos a veces al corrillo de los más folloneros alrededor del Rubito y el Titola, que han repetido tantas veces que ya se afeitan. El Rubito tiene los brazos fuertes, un pelo negro rizado y la piel de color chocolate, pero el Titola, pálido y bien vestido, impone aún más por su cicatriz de cuchilla en la mejilla. Parra y yo los hacemos reír con nuestras ocurrencias y no se meten con nosotros.

—Dilo por su nombre. Les ríes todas las gracias, pones motes a otros de la clase para divertirlos, les haces la pelota.

—Todos lo hacemos, González, tú lo sabes. Son grandes, fuertes y pueden ser crueles, pero no tienen mal fondo y con los de la propia clase no abusan.

—Ese es el código del barrio.

—Lo es. Una tarde estaban sentados en un banco el Titola, el Rubito y alguna de las chicas mayores que van a clase, repetidoras que se pintan mucho los ojos y fuman. Cuando pasaron por delante dos chavales hablando, el Titola se levantó sin hacer aspavientos y le soltó un puñetazo a uno de ellos, un directo de derecha como un trolebús, que lo tiró de culo al suelo con la nariz sangrando. El otro se quedó un momento con la boca abierta y el Titola con la palma abierta, sería para no hacerse daño en los nudillos, le sacudió una hostia que resonó de tal manera en la plaza que las palomas echaron a volar. Los dos salieron por piernas renqueando, girando la cabeza hacia atrás con pánico. Cuando el Titola volvió a sentarse en el banco y se encendió tranquilamente un cigarrillo los otros le preguntaron qué había pasado, si le habían hecho algo esos tíos o los conocía de algo, y les dijo que no. Y como le pusieron cara de no entender les aclaró que precisamente por eso les había arreado, porque no los conocía.

—Por eso la gente de fuera del barrio se lo piensa dos veces a la hora de adentrarse por las calles de la Barceloneta. Y hacen bien.

—Los años ochenta iban a cambiarlo todo, pero de momento no han cambiado casi nada.

—Algún grano más de acné, algunos pelos más que crecen como alambres.

—Ha pasado mucho tiempo desde lo de los villancicos, pero nunca más me he atrevido a acercarme a Silvia Minerva. Eso sí, la observo de reojo. Me gusta verla sentada en su mesa, muy atenta y concentrada escribiendo su letra redonda con el rotulador de punta fina de color morado que saca de un plumier impecable. Es uno de esos días en que se levanta tres mesas más atrás el Montes, tan desastrado siempre, eleva la pierna y deja escapar un pedo ruidoso.

«¡Me cago en tu vida!», le grita el Rubito, más divertido que enfadado. «¡Vete a apestar a tu madre, cabrón!», le chilla otro. El profesor, muy joven, recién salido de la universidad, con la piel tierna, hace con la mano la señal de calma a la clase y al Montes, que se ha quedado de pie con la mirada perdida, le dice sin alzar la voz: «Montes, procede a salir fuera del aula y cuando creas que puedes mantener una actitud civilizada, retornas». El Montes, en vez de irse, lo que hace es volver a sentarse en su sitio como si no hubiera oído nada.

—Recuerdo ese día en clase, Iturbe. Pasan varios segundos en que se hace un silencio espeso. El maestro está descolocado: ese alumno saboteador de la clase lo está desafiando. ¿Y si no quiere irse, qué va a hacer ahora delante de cuarenta niños expectantes a su reacción? ¿Debe hacer la vista gorda y seguir la clase? Sería lo mejor, no puede sacarlo a rastras porque podría revolverse contra él. ¿Pero permitirle que desobedezca no sentará un pésimo precedente? El Montes mira al maestro imperturbable. Pasan varios segundos en que el silencio se espesa. El maestro lee en su mirada un plan maquiavélico para desacreditarlo y empieza a sudar. No se da cuenta de que la mirada del Montes está tan deshabitada como la Luna. Pacheco, que está en la fila de atrás, aburrido ya del tema, le mete un empujón con la mano que casi lo tira de la silla: «¡Que te pires ya, apestoso!». Y entonces el Montes sale de su ensimismamiento y hasta parece contento de recibir una indicación que seguir, porque ese lenguaje sí lo entiende. Se va hasta la puerta con sus pantalones eternamente caídos enseñando la raya del culo y se marcha sin decir nada. El profesor se vuelve aliviado a la pizarra a escribir unos enunciados y le tiembla la tiza en la mano.

—Yo, de repente, siento vergüenza ajena. No se me había ocurrido nunca pensar hasta entonces que todo lo que nos rodea es vulgar, que la escuela es desangelada, con esos adornos chapuceros de murales de cartulina que cuelgan desde el año pasado, que mis pantalones con rodilleras de escay son patéticos, que somos todos pobretones, feos y cutres. Me avergüenza que Silvia Minerva haya de aguantar toda esta vulgaridad.

Mientras el profesor escribe en la pizarra, caen desde atrás unas bolas de papel en el pupitre de Luchi Castillo. «¡La Castillo tiene caspa en el flequillo!» Y ella se gira y les hace la peineta a los de atrás, y el Titola le hace gestos obscenos con la lengua.

—Luchi Castillo Giráldez. Vive en la calle Pescadores, es repetidora y ya marca unos pechos redondos y consistentes como bombillas donde daría gusto electrocutarse.

—Ella les hace peinetas con las dos manos, más halagada que otra cosa. Hay bastante jarana, sobre todo en el cambio de clase.

—Es el eterno juego de luchas de los cachorros rebosantes de hormonas que se dan zarpazos, el estiramiento de coletas a las chicas, tocarle el culo a alguna, una hostia sonora a continuación al tocón y carcajadas del resto, soplido de granos de arroz a través de las cánulas de los bolígrafos en modo cerbatana, el Montes bajándose los pantalones hasta los tobillos y caminando torpemente con la mirada perdida como un profeta de calzoncillos amarillentos, guerra de tizas, que a menudo deriva en lanzamiento de borradores y si te dan con su mango de madera te abren una brecha en la cabeza donde la sangre se espolvorea de blanco como si fueran aquellos polvos antisépticos Azol con que las madres secaban los chorretones de mercromina roja sobre las heridas. Y hay que andar al loro, porque el Lalo, con esa pinta suya de miope atontado que parece que no se entera de nada, a la que te despistas te da el cambiazo de su bolígrafo mordisqueado sin tinta por el tuyo nuevecito.

—La zona de las chicas es más tranquila, aunque algunas son gritonas. Recuerdo que Pacheco siempre dice: «Son unas aburridas. En el patio... ¡Solo hablan!». Pacheco no puede parar quieto.

Cuando la clase se empieza a quedar en silencio y los folloneros se van apaciguando, un golpetazo metálico de sillas derribadas en la zona de las chicas nos hace girar las cabezas hacia ahí.

Yo estoy a dos o tres filas y me sorprende que la causante del ruido sea Silvia Minerva. No sé cómo, pero se le ha tumbado la silla y al echar mano a la de al lado para no caerse al suelo, la ha volcado también y ella ha quedado tirada hacia atrás y con las piernas abiertas, atascada entre las rejillas y las patas de las sillas. Se le ha subido el vuelo de la falda y ofrece una vista diáfana de sus muslos morenos bien torneados con un leve vello rubio y también de sus bragas, impolutamente blancas.

—Son tan blancas que te deslumbran, Iturbe, como si mirases la nieve.

—Yo nunca he ido a la nieve, pero me deslumbran, sí. Me hipnotizan de tal manera que no puedo dejar de mirarlas. Ella, consciente de su postura tan poco airosa, obstétrica si no fuera por la ropa interior tan limpia y tiesa, como almidonada. Se ha puesto colorada y bracea para incorporarse, pero la amiga, la Sánchez, que le echa la mano para levantarla, a punto está de caérsele encima y casi la incrusta más. Yo estoy paralizado, no reacciono a levantarme y ayudarla.

—No puedes quitarte de la cabeza el blanco angelical de sus bragas.

—A la salida del colegio Silvia Minerva está de pie hablando con la Chaparro, una grandullona con el pelo corto a lo chico que viste de manera extravagante con ropa que no es comprada en el barrio. Algunos dicen que la Chaparro es tortillera. *Lesbiana* es una palabra que suena demasiado fuerte, como a pecado. Las dos están hablando con Arnás.

Genís Arnás Páez vive en la calle Sevilla. Tiene el pelo liso, la cara redonda, y es pacífico, se relaciona con todos y juega en la calle como el que más, pero nunca está en las broncas ni gamberradas. Es amable, pero no lo sabemos entonces porque esa palabra no existe en nuestro vocabulario, y se lleva bien con las chicas.

A muchos nos encantaría hablarles a las chicas con la naturalidad con que él lo hace, sin tirarles del pelo ni tirarles el estuche al suelo para llamar su atención. Y que nos escucharan como a él lo escuchan. A veces se vuelve camino a casa, casi enfrente del colegio, con Olga Martínez, una delgadita con gafas, simpática y alegre, que es vecina suya.

Una de esas tardes, en la plaza de San Miguel están el Licho, el Pujol y el Arnás sentados en un banco comiendo pipas de calabaza. Parra y yo les preguntamos si tienen para cambiar cromos de *El Imperio contraataca*. En esa segunda parte de *La guerra de las galaxias* las naves imperiales que asaltan el planeta helado de Hot son dinosaurios metálicos que caminan sobre la nieve con pesadas pezuñas de hierro.

Pero ellos casi ni nos miran, no dejan de comer pipas de calabaza y escupir las cáscaras al suelo.

«Pasamos de eso un puñado.»

Ellos ya están en otra edad, en otra década. Parra y yo nos miramos un poco apurados, damos media vuelta sin decir nada y caminamos callados un buen trecho. Hasta que Parra levanta la cabeza y se ríe. Me pregunta muy excitado: «¿A ver si adivinas a qué se parece una pipa de calabaza?». Y yo no sé ni tengo ganas de pensar. Me quedo callado.

«¡Al *Halcón Milenario*, tío!»

Y se ríe. Y hace el baile egipcio en mitad de la calzada. Las camisas de cuadros que lleva por fuera de los pantalones de pana le van quedando pequeñas. Detiene su baileteo y me mira muy serio.

«Tenemos ya catorce años, tío.»
«Me falta un mes para cumplirlos.»
«Yo pronto haré los quince.»
«¿Y qué?»
«Que hemos de estrenarnos, tío.»
«¿Estrenarnos?»
«Meterla en caliente, julay.»

No atiende a razones. A Parra no se le meten las ideas en la cabeza, se le encallan. Se pone como loco, es un *locus*, empieza a dar patadas a los tapacubos de las ruedas de los coches aparcados hasta que algún vecino nos grita algo sobre nuestras madres y echamos a correr.

Una tarde me pregunta si tengo ahorrada guita. Le digo que tengo una hucha de barro donde voy metiendo el dinero que me dan en los cumpleaños o algún pariente que nos visita de vez en cuando. Me dice que he de sacarlo y cuando le pregunto que para qué, me mira como si hiciese una pregunta estúpida.

«¡Para follar!»

Y como pongo cara de alelado, me aclara:

«Hemos de ir donde la Felpudo de Plata.»

—Iturbe, la Barceloneta es un barrio de trabajadores honrados y de delincuentes, también honrados. Este es un barrio donde una comisión del Vaticano podría pasar por las calles el algodón y le saldría más limpio que en la plaza de San Pedro. Aquí no hay ni una discoteca, ni un sitio dudoso, ni un prostíbulo. Aquí se venden todo tipo de objetos robados, se vende tabaco de contrabando que llega de Andorra, y cualquier cosa que pasa de extranjis por el puerto, también se vende droga, armas y se hace de todo lo que es imaginable hacer, pero todo discretamente y sin joder al vecino, no sea que el vecino agarre un martillo y te abra la cabeza. Solo hay una mujer a la que se le acepte ejercer el negocio de la carne: Felpudo de Plata.

—Todos habíamos oído cosas sobre ella, cosas imposibles que entonces nos parecían indudables.

—Era todo verdad, Iturbe. Felpudo de Plata tiene un pubis de pelos de platino y quien lo ve ya lo ha visto todo. Abre las piernas y es como si se abriera la cueva de Alí Babá. Un joyero del paseo de Gracia vino una tarde en un Mercedes con chófer y un peluquero muy estirado, dispuesto a comprarle su vello púbico blanco para elaborar la joya más afrodisiaca nunca diseñada. Ella se desnudó y le mostró retadora esa fronda de hilos de plata y cuando él, completamente trastornado, sacó su lupa de joyero y se acercó a su secreto, los echó escaleras abajo. No acepta a cualquier cliente, es muy selecta, incluso maniática: jamás acepta hombres cuyos nombres empiecen por R o que tengan pecas. Raramente se deja ver por el barrio, no ha salido de casa durante años y una ayudante, una viejita sin dientes ni pensión, le hace la compra y los recados. Por eso nadie sabe exactamente ni su edad ni su aspecto.

—A mí Parra me cuenta que tiene el vello tan blanco porque es rusa, que vino a España de muy joven acompañando a una delegación soviética y en cuanto pudo se escapó y pidió asilo político en España. Y como Franco no podía ver a los comunistas, se lo dieron. A mí me aterra la idea de ir a su casa, le digo que somos menores y nos van a meter en un reformatorio. Pero él insiste, suplica: si no lo hacemos, nunca dejaremos de ser unos primarrones. Y lo veo tan abatido que me resigno a lo que tenga que ser. Asiento. Y él levanta la cabeza, ríe, hace su baile egipcio más enérgico que nunca.

Tomo el martillo de la caja de las herramientas, envuelvo la alcancía de barro con un trapo para que no haga ruido y la reviento. Hay más monedas que billetes, es todo lo que tengo. Lo echo al bolsillo.

En invierno anochece pronto, es ya oscuro cuando Parra y yo enfilamos el paseo Marítimo hasta el edificio solitario que hay cerca del Hospital del Mar. Se ha informado: hemos de ir al ático. Ya no nos podemos echar atrás. Cuando Parra alarga la mano para pulsar el botón del portero automático, en el fondo deseamos que nadie conteste. Pulsa tres veces consecutivas porque es así como se ha enterado de que hay que llamar para que te atiendan. Ya hemos pensado la respuesta cuando nos pregunten quiénes somos: contestaremos con la voz más ronca que podamos «¡clientes!». Nos preocupa que nos despachen por no tener la edad suficiente, pero nos preocupa más aún que nos acepten. A los tres timbrazos sigue un largo silencio y Parra hace que no con la cabeza.

«No hay nadie.»
—Tiene tantas ganas de irse como tú, Iturbe.
—Y, sin embargo, le digo que espere. Me sale el orgullo, quiero hacerme valer ahora que Parra flaquea. Pasa un minuto de silencio en esa portería barrida por el viento húmedo que llega sin freno desde el mar y Parra se balancea nervioso de una pierna a otra, pero yo aguanto impertérrito y no se atreve a decir nada. Por fin, se produce un susurro de mecanismo de apertura en el portal. Nos miramos con incredulidad y canguelo. Empujamos la hoja.

—La puerta cede como si se abriera un pasadizo secreto. Huele a yeso.
—¿Tú has estado ahí, González?
—Los túneles del pasado llevan a muchos lados.
—Huele a yeso, sí. Parece un edificio deshabitado. Cuando pulsamos el botón del ascensor el sonido del me-

canismo retumba en todo el edificio y nos sobrecoge. Nos parece que va a empezar a asomarse gente desde las puertas de los rellanos, pero nadie aparece. El recorrido hasta el ático se nos hace lento y rápido a la vez porque queremos llegar y no llegar.

—Frente a la puerta buscáis el timbre, pero no hay.

—No hay. La puerta está entornada. Es Parra quien la empuja y entramos. Es invierno, pero estamos sudando los dos. El interior del piso, en penumbra, iluminado con candelabros, está forrado con una moqueta blanca que envuelve suelo, techo y paredes. Hay un salón lleno de espejos que multiplica el temblor de las velas y una mujer menuda vestida con una bata plateada nos observa desde el fondo. Tiene el pelo blanco y largo y es delgada, pero en la penumbra no se distingue bien su rostro. La mujer se acerca hasta la zona más iluminada y se despoja de la bata.

—Los dos veis con asombro el reflejo luminoso de su pubis, un terciopelo blanco que protege un pétalo de rosa doblado en muchos pliegues, pero también percibís con repulsión las estrías de su cuerpo, la piel ajada que cuelga como un pellejo y las profundas arrugas de su rostro.

—Nos parece una terrorífica niña anciana. Parra y yo nos miramos medio segundo y nos leemos el pensamiento. Salimos en estampida del piso, bajamos los escalones como caballos y seguimos corriendo hacia el centro del barrio. Yo no dejo de correr ni aun cuando llego al portal de casa y solo me calmo cuando me meto debajo de las mantas de la cama.

A veces pienso que todo eso lo imaginamos Parra y yo cuando nos sentábamos en un banco de la Repla y nos contábamos historias para espantar el aburrimiento, o el miedo.

—¿A qué teníais miedo?

—Pues no sé, a lo que todos: al futuro, a no ser felices, a no gustar, a que nuestras vidas no fueran extraordinarias.

—Os repetíais las historias tantas veces que ya no sabíais qué era lo vivido y qué era lo soñado.

—Tal vez esa mujer rusa albina y fantasmal, medio niña y medio espectro, solo la visitamos en nuestra imaginación.

—No era rusa ni era albina, Iturbe. No era un fantasma, tan solo era una niña que tenía miedo, como vosotros, como todos. Era, con el paso de los años, aquella chica de la calle Ancha que fue a abrir el cofre de un tesoro que resultó ser la última bomba de la guerra civil. Un regalo de la muerte. No explotó la espoleta, pero el pánico le produjo un estrés tan intenso que inhibió la proteína responsable de bloquear la producción de peróxido de hidrógeno en los folículos y se encaneció a los trece años. Se convirtió para siempre en Felpudo de Plata.

—González, no soy alto, pero he crecido y ya no me escondo bajo la mesa redonda del minúsculo salón a escribir porque no cabría. Escribo sentado en la cama cuando nadie revolotea alrededor y no es fácil en una casa de juguete. Mi abuelo está en la cama de al lado, pero muchas veces tampoco se percata de si estoy o no estoy; mi hermano mayor ya está en bachillerato y se pasa la vida estudiando. Mi madre me pide que vaya a la Granja La Catalana a comprar un cartón de leche. Salgo tan deprisa que me olvido de ponerme las gafas que me mandó el oculista para activar el ojo vago, que era un diagnóstico médico de moda entonces.

Tengo las monedas tan apretadas que la mano me suda y, como caminar me cansa mucho, corro a toda velocidad cruzando las calles en dos zancadas. En la tienda hay frente al mostrador alguien esperando a que le terminen de preparar jamón york al corte. La veo antes de verla. Es Silvia Minerva.

Lleva un vestido claro hasta las rodillas y me parece preciosa. Digo «hola» tan bajito que ni yo mismo me oigo y pone gesto de no saber quién soy. Yo le sonrío encogido y tarda un momento que parecen siglos en percatarse de que soy su compañero de clase, el tonto de los villancicos de aquella Navidad desastrosa.

Cuando me reconoce, es como si me mirase por primera vez. Sonríe y sus pecas se arremolinan para mí, y yo me enrosco, querría ser una tortuga para poder meter la cabeza dentro de un caparazón y masticar a solas mi felicidad. No sé explicarte ese momento, González, no sé contarte cómo sonrío yo por dentro.

—No se puede contar la felicidad. Una novela con final feliz te dirán que es una mala novela. La gran literatura, la que encumbran los críticos y pasa a la posteridad de las enciclopedias, solo sirve para relatar la tragedia, el fracaso o el desencanto, pero no sirve para describir la felicidad; solo la música puede hacerlo.

—Es música lo que tengo dentro.

—Porque la música es vibración y todo vibra. Hay contenida en ese segundo de temblor en que ella te mira una vida entera. Tus pupilas están abiertas de par en par, pero ven otro tiempo, como los ojos de los sonámbulos. Recorres con ella recostada en un trineo bajo varias capas de pieles esas estepas blancas infinitas que has visto en las viñetas de *Miguel Strogoff* cuando atraviesa Siberia, os asomáis juntos, ella y tú, al puente de Brooklyn por el que Spiderman lanza telarañas y se balancea como un Tarzán en una selva de rascacielos, la llevas a una fortaleza de la soledad en el Polo Norte mucho más acogedora que la de Superman, con la misma alfombra en la que jugabas de pequeño a las canicas, y os sentáis en unos sofás de hielo blando y caliente a hojear tus álbumes de cromos de animales o de inventos. Al momento estáis en la mesa de una cocina con rinconera que huele a madera de verdad, como una que viste una vez en el apartamento de los jefes del restaurante de tu padre, y cenáis *biquinis* de queso gruyer, y tú acabas de llegar del trabajo con un traje blanco impecable como el de Tony Manero en

Fiebre del sábado noche, ella te besa en la mejilla y sus labios te dejan una marca de helado de corte de vainilla. Patináis sobre hielo en un lago entre picos de montañas, ella lleva los calentadores en las piernas de Olivia Newton-John en el cartel de la película *Xanadú*, se sujeta a ti y tú la sostienes, vais caminando por la playa buscando piedras de colores y el viento le alborota el pelo, le abres la puerta de un coche que es un Ford Torino rojo con una raya blanca como el de *Starsky y Hutch* y os adentráis en la selva espesa y sombría de Dagobah y ella pone la mano sobre la tuya y sientes lo que es la fuerza. El sol ilumina todo en una playa distinta a la de la Barceloneta, frente a un mar limpio con elegantes casas de madera levantadas sobre pilotes como las de *Hawái Cinco-0*; tú tienes la barba de Geyperman y ella es un ángel de Charlie, tiene la melena de Farrah Fawcett y la dulzura de Jaclyn Smith, se ha hecho mayor pero tiene el mismo candor de niña y tú te has quedado tan calvo como el teniente Kojak. En esa playa infinita se gira hacia ti y te mira exactamente como ahora te está mirando.

—Justo asoma por delante del mostrador el Angelito con su chaquetilla blanca de charcutero y un lápiz detrás de la oreja.

—En el bar Lokillo, que durante muchos años no tuvo ni rótulo, había un cartel escrito a mano tras la barra que decía: HOY PUEDE SER UN GRAN DÍA. YA VERÁS COMO VIENE ALGUIEN Y TE LO JODE.

—Le alarga en una bolsa de asas un paquete de jamón york y media docena de huevos. Ella toma la bolsa, entrega un billete, recoge su cambio y se marcha. Y yo desde el «hola» no he abierto la boca. ¿Te lo puedes creer?

—Lo creo.

—Ni siquiera atino a decirle «adiós».

—No atinas.

—Soy idiota.

—Eres idiota profundo, Iturbe.

—Cuando llego a casa escribo ese encuentro en mi cuaderno para que ese momento no se pierda.

—Para eso se escribe, Iturbe. Para parar el tiempo.

—Pero no se puede parar el tiempo.

—Es una misión condenada al más absoluto fracaso, pero el intento está lleno de esperanza.

—Creo que esa tarde incluso escribo algún poema malísimo.

—Por las poesías de tus cuadernos corren ríos de mermelada que lo dejan todo pringado.

—Un día alguien explica a la hora del patio que han abierto una biblioteca en el paseo Nacional encima de La Caixa, que llevas una foto y te hacen el carnet gratis, y me acerco una tarde. Impone respeto ese lugar de mesas blancas y estanterías tan ordenadas llenas de libros, con una bibliotecaria que es una señora rubia, elegante y estirada, de Barcelona, que lleva unas gafas sofisticadas cogidas al cuello con un colgante de cuadraditos y regaña todo el tiempo a quienes parlotean. Hay un área infantil con moqueta, como en las casas de dinero.

—Es un silencio alfombrado de aventuras.

—¡Está entera la colección de libros de Tintín! *El asunto Tornasol*, *La oreja rota*, *El loto azul*... el cohete rojo y blanco de *Aterrizaje en la Luna* me maravilla.

Paso allí muchas tardes en esos meses. Y una de las veces en que voy camino de la biblioteca, veo de lejos a Silvia Minerva. Es ella, sin duda. No sé si tendré valor para hablarle de todas esas horas que paso escribiendo su nombre en papeles sueltos como si hiciera prácticas de caligrafía, no sé si me quedaré mudo cuando me plante delante, pero camina frente a El Vaso de Oro y voy hacia ella, estoy muy nervioso pero no me paro. Esta vez no me paro, González. ¡Es ahora o nunca!

—No te paras, pero tiemblas tanto que haces temblar todas las calles del barrio y que se balanceen las antenas de televisión de los terrados.

—En cuatro zancadas llego a un metro de ella y en ese momento asoma la cabeza por la esquina de la calle Paredes alguien que parece estar esperando. Es el Rubito. La toma por la cintura y ella le sonríe de una manera que no le conocía. El planeta explota en mil pedazos y yo ya estoy muerto. Sigo caminando muy tieso, paso de largo como si nada, en ese momento de catástrofe en que todo mi mundo se derrumba, lo único que me preocupa es que no se percaten de mi abatimiento y no hacer aún más el ridículo.

—La vida adulta que tanto querías que llegase ya está ahí, porque de eso trata el final de la infancia, del final de los sueños y el principio de las renuncias.

—En cuanto no me pueden ver, aunque en realidad no han reparado en mí en ningún momento, regreso a casa corriendo. Estoy rabioso.

—Vas golpeando las lágrimas con los puños.

—Siento rencor contra el mundo.

—Es el rencor de los adultos.

—Necesito estar solo, pero al llegar a casa mi hermano está estudiando en la mesa del comedor, mi madre trastea pasando la escoba debajo de las camas y yo necesito huir. Tomo con disimulo mi cuaderno de poemas y corro hasta el final del paseo Marítimo, más allá del campo de fútbol.

—En el Somorrostro corres sobre cristales rotos.

—Gateo en busca de soledad entre los bloques de piedra de la escollera y abro el cuaderno. Arranco una hoja, después otra, y luego otra más. Las rompo en pequeños pedazos, minuciosamente, con una tristeza pesada de domingo por la tarde. Las estrujo como si quisiera que sacaran algún zumo, abro la mano y se las lleva el viento. González, ahí termina mi breve y patética carrera de poeta. Decido, y lo he cumplido a rajatabla todos estos años, que nunca más escribiré poemas. Nada de palabras cursis e imbéciles completamente inútiles.

—¿Te parecen inútiles?

—¡Lo más inútil de todo! La ciencia crea medios de transporte para conectar a las personas, levanta puentes, cura enfermedades, idea maquinaria agrícola para que no haya hambre en el mundo. ¿De qué sirven las palabras?

—¿Y de qué nos sirve vivir muchos años, viajar muy deprisa a todas partes y comer trigo hasta reventar si no tenemos la capacidad de emocionarnos?

—Emocionarnos... ¡Chorradas! El amor por Silvia Minerva solo fue un sueño infantil. Un aprendizaje en el fracaso.

—¿Lo consideras un fracaso?

—Un fracaso absoluto.

—Tal vez tengas razón, Iturbe. Tal vez seas un fracasado.

Puede que sea cierto, pero no tolero que me lo diga él. De repente siento que me sube por la garganta un reflujo de rencor y le hablo con la intención de hacer daño.

—¡El gran González! Escritor sin libros, historiador de barrio sin título, viajero de silla mecedora, predicador sin feligreses, gourmet de migas de pan. Podías haber hecho algo con tu vida pero elegiste hacer el avestruz y meter la cabeza en un sótano del barrio por pereza o por miedo de enfrentarte a lo nuevo. ¡Tú eres el gran fracasado!

Doy un manotazo enfadado al interruptor y apago mi luz y, a la vez, González, con gesto hosco, apaga la suya. Nos quedamos a oscuras y se hace el silencio. Enseguida se me pasa la irritación y lamento ese pronto iracundo que tengo a veces. La voz me sale en un susurro.
—González, ¿sigues ahí?
—¿Dónde, si no?

Me parece mentira que tantos años después me siga afectando ese episodio pueril hasta haberme puesto borde con González. Él no tiene la culpa, nadie la tiene, al fin y al cabo son cosas sin importancia propias de la niñez. Miro a mi alrededor.

—¡Este sótano está tan negro como mi ánimo las semanas siguientes a la decepción con Silvia Minerva!

He tratado de sonar jovial, para rebajar la tensión, pero González no dice nada, aguanta la penumbra y el silencio mejor que yo. Enseguida me doy por vencido y pulso el interruptor del flexo como una manera de pedir disculpas. Él acepta mis disculpas porque también prende su lámpara y nos miramos como si estuviéramos otra vez en los pupitres del colegio.

—Llevo tiempo sin quedar con Parra fuera de clase, no le puedo contar nada de mi descalabro amoroso porque me diría que soy un pringado, que me busque a otra y me haga una mamada. Es lo que nos decimos los hombres unos a otros cuando no sabemos qué hacer con nuestra fragilidad.

Una tarde al salir de clase subo los escalones hasta el primer piso donde está la biblioteca. Nada más entrar, miro a la izquierda hacia la sección infantil confortablemente enmoquetada, pero ese ya no es mi lugar. Giro a la derecha hacia las altísimas estanterías de la sección de adultos. Tomo un libro de Alberto Vázquez-Figueroa titulado *Manaos* y me siento en una de las sillas blancas de patas cromadas y me adentro en la selva del Amazonas a golpe de machete. En la primera escena, el patrón de la plantación de árboles de goma repudia a su novia blanca y la entrega a la jauría de sus *seringueiros*, que hacen fila frente a la puerta de la cabaña para violarla uno detrás de otro. Cuando entra el protagonista ella está destrozada y se dispone a recibir al siguiente con una resignación agónica, pero él se sienta en una silla y le habla, le pregunta si se encuentra bien, le permite un rato de tregua para que se recupere un poco y resista. Unos días después, él la ayuda a escapar en un bote río abajo y atraviesan juntos una selva enmarañada llena de peligros. Me encierro aún más en mi caparazón de la biblioteca y he perdido de vista a Parra, que este último curso va a la otra clase, y nos saludamos en el patio, a veces con un movimiento de cabeza.

Una mañana Parra llega a la puerta del colegio con unas gafas de sol de espejo y fumando. No solo no se esconde, sino que muestra mucho el cigarrillo, como un trofeo. Me señala las gafas.

«Molan», me dice.

Y es verdad, pero también son un poco de quinqui. Me gustan, pero yo no me atrevería a llevarlas. Aparece el Titola con su chupa negra de cuero, los ojos azules inyectados en sangre y su rostro con la cicatriz de guapo peligroso. Parra se va corriendo hacia él para mostrarle sus gafas y el Titola se las arrebata de la cara, se las pone y se va con ellas a fardar al grupo de las chicas mayores repetidoras que visten jerséis muy cortos que les dejan el ombligo al aire. Veo que Parra va detrás unos pasos, duda, y luego desiste de seguirlo. Regresa donde nosotros.

«Le he prestado al Titola las gafas para que alucine un rato.»

Todos sabemos que no las va a volver a ver, él también. Antes de que nadie diga nada, Parra recupera enseguida el ánimo y lanza al aire su grito de guerra:

«¡Nacido para follar!», y hace sus movimientos de remo adelante y atrás.

Saca un cigarrillo del paquete de Fortuna y lo enciende con aire profesional. El Montes, que se ha acercado merodeando con sus pantalones caídos y una gorra de propaganda de una marca de grifería, le pide uno.

«Te daré la tacha.»

Y el otro, no muy contento con tener que conformarse con la colilla chupada, le echa mano al paquete y se lo arrebata. Pero con la misma velocidad Parra le echa la manaza al cuello y lo empuja contra el murallón de piedra del colegio y sigue apretando. El Montes suelta el paquete de cigarrillos, pero Parra está rojo de ira y con los ojos desorbitados de loco. Nadie interviene. No se separa a la gente que se pelea, en todo caso se los jalea. Parra es más corpulento y el Montes, bastante fondón, no puede zafarse. Se escuchan los gritos de una madre que viene gesticulando con aspavientos. Ya la conocemos, es de esas madres contrarias a la violencia que si te pillan peleándote ni que sea jugando, te meten tres o cuatro guantazos. Parra la ve venir y afloja, y el Montes aprovecha para escabullirse.

En ese mes de febrero de octavo curso, un payaso trágico se cuela en el Congreso de los Diputados disfrazado de coronel de la Guardia Civil y está a punto de cargarse esa democracia española levantada con palillos. Yo lo paso bien esa noche porque hay programación hasta la madrugada y ponen una película de comedia y hasta una miniserie de mafiosos italianos. Pero ese día pasa, y todo sigue a flote, y España va a organizar un mundial de fútbol al año siguiente y parece que el país se va ensanchando igual que pasas de una carretera secundaria a una carretera general.

Veo una tarde a Parra sentado, más bien despachurrado, en los escalones de granito del colegio, con las piernas despatarradas metidas en unos pantalones de pana muy gastados.

«¿Qué pasa, julay?», me pregunta.

«Ya ves.»

Lleva unas nuevas gafas de espejo y me cuenta que se las ha comprado con el dinero que le ha sonsacado a su madre diciéndole que las otras se le habían caído entre las rocas del rompeolas mientras buscaba mejillones.

«Esta tarde el Titola y toda la peña van a ir al Borne», me dice.

«¿Al Borne?» Las peleas con las pandillas del vecino barrio del Borne son legendarias. Se cuenta en el patio que al Rubito una vez le pegaron con una llave inglesa en la clavícula y casi se la rompen. «¿A qué van esos al Borne, a buscar bronca?»

«¡Que va, tío! Van a tirarse el rollo con unas pavas de la plaza de las Ollas que están tope de buenas.»

«¿Y a qué vamos a ir nosotros? ¿A aguantar la vela?»

«Igual cae algo, tío.»

Ronroneo disgustado.

«Como los pillen la banda del Borne les van a dar de hostias a ellos y a los pringados que vayan con ellos», le digo.

Entonces Parra se levanta la manga corta de la camisa de cuadros y dobla el brazo para marcar bíceps. Tiene una bola pequeña pero dura.

«¡Esos *manguis* no pegan ni sellos! Si me viene uno de esos le meto un cate así...» Y después de gesticular con el puño se queda un instante pensativo y me mira serio, quizá la primera vez que lo veo ponerse serio de verdad. Me observa de una manera nueva, fría.

«Tú eres un *abucharao*. Yo paso de ti, tío.»

Se ajusta las gafas y se enciende un cigarrillo, como si hubiera dado la conversación por terminada. Miro a Parra y no lo reconozco. Le había visto otras veces hacerse el duro, pero era una pose más bien cómica y acabábamos riéndonos. Tiene sobre el labio algunos cortes de haberse empezado a afeitar el bigote, la mandíbula se le ha angulado y sus espaldas se han ensanchado. Me veo reflejado en el cristal blanquinoso de sus gafas y me veo delgaducho, achicado, con unas gafas graduadas de pasta que no son pasadas de moda porque nunca estuvieron de moda. Tiene razón, soy un rajado.

«Me abro», le digo, sin más.

Me pongo a caminar en dirección a mi casa, pero en cuanto doblo la esquina y no me puede ver, echo a correr todo lo que dan de sí mis piernas. Correr me hace bien.

—Las calles se abren a tu paso y se cierran después, el barrio se moldea mientras avanzas, se transforma.

—Todo está cambiando muy deprisa, González.

—¿El barrio cambia o eres tú el que cambia? La fachada del bar El Boquerón de Plata sigue estando forrada de conchas marinas barnizadas y dentro sigue habiendo una parroquia de pescadores que hablan alto y beben fuerte. Los días que se acumula en el comedor la clientela y se les agota la despensa en la cocina, la dueña sale a la fachada con una rasqueta y levanta media docena de conchas de la pared, les quita el cemento junto al resto de las incrustaciones de organismos tubícolas, balanos y algas petrificadas, y las echa a un caldero con una hoja de laurel. En la tienda de artículos de broma Monsonís se venden bombas fétidas para estallar en el suelo cerca de donde las chicas juegan a la *charranca* saltando por los cuadros de tiza o hacen corrillos de confidencias. El Submarino tendrá veintitantos o treinta años, pero tiene la cabeza de un niño chico, aparece por la tarde a la salida del cole y los niños le dicen entre risas que enseñe el submarino y él se baja la bragueta alegremente y entonces le gritan entre risotadas que es un guarro y salen corriendo.

Un chico que el año anterior hacía octavo en el Virgen del Mar va en dirección al mercado con una barra de hielo al hombro agarrada con un gancho y si se fija uno ve que tiene una peca enorme en la mejilla poblada de pelos puntiagudos como un ciempiés disecado. Entra en la iglesia de Santa María de Cervelló vestido de sotana el cura con la cabeza brillante y rapada al que llamamos el Clapas. En su calva se marcan unas arrugas y venas que, si se miran con detenimiento, son un dibujo exacto del mapamundi, con el contorno de los continentes y los ríos más caudalosos y cientos de manchas moteadas con el perfil preciso de todas las islas, y hay madres de casas pobres que no tienen dinero para comprar los mapas en la librería Sol o en la Garba, y cuando los niños tienen examen de geografía acuden a la iglesia y se arrodillan frente a él para pedir que muestre su cabeza a sus hijos y puedan estudiar en ella la lección. Las madres compran bistecs de una sangre negra en la carnicería caballar de la calle Escuder porque tienen muchas vitaminas, aunque sean tan correosos que igual han trinchado al caballo con la silla de montar y las bridas. En los merenderos de la playa del Gato Negro los ganchos, armados con una carta y un pico de oro, paran a la gente que pasa con pinta de no ser del barrio y les cuentan muy serios que las cigalas están tan vivas que algunas salen corriendo del plato y las atrapan llegando a la Estación de Francia.

Iturbe, hay un gancho, un relaciones públicas, les gusta llamarse a ellos, que atrae a todos los clientes al restaurante Dos Hermanas y deja todos los demás vacíos. Tiene los dientes muy juntos, los ojos agrisados y un labio muy ancho como si fuera negro, pero tiene la piel pálida y un punto azulada. En vez de hablar en voz alta y desplegar sonrisas más falsas que los relojes de oro de los bazares de las Siete Puertas, susurra suavemente al oído de los que pasan por enfrente y entran todos al restaurante como en estado de trance, incluso los que salen de comer de algún otro merendero, cuando él les habla entran en el Dos Hermanas y vuelven a comer otra vez.

Algunos de los otros ganchos se acercan para tratar de saber qué cuenta a la gente para convencerlos de esa manera, pero no atinan a escucharlo. Una noche se reúnen en la bodega Sergio y trazan un plan. Acuerdan que la prima de uno de ellos, que siempre lleva tacones, como la gente de dinero, se haga pasar por una señora que viene a comer una paella y así ella les revelará todas y cada una de las palabras que utiliza para embaucar a la gente.

Un domingo a mediodía la prima camina delante de los merenderos haciéndose la distraída y el gancho de los labios gruesos y los dientes estrechos que se va hacia ella. La mujer acerca su oreja y lo escucha y los demás, con sus medio delantales y sus cartas plastificadas en la mano, la observan con el mayor disimulo que pueden, que es mucho porque es gente pícara. Y cuando ella alza la cabeza, esperan que se excuse y vaya hacia ellos y ya por fin se resuelva todo. Pero la mujer, alta, delgada, con la nariz muy puntiaguda, no los mira a ellos, sino a la puerta del restaurante Dos Hermanas, y entra adentro como hipnotizada, y ni siquiera la voz de su primo llamándola por su nombre le hace girar un milímetro el cuello. Esperan a que salga y tarda mucho, horas, sale tambaleándose, con una barriga embarazada de arroz y frituras que no traía cuando llegó, como si hubiera pedido todos los platos de la carta. Se acercan hasta ella y la rodean, pero tiene los ojos ahuevados, no entiende bien lo que le preguntan: «¿Qué te ha dicho? ¿Qué te ha dicho?». Ella no se acuerda, es como si se despertara de una siesta de pijama, se los quita de encima y se marcha caminando.

A unos metros, su colega de la piel extremadamente fina, como si se echara aceite de bebés, los observa con sus ojos pequeños. La mujer no ha podido repetir sus palabras porque no eran palabras, sino que manaban de su garganta sonidos surgidos del fondo marino, un idioma anterior al del ser humano, unos chillidos que al vibrar en el martillo interior del tímpano hipnotizaban con el lenguaje de las sirenas.

Un día aparece frente a la playa del Gato Negro una pareja de delfines saltando sobre las olas. Dicen que llegaron dos y vieron marcharse tres. Y nunca más se volvió a ver al gancho del restaurante Dos Hermanas. Iturbe, en la Barceloneta las ropas y las historias se avientan en los balcones. Y la calle vive porque está viva y se crece y se encoge como una vejiga. Y tú estás creciendo. Eres el mismo y eres otro.

—González, una tarde de invierno llego a la Repla y Parra está sentado en la escalera con el Rubito y el Titola. Los tres están fumando. Huele a flores secas. Mi madre me pregunta cómo es que vuelvo tan pronto y le digo que no había nadie por ahí.

—Acaba el último curso de primaria. Al final los calendarios se han ido quedando calvos, los años setenta que iban a durar para siempre fueron asesinados en un programa televisivo de Nochevieja y se fueron a morir al cementerio de las décadas. Los años ochenta llegaron con una banda sonora de música disco y marcianitos, pero no han traído todas las maravillas que esperabas.

—Igual espero demasiado.

—Siempre esperas demasiado.

—Casi todos dejan los estudios. Pacheco se embarca con sus hermanos mayores en la pesca. Badal se pone a trabajar de camarero. Joan Pedrós va a estudiar formación profesional. El Montes ni se sabe. Lalo dice que va a trabajar de gancho en un merendero. Parra sí va a seguir estudiando bachillerato, aunque hablamos poco esas semanas. También Genís Arnás y algunos pocos, que van a estudiar al instituto del barrio. De Silvia Minerva no sé nada, en algún lejano fondo todavía albergo la remota esperanza de volver a encontrarnos en alguna vuelta del camino.

—Siempre esperas que todo suceda solo, como si la felicidad lloviera.

—En septiembre todo va muy deprisa, González. Empiezo el curso en una academia concertada donde ya estudia mi hermano, cerca de las Ramblas.

—Está muy cerca del barrio, pero no es el barrio, es Barcelona, la gran ciudad que mirabas a lo lejos con Parra en la otra orilla del paseo de Colón.

—Al principio se me hace raro ir y volver en autobús con mi hermano y otros dos chicos que no conocía porque estudiaron en La Salle y su mundo era otro, de la gente bien del barrio que pertenece al equipo de waterpolo y son socios del carísimo Club Natación Barcelona. Quedo los fines de semana con un compañero del Virgen del Mar muy tranquilo, Joan Pedrós.

Caminamos hasta la plaza de Cataluña sin ningún propósito, pasando las tardes sin gastar nada más que las suelas de los zapatos. Alguna vez, cuando andamos los dos por el barrio, nos cruzamos con Parra sentado en el canto del respaldo del banco de la Repla con los pies en el asiento, con ese pelo suyo rizado más largo y enredado, las gafas de espejo, una camisa negra, fumando y escuchando música de un radiocasete estéreo aparatoso junto al Titola y algún otro con cazadora de cuero que no conocía, alguna chica con falda corta y mucho humo. Nos saludamos a distancia con un gesto casi imperceptible de cabeza, como si no quisiera que los otros se percatasen.

Pasan los meses y hago nuevos amigos de otras partes de la ciudad en la academia. Un compañero que vive en el paseo de la Zona Franca con el que hago parte del trayecto a casa juntos, me muestra un día una bolsa que lleva agarrada como el maletín del millón de dólares. Saca un disco de vinilo con la funda blanca y un gran reloj dibujado con las horas en números romanos y el nombre del grupo en medio: Mecano. Yo nunca he tenido tocadiscos ni discos, tan solo el casete de Boney M. que nos regalaron en la caja de ahorros por Navidad y algunas cintas vírgenes mal grabadas de la radio.

Una noche, mirando la tele en casa, mi abuelo, mi hermano y yo en el sofá, y mi madre yendo y viniendo de la cocina a los cuartos con la escoba, vemos una serie nueva que arranca de manera impactante. La cámara nos lleva en un barrido veloz como si viajáramos por el espacio en medio de una negrura iluminada por infinitas estrellas, la música dulce y misteriosa y el título impresionado en la pantalla, *Cosmos*. Y un subtítulo a continuación: *Un viaje personal*. Y de ese espacio oscuro de las galaxias se viaja a toda velocidad hasta una superficie blanca que parece una capa de nubes, pero que es la espuma del mar. Un mar que rompe furiosamente contra los acantilados mientras la vista aérea nos muestra caminar una frágil figura humana, que en esa inmensidad parece una garrapata.

—Yo lo estoy viendo también, Iturbe. Cuenta la historia de lo grande a lo pequeño, de lo minúsculo a lo infinito. La cámara se acerca y es un hombre vestido con una trenca deportiva, camisa y corbata.

—No sé lo que es la astrofísica ni quién es Carl Sagan, pero ese hombre risueño nos mira como si nos conociera.

—Se apea del recuadro del televisor, se mete en el comedor de casa, se sienta en una butaca y nos explica que el cosmos está constituido por todo lo que es, todo lo que ha sido y todo lo que será. Le brillan los ojos y el fuerte viento de los acantilados que le agita el pelo.

—Tal vez en ese momento decido qué haré con el resto de mi vida.

—Nuevos horizontes. Nuevos compañeros y nuevos paisajes. Cortas el cordón umbilical con las viejas calles.

—Ahí te equivocas. Sigo viviendo en el barrio, voy a seguir todavía en casa de mis padres unos cuantos años, hasta acabar los estudios.

—Tú no lo sabes, pero ya te has ido. Uno no abandona un sitio cuando se traslada con el equipaje a otro lugar, sino cuando deja de pertenecer a él. Tú ya no perteneces a esa trama de calles que juegan a las sombras chinescas. Un día creerás que te vas, pero en realidad ya no estabas.

—Uno de mis últimos vínculos con el barrio es esa panadería donde trabajo la noche de los viernes durante la carrera. En el polvo de harina del mostrador vacío trazo ecuaciones. Ese sótano de la panadería en la noche es tan profundo como muchos de los laboratorios subterráneos a cientos de metros de profundidad en los que años después estudiaré el impacto de los neutrinos en la Tierra. El ambiente allá abajo con el calor del horno en marcha y una neblina de harina flotando en el aire es pesado, podría ser la superficie de Venus con su atmósfera tóxica de efecto invernadero.

La noche es muy distinta del trajín de las mañanas que se inaugura con la llegada de las dependientas, su pelo con olor a champú y sus batas ligeras. En ese trajín de las mañanas, tan distinto del silencio de la noche, aparece un repartidor llamado Garmendia.

—Garmendia. Delgado hasta lo demacrado, tan abollado como su furgoneta, uno de esos tipos chupados que viven en las barras de los bares, sin culo, mal afeitado como un rufián de película de videoclub, que cuenta chistes guarros y aventuras sexuales con un detalle de ginecólogo de uñas negras.

—Cuando baja a buscar alguna barra una de las dependientas jóvenes, muy rubia, de piel blanca, como si fuera norteamericana aunque sea de La Sagrera, con unos pechos grandes que apenas contiene el botón nacarado de la bata y unos labios abultados pintados de un rojo reventón, se hace un silencio repentino en las conversaciones igual que en las cantinas del Oeste cuando abría la puerta batiente un forastero.

A Garmendia le tiemblan las manos, los ojos repulsivos de tortuga se le catapultan fuera de las órbitas, van arriba y abajo como émbolos mapeando el cuerpo de la muchacha, desde los senos a los labios llenos y voluptuosos.

—Seguro que se pueden escuchar en el silencio del obrador los jugos de su salivación.

—Cuando ella se va arriba, dejándonos como despedida el planisferio de sus bragas apretadas contra la bata, todos nos giramos hacia Garmendia para que emita su veredicto sobre esa aparición magnífica. Se toma su tiempo.

Se relame los labios despellejados con la lengua como un ofidio.

Y por fin habla muy despacio, muy serio, con la gravedad que requiere el momento: «Esta te chupa la polla y parece que esté besando un crucifijo». No puedo negarlo aunque ahora me avergüence: me río. Nos reímos todos.

—La noche tiene otra textura más íntima. No hay dependientas ni Garmendias. La única sensualidad es la de los viejos oficiales panaderos con sus camisetas imperio que dejan ver sus sobacos rubios despeinados.

—José Luis, el encargado, pasea sin camiseta su torso atlético y yo llevo una camiseta de manga corta demasiado nueva por donde salen mis brazos de cañería. A mitad de la madrugada, cuando ya está la primera hornada en marcha, vamos afuera a tomar un poco el fresco de la noche sentados en el bordillo de la acera.

Joaquín está algo achispado y a las tantas de la noche habla a voces como si fuera mediodía. Cuenta una historia y se le tropiezan las palabras. Desde una ventana se escucha a alguien chistar con mala gaita para pedir silencio.

«¡Si no podéis dormir os vais de putas!», les chilla Joaquín.

El encargado amaga con darle una colleja y Joaquín agacha el cuello igual que un perro que no quiere disgustar a su amo. Pero José Luis agita la cabeza de lado a lado y se ríe, se queda de pie y adopta una pose suya muy característica, con los brazos cruzados sobre el pecho sin apenas vello y las puntas de los dedos debajo de las axilas. Explica divertido la noche que tuvieron que llamar a una ambulancia porque Joaquín «se puso todo loco», tuvo un ataque, un *delirium tremens*, y empezó a correr despavorido por el obrador con los ojos fuera de las órbitas golpeándose contra los armarios de levar, cayéndose y volviendo a correr, porque decía que había en el sótano un tigre. Joaquín asiente, sonríe como un chiquillo que ha hecho una travesura que ya le han perdonado. Los ojos minúsculos le brillan y ves que hay algo bondadoso en ellos. Y Paco, el otro oficial, asiente despacio con la boca algo abierta, con esa barbilla caballuna suya.

Es contando batallitas sentados en el bordillo, cuando lo veo. Una figura dobla la esquina de la calle Escuder y enfila hacia la calle Ancha por la acera. Está de espaldas y se aleja caminando apresuradamente, pero gira un momento la cabeza de lado y una farola le hace brotar unos destellos de los ojos como si fuera Cíclope de la Patrulla X. Entonces me doy cuenta de que lleva puestas unas gafas de espejo, que tiene el pelo rizado revuelto y camina de una manera desgarbada que me resulta muy familiar. Está alejándose como si tuviera prisa o algo lo urgiera en la madrugada. Apenas lo entreveo entre sombras, pero sé con esa certeza con que se saben las cosas en los sueños que es Eustaqui Parramón. El Parra. Mi amigo Parra que se mueve inquieto entre las sombras de unas calles que podrían ser las de Gotham City.

Pero lo dejo perderse en lo profundo de la noche sin más. ¿Cómo es posible, González? Dejo que Parra se pierda en la penumbra de las calles sin preguntarle qué hace caminando a esas horas, qué busca..., tal vez me busca a mí y no me encuentra. Lo dejo pasar sin decirle «Estoy aquí». No sé qué me pasa, es como si no me acordara de que es mi amigo.

—La infancia es demasiado reciente para que puedas recordarla. La memoria es una masa madre amorfa que necesita tiempo para fermentar. El propio cerebro no es más que masa con una levadura de fantasía y delirio que se infla y seguiría creciendo de manera imparable hasta desbordarse por las junturas de la cabeza y chorrearnos por el pecho y la espalda hasta el suelo, donde la masa encefálica se escurriría por debajo de la puerta hasta que esa mucosa viva llenase la casa, escapara luego al rellano y siguiese hinchándose imparable hasta expandirse por las avenidas de la ciudad en una riada imparable, uniéndose con las masas encefálicas desbordadas de millones de humanos en una masa madre descomunal que crecería hasta cubrir océanos, sepultar las cordilleras y asfixiar el planeta, y que solo logra contenerse en nuestra cabeza gracias a la caja blindada del cráneo que evita que el cerebro crezca como una masa de pan monstruosa. Acaso la expansión del universo no sea otra cosa que un cerebro con el cráneo reventado y el Big Bang el golpe con un picador de hielo en la cabeza de un ser cualquiera en un mundo cualquiera que ha dejado escapar una masa encefálica que se desborda, chisporrotea en sus chispazos eléctricos y se infla hasta el infinito, al mismo tiempo que en cada neurona nacen otros cerebros más pequeños en carcasas que un día tal vez estallen y se expandan también y los infinitos se superpongan unos sobre otros en expansiones incesantes como las olas en una playa.

—González, tú deliras como Joaquín, también ves tigres en las sombras.

—Porque las sombras están llenas de tigres.

—Yo esa noche en la panadería en que vi a Parra trato de ver con claridad el futuro, pero todo me parecen sombras. Solo tengo una certeza: me quiero ir lejos de aquí, estoy harto de este barrio cutre, quiero escapar de esta mediocridad.

—En el interior del obrador submarino, mientras haces las estrías diagonales en las barras de masa blanda con las mismas cuchillas de afeitar que usan los suicidas para cortarse las venas, planeas irte de este barrio sucio que huele al agrio de la levadura de cerveza y es un enredo de calles estrechas idénticas, sombrías, repetidas, como si al pasar de una a otra no avanzases. Quieres irte porque la vida brilla en la otra orilla.

—Cuando acabo la carrera de Física, me voy, González. Cruzo el océano. Me voy a Estados Unidos en busca del futuro y siento alivio al dejar atrás por fin estas calles que me asfixian.

—El cordón umbilical se ha roto. Pero no importa, porque nada se rompe nunca del todo.

—González, el atasco de coches en la salida oeste es una rutina más de mis mañanas en Chicago. En ese embudo voy a pasar once años. Ahora miro atrás y me parece una buena época.

—Tal vez lo fue, o tal vez es tu cerebro quien le pone la decoración de restaurante de bodas.

—Estuvo bien. Tras licenciarme, conseguí una beca de doctorado en el Fermilab, uno de los laboratorios de física más importantes del mundo.

—Todo un éxito para el hijo de un camarero de la Barceloneta.

—Y más aún que me eligieran entre una docena de doctorandos para quedarme. Entré en el grupo de investigación dedicado al neutrino.

—¿Neutrino? ¿Eso no es una bebida isotónica de esas que toman los gilís que hacen deporte con ropa cara?

—Son partículas casi invisibles. Unas las produce el Sol, pero otras llegan del espacio profundo. Al ser partículas sin carga y apenas masa, atraviesan la materia y viajan a través de galaxias, estrellas y planetas sin que nada las detenga.

—Atraviesan paredes como los fantasmas de las películas de sábado por la tarde.

—Fantasmas reales que cruzan la Tierra de punta a

punta a velocidades cercanas a la de la luz. Mi misión es encontrar las huellas de su paso, casi imperceptibles.

—Actualmente los poetas ya solo creen en la poesía de la experiencia y las cosas que se pueden poner en Instagram para hacerse *influencers*. Solo los físicos creéis en Rimbaud: ver lo invisible, oír lo inaudible.

—Paso años absorto en esa persecución de neutrinos. Y tengo durante año y medio una relación con una analista informática de Colorado; cuando a ella le ofrecen un proyecto en el centro de computación de Hawái, me dice que podría pedir yo otra plaza en el centro astrofísico y le doy muchas vueltas. Tantas que ella se marcha y todo termina. Comparto piso con un físico óptico canadiense en Melrose Park y, tiempo después, alquilo un apartamento minúsculo en North Rockell Street, en Little India. Me aficiono a la comida picante y los bolos.

Los años pasan sin darme cuenta. Las clases de esquí, las salidas con el club de senderismo, las discusiones con los vegetarianos del club de senderismo, las relaciones pasajeras con mujeres simpáticas del club de senderismo o alguna colega del Fermilab; todas se van cansando de mí o yo me canso de ellas. Por las noches sueño con partículas como canicas de colores.

El intenso trabajo de investigación con otros cuatro colegas sobre la naturaleza de los neutrinos de fuera del sistema solar que presentamos en forma de artículo científico a la prestigiosa revista *Nature* fue rechazado, pero se publicó en la web del Fermilab. Las charlas en bibliotecas públicas y en la Universidad de Chicago con un inglés encorsetado hablándoles de lo más profundo del universo a niños y jubilados, los partidos de béisbol en la televisión, un curso de fotografía y otro de jardinería, la época en que me obsesioné con el macetero de judías al que llamaba huerto urbano, la operación para extraer una piedra del riñón. Un día, mi amigo canadiense Peter Lottwar me pregunta si quiero incorporarme a un grupo de investigación en el Sudbury Neutrino Observatory en Canadá. Y me voy.

Si Chicago me parecía fría, la ciudad de Great Sudbury al otro lado del lago Michigan me parece un frigorífico vacío. Del lago Ramsey llega un aire congelado. Pero en la media hora de coche hasta el laboratorio no hay atascos de tráfico, tan solo lagos, uno tras otro, y árboles inmensos.

Aunque casi ni me doy cuenta, enfrascado siempre, incluso mientras conduzco, en mis ecuaciones e indagaciones para calcular con precisión la masa de algún neutrino detectado, diez mil veces más pequeña que la de un minúsculo electrón. Su capacidad única para atravesar la materia más densa hace que los detectores de neutrinos se sitúen en lugares inaccesibles para cualquier otra onda o partícula. Existe un detector en la Antártida situado dos kilómetros bajo el suelo porque solo los neutrinos pueden traspasar una coraza de miles de toneladas de hielo. Puesto que ninguna otra onda o partícula puede acceder, cualquier perturbación que suceda allá abajo solo puede ser causada por uno de ellos. Y esa es la huella microscópica que buscamos de su paso por la Tierra.

—Iturbe, a los dos nos atraen los subterráneos, por distintas razones. O tal vez sea la misma.

—La verdad es que no me importa tener un pequeño despacho en el fondo de la antigua mina de níquel donde se ubica el laboratorio con sus túneles enormes por los que hemos de movernos con casco. Hay allá abajo un depósito esférico que contiene dos mil toneladas de agua pesada y miles de tubos fotomultiplicadores que actúan como detectores de fotones. Si en esa agua quieta y estable protegida de cualquier perturbación exterior por una muralla de más de un kilómetro de tierra y roca, de repente aparece un minúsculo fotón que surge de la nada, apenas un parpadeo captado por la extrema sensibilidad de los fotodetectores, esa es la señal de que por ahí ha pasado un neutrino y ha dejado ir un electrón.

—¿Y eso tiene su importancia?

—¡Mucha! Esa partícula tal vez viaja desde el inicio del tiempo. Aunque todavía no se han detectado, teóricamente se ha demostrado la existencia de neutrinos primordiales que provienen directamente del *Big Bang*, igual que los fotones del fondo cósmico de microondas, y llegan desde los más remotos confines del cosmos con los que no somos capaces ni de soñar. Nos atraviesan, atraviesan el planeta entero para seguir su camino infinito, pero nos dejan una señal, un guiño de luz que puede contener información preciosa de lo más profundo del universo que podría revelarnos secretos que nos están vedados.

—No somos tan distintos, tú también buscas en la oscuridad.

—Yo ahora ya no sé lo que busco, tampoco sé si lo sabía entonces. Después de meses viviendo en una casa prefabricada en el conjunto residencial del Fermilab, estoy cansado de la monotonía de la vida en el centro y decido buscar una vivienda en la ciudad. Termino saliendo con la agente inmobiliaria que me alquila el apartamento en Lansing Avenue, donde tengo cerca un gimnasio y una bolera donde a veces me reúno con Peter y otros colegas. Se llama Cynthia y es una mujer dulce de cabello castaño oscuro y ojos claros a la que también le gusta esquiar y hacer fotografías de naturaleza. Cenamos carne a la parrilla en restaurantes pequeños, vemos películas, conversamos, tenemos sexo. A veces caminamos juntos por la ciudad y no necesitamos decirnos nada. No sabría decir si eso es amor.

—Podría ser.

—Pero no es un fogonazo cegador.

—Todavía crees que el amor es el chispazo de un minúsculo neutrino capaz de iluminar un tanque subterráneo a cientos de metros bajo tierra.

—¿Y no es eso?

—Habría que consultarle a quien tiene un conocimiento de millones de años.

—¿A quién?

—Al grano de arena.

—González, lo conviertes todo en una parodia.

—¿Y no lo es?

—¡No fastidies! ¿Cómo vamos a preguntar nada a un grano de arena? Tú no estás bien.

—¿Acaso no llevas tú años preguntando a esas ínfimas partículas? ¿Acaso no aspiráis los científicos más serios y sesudos a que una simple partícula se siente a charlar con vosotros y os cuente la formación del universo?

—¡Lo mezclas todo!

—Hay que mezclar. Si no se hubiera mezclado un espermatozoide y un óvulo en las trompas de Falopio de tu madre, tú no estarías aquí.

—Te crees muy profundo, González, pero eres un frívolo, te tomas todo a cachondeo.

Se me queda mirando muy serio. Finalmente, agita la cabeza y sonríe con un deje de tristeza como si me diera la razón.

—González, a veces fantaseo con pedirle matrimonio a Cynthia. Una de las noches en la bolera de Great Sudbury, Peter me presenta a un par de amigas. Anette es pelirroja, risueña, un poco rellenita y con el cuerpo cubierto de pecas, al menos las partes visibles, que son bastantes porque lleva la falda corta mostrando unas piernas robustas y un escote que no creía posible en una ciudad a diez grados bajo cero. Siento un deseo irrefrenable de saber hasta dónde llegan las pecas. Y llegan hasta muy abajo. A las dos semanas, por una de esas malas carambolas de los teléfonos móviles, Cynthia se entera. Estrella el móvil contra la pared y nuestra relación también se rompe. En una semana la llamo siete veces y no responde. Dejo de llamar.

Me instalo durante una larga temporada en una casa prefabricada, cerca del laboratorio, en mitad de la nada. A veces me pierdo en un santuario de pájaros de la reserva natural, voy a visitar a un conocido que trabaja en el centro de control climático que hay a pocos kilómetros o me acerco hasta el lago Kelly, parapetado entre un millón de árboles de entre los que se alza la chimenea descomunal de una compañía minera que ensucia de mugre el paraíso.

Es por entonces que me adjudican como compañero de equipo a un recién doctorado, un cerebrito francés con una tesis doctoral cum laude sobre los efectos de la radiación de Cherenkov en medios líquidos llamado Didier Voinchet. Lo veo venir con esa pose estirada de los parisinos, entra por la puerta y al mirar con esos ojos rasgados suyos un poco tártaros pone cara de asco a todo, incluido yo mismo. Viste unos pantalones estrechos de pitillo dos tallas más pequeños, zapatos rojos de plataforma con una suela extragruesa y un bolso de brillantes colgado en bandolera; me llama la atención, pero lo disimulo. Para congraciarme, le hablo de la cantidad de actividades que organiza el centro. Le digo que hay pistas de *squash*.

«¡No soporto el *squash* con ese olor a sudor!»

Le hablo de los torneos de ajedrez.

«Ya jugaré al ajedrez cuando me jubile.»

Y, mirando de reojo su bolso femenino, se me ocurre sugerir que hay un colectivo homosexual organizado muy activo...

«¡No soporto a los homosexuales! —chilla—. ¿No habrás pensado que yo era gay?»

Yo niego con la cabeza de manera poco convincente.

«¡Antes muerta!»

Asiento, seguramente con poca convicción.

«Yo soy una mujer... ¡Muy mujer! Simplemente que la naturaleza me ha lanzado al mundo con barba y pene. ¿Acaso importa?»

Hago un gesto indefinido. Reconozco que me empieza a cargar con su tono impertinente.

«¿Entonces, Voinchet, si eres una mujer, por qué vistes pantalones de hombre, llevas un corte de pelo de hombre y te pones una camisa con los botones en el lado derecho como un hombre?»

Me suelta un discurso sobre el prejuicio ridículo alentado por una sociedad patriarcal y falocéntrica de que las mujeres tengan que vestir de cierta manera. Como pongo cara de no verlo muy claro, me dice que el mundo de la física es muy machista y que vestir de hombre, o incluso parecer gay, hace que le respeten más.

«Ya..., pero... ¿eso no es hacer trampas? Aprovechas la ventaja de parecer hombre en vez de reivindicarte como mujer», le digo.

Voinchet sale del despacho echando chispas, pero al cabo de unos días se le pasa el enfado y acabamos llevandonos bien. Es uno de los científicos más brillantes que he conocido, hace subir el nivel investigador del departamento, aunque a veces puede actuar de manera despótica tratando a la gente o incluso dedicarse a lanzar puyas a colegas que no son tan rápidos mentalmente.

Esos días empiezo a consolidar el hábito de salir a pasear alrededor del centro antes de anochecer, aunque haga mucho frío. A veces, me encuentro a Voinchet, que también da vueltas como una fiera enjaulada, y caminamos juntos. Al amparo de la oscuridad se muestra menos arrogante, baja de su altura académica, incluso se sincera alguna vez y me cuenta intimidades de su vida y la relación con su familia que me muestran a alguien que ha sufrido. Su pose de superioridad solo es una máscara de hierro para ocultar su extrema vulnerabilidad.

Cuando en 2006 se cierra el grupo de observación y se destina el Sudbury Neutrino Observatory a otros usos, no consigo engancharme en algún proyecto importante, pero se me presenta la posibilidad de ir a trabajar al Spring-8, en el sincrotrón de Riken, el acelerador de partículas del Instituto de Ciencias de Japón, a cinco horas de coche de Tokio. Muy cerca de las instalaciones del acelerador de electrones con la mayor potencia radiactiva del planeta, hay un restaurante italiano donde puedo comer pizza o pasta o cualquier cosa sin salsa de soja. Vivo en el campus de la Universidad de Hyogo y hay muchas cosas a las que no me adapto bien en Japón, pero a lo que sí me acostumbro enseguida es a la lluvia, constante, casi diaria en algunas estaciones, casi siempre suave. Me pongo unas botas impermeables y un chubasquero y me voy paseando hasta un santuario sintoísta a un par de kilómetros.

—No me digas que te ha abducido esa ridícula fascinación occidental por el orientalismo...

—Yo lo único que hago es pasear alrededor del laboratorio como hacía en Canadá y da la casualidad de que muy cerca está el santuario. Pero reconozco que me gusta. Hay en su estructura de madera, agua y plantas acuáticas una simplicidad que me reconforta. No sé explicártelo: aquello es muy sencillo, no es como una catedral gótica enorme llena de pináculos, pinturas, figuras, órgano... No hay casi nada y, sin embargo, me parece que está todo.

Quizá es la calma que consigo en esos paseos la que al paso del tiempo me ayuda a reconciliarme por correo electrónico con Cynthia, al menos como amigos. Desde Hyogo le escribo hablándole de los bosques de Japón, donde la gente camina risueña y en la caseta del guardabosques compran productos hechos con frutos silvestres o corteza de árbol, porque son muy respetuosos con la naturaleza pero muy negociantes; o sobre el té, que aquí tiene sabor a verdura hervida, o sobre mi último constipado por pasear bajo la lluvia. Ella cada vez va deslizando también más complicidad en sus mensajes. Me contó en el primero que tenía un novio abogado que era un tipo guapo, alto, simpático y de buen corazón. En el último mensaje me dice que su novio abogado es alto, guapo, simpático y bueno, pero que la relación no termina de funcionar.

Podría ser una señal. Empiezo a darle vueltas a la idea de volver a Canadá. Escribo a mi amigo Peter, que ya me consiguió la plaza en Sudbury, pero no va a ser tan sencillo, claro. Debería presentar un proyecto de investigación que fuese aprobado por el consejo científico del centro, y le doy mil vueltas sobre qué podría proponer. Espero a que surja la idea genial en mi cabeza, pero pasan los días y no aparece. Y pasan las semanas. Voy demorando la decisión mientras contesto los correos de Cynthia sin decirle nada de mis inconcretas elucubraciones. Pasa un mes y luego otro. Cuando paseo entre los árboles o camino por el arcén de la carretera alrededor del centro me pregunto si estoy verdaderamente enamorado de Cynthia.

Y un día recibo un correo de ella que lleva adjunta una foto en formato JPG de ella con James, el abogado alto que quizá no es tan alto, y donde me comunica que le encantaría que asistiera a su boda el próximo verano. Otro tren que se va.

—Los trenes siempre se van. Tú eres quien decides si subes o lo dejas pasar.

—En realidad, no he decidido nada, se me escapa antes de que sepa qué hacer.

—No decidir también es una decisión.

—Un tiempo después se abren unas plazas en un grupo de trabajo en Ginebra, en el CERN, la Organización Europea para la Investigación Nuclear donde se ubica el mayor acelerador de partículas del mundo, y un colega del Spring-8 se va a ir para allá y me dice que, si me interesa, él puede conseguirme una plaza. Es el centro de investigación en física fundamental más importante del planeta. En Suiza podría esquiar, comer *fondues* y ver qué pasa en ese acelerador de veintisiete kilómetros de diámetro en el que participan científicos de ochenta países. Y la plaza del CERN es fija. Por primera vez en la vida no tendría que depender de las becas ni la renovación de un proyecto o de buscar enganche en otro si se cancela o se corta la financiación. Mi cometido estaría en un subgrupo del detector ATLAS, que forma parte de un gran proyecto de estudio de la asimetría entre materia y antimateria.

Para meditar la decisión de aceptar esa plaza paseo hasta el templo sintoísta. Me gustan los *sakura*, unos árboles de flor blanca elegantes, y también las enormes acacias que custodian el templo, tan pequeño y modesto que en Occidente sería considerado una simple cabaña con tejado. Me siento en un banco de madera que hay al lado de la puerta y observo los árboles. Por favor, no te burles, las copas se agitan levemente por la brisa y parece que me dicen que sí, que ha llegado la hora de dejar Japón.

—¿Cómo me voy a burlar? Es de lo poco sensato que te he oído decir. Los árboles saben. Los enamorados graban corazones en su corteza porque ahí laten.

—En lo profundo del CERN de Ginebra se recrean las condiciones del *Big Bang* haciendo chocar haces de protones a una velocidad cercana a la de la luz a doscientos setenta grados bajo cero. El acelerador subterráneo produce mil millones de colisiones entre protones por segundo, explosiones que revientan la materia, descargas de energía, partículas que duran una millonésima de segundo y desaparecen. Pero antes de que se esfumen, dejan una traza de energía que nosotros aprehendemos, y exprimimos su información para saber cómo funcionan las piezas que componen el universo.

El CERN en la superficie es una pequeña ciudad fea con oficina de correos, supermercado, cafeterías y guardería en la que hay un montón de clubs de senderismo, deportes *indoor*, música, pilates, yoga, talleres de fabricación de imanes o cualquier cosa. Esto es una república de físicos, ingenieros, informáticos y técnicos de mantenimiento que vivimos entre edificios funcionales que dan acceso a centros experimentales de primer nivel y restaurantes *self-service*. Un lugar para trabajar soñado por muchos colegas de todo el mundo, pero hay momentos en que no dejo de preguntarme si la decisión buena hubiera sido volver a Ontario a por Cynthia, antes de que llegara esa foto abrazada a ese abogado mascador de chicle. Hubiera podido tener con ella otra vida que no fuera esta de comidas solitarias en cafeterías de las que ni siquiera sabes el nombre y una biografía que podría resumirse con tres ecuaciones sencillas.

Esto es una mezcla de universidad puntera y polígono. En el exterior no hay mucho que ver y la temperatura en invierno está bajo cero, así que solemos vivir bajo techo. Desde el laboratorio nos movemos por dentro del edificio a través de los pasillos interiores, hasta llegar al restaurante 1. De la misma manera que los aeropuertos son todos iguales, los restaurantes de *self-service*, también. La comida no es especialmente suculenta, pero la gente no está demasiado interesada en eso: ensaladas sosas, brocheta de pavo con lechuga, pizza cuatro quesos con el mismo sabor los cuatro, pescado indefinido en salsa verde con puré...

Preferiría comer sin tener que atender ninguna conversación, pero no es posible. La jefa de mi grupo, la doctora Scheck, hizo un cursillo de *coaching* donde la persuadieron de que la hora de comer es idónea para que el equipo socialice.

Hay un físico de partículas italiano cascarrabias, Colombo, que se pasa la comida buscándole las cosquillas al ingeniero del grupo, un norteamericano del MIT llamado Jenkins. Si uno dice A, el otro dice B. Está bien que discutan, así nos excusan a los demás de hablar.

Un día voy por los pasillos hacia el servicio de correos a recoger un aviso de paquetería y viene caminando en mi dirección una mujer delgada con una bata blanca. Será alguna química, pienso, porque los físicos no usamos bata, las matemáticas no manchan. Alta, llamativa, subida a unos zapatos con tacones de aguja y una larga melena ondulada castaña clara. Lo que me extraña es que se dirige hacia mí muy decidida..., ¡se me echa encima y con sus labios pintados de granate me estampa un beso de ventosa en la mejilla! Debo de poner cara de perplejidad.

«¡Tonio!»

Allí nadie me llama por el nombre de pila, y menos de esa manera tan absurda. Esa voz, esos ojos rasgados...

«¡Voinchet!»

«¡Llámame Didi!» Y sonríe con coquetería. Lleva una falda estrecha hasta los tobillos y bajo la bata abierta una blusa muy escotada para destacar unos senos pequeños de los que parece estar muy orgullosa.

La miro de arriba abajo con asombro.

«Estás...»

«¡Divina! ¡Ya lo sé!»

Me hace reír.

«Estás cambiada...»

«¡Tú tienes parte de culpa!»

Le digo que hay algo que me gusta mucho de su cambio.

«¿Estos limones del caribe?» Y echa mano a sus nuevas tetas de adolescente.

Noto que me pongo colorado y miro de reojo por si nos observan, pero la gente solo mira sus teléfonos móviles.

«Me gusta que te rías. ¡Cuando te conocí, mordías!», le digo.

«En Canadá estaba llena de dudas, de miedos, de frustración, de rabia. Creía que estaba peleándome contra el mundo, pero en realidad estaba peleándome contra mí misma. Decidí cortar por lo sano.»

Y se ríe.

Los zapatos de vértigo, las pestañas postizas extralargas y el tratamiento hormonal desmienten lo que se obstina en decir su pasaporte. Ya no es Didier, ahora es por dentro y por fuera Didi. Vamos a una de las cafeterías menos concurridas. Yo tomo café y ella una infusión de rooibos que dice que «es *detox*». Me cuenta cómo, tras una larga estancia en Estados Unidos, acaba de llegar para incorporarse al nuevo equipo que trabaja en la ampliación de potencia del colisionador de partículas.

Cuando nos despedimos me coge del brazo y me dice: «En Canadá estuvo bien perseguir neutrinos».

Estuvo bien. La veo alejarse pasillo abajo, contoneándose con coquetería subida a sus taconazos kilométricos y me alegro por Voinchet. Debajo de todas sus corazas late algo muy tierno.

Por fin llego a la oficina de correos del CERN. Me sorprende la dimensión de la caja que saca el empleado. Miro el remitente y es de mi hermano. Hemos vivido estos años alejados por el trajín de la vida que te va empujando. Cargo con el bulto y llego sin resuello a mi casita pareada de la zona residencial del CERN.

Retiro el papel de embalar y me guardo los sellos porque son de pioneros de la aviación. Lo que aparece bajo el envoltorio es una caja de madera con cercos de antiguas humedades, como rescatada de un naufragio. Sobre la tapa hay un sobre con una nota. Mi hermano me cuenta que se cambian de piso y el nuevo es más céntrico, pero no tiene trastero, y que ha tenido que hacer limpieza. Que apareció esta caja con cosas mías que guardaba nuestra madre y me la manda por si quiero conservar algo. Se despide diciéndome que a ver si me doy de alta en WhatsApp y me conecto con el mundo, y me manda saludos afectuosos desde Túnez. Nos tenemos cariño, pero nuestras vidas tienen órbitas distintas. Y el cajón me mira desde la mesa, González.

—Lo sabes. Estás frente a una cápsula del tiempo, una de esas cajas blindadas llenas de objetos de una época reunidos de manera aleatoria, y a menudo demencial, que se entierran en los cimientos de algunos edificios para que sean encontrados por generaciones venideras de un mundo futuro, aunque lo que harán será tirar todo a un contenedor de basura.

—Desclavo la tapa haciendo palanca con el mango de una cuchara y no puedo evitar una cierta aprensión.

—Porque estás a punto de profanar una tumba. Enseguida, desde la primera rendija abierta, percibes un olor a moho que se filtra por la abertura, porque los cofres también contienen el oxígeno de otra época enrarecido por el paso de los años.

—Me quedo un momento indeciso, es como si temiera que saliera de dentro una de aquellas garras peludas que acechaban bajo la cama y me cogiese un pie.

—No hay garras peludas, pero se escapan por la rendija abierta unos tentáculos pegajosos que se te enroscan al cuello, Iturbe.

—¡No se me enrosca nada!

—Se te enrosca todo.

—Retiro por fin la tapa. Hay un cuaderno de dibujo de la época en que mi hermano hizo un curso CEAC de dibujante de historietas por correspondencia con viñetas de *La guerra de las galaxias*, esbozos de superhéroes, caricaturas de políticos que entonces salían por la tele y de los que ni yo mismo me acuerdo. Hay algunas libretas de caligrafía que comprábamos en la tienda de material del señor Palop y llevan impresa en la tapa de cartoncillo la imagen de castillo robusto del colegio Virgen del Mar. Mi letra a lápiz trata de imitar la caligrafía impecable trazada a bolígrafo por el maestro en la primera línea. Una copia fervorosa y mediocre de una letra demasiado redonda y notarial. Hay algunas cintas de vídeo VHS de la serie *Cosmos* con las coderas de la americana de pana de Carl Sagan descoloridas.

También algunos trabajos del colegio de sexto curso. Hay uno sobre Asia escrito mano a mano con algún compañero en los remotos tiempos preinformáticos, con fotos recortadas de folletos de la agencia de viajes de la calle Ancha. Se ha perdido la cubierta, pero las hojas se mantienen unidas cosidas con hilo blanco. Mi madre, cuando no podíamos grapar los trabajos con nuestras pequeñas grapadoras Bambino, los cosía con aguja e hilo por el lomo como si fueran el bajo de unos pantalones. Hay una pequeña colección de posavasos con círculos amarillentos, unas monedas oscuras sin valor que comprábamos algún domingo con mi abuelo en la plaza Real ejerciendo de numismáticos de pacotilla, una brújula que se mueve con un temblor indeciso, un carnet amarillo de la biblioteca donde se me ve con unas gafas que me agrandan los ojos como un búho, un reloj de plástico que gané en una caseta de tiro en la feria, unas fichas redondas de plástico de los autos de choque, un par de álbumes con unos cromos de animales primorosamente dibujados, unos tebeos de Spiderman con las hojas de papel de pulpa agrisadas que tal vez valdrían un dinero en Wallapop, mi primera calculadora científica Texas Instruments que estrecho entre mis manos con cariño de vieja amiga. Hay papelotes diversos y algunas cartas, dos o tres de alguna novia fugaz durante el servicio militar en Albacete.

No se me ocurrió que cuando yo me fuese de casa de mis padres algunas cartas seguirían llegando a esa dirección. Hay varias cartas de un banco que ni siquiera existe, o existe ya con otro nombre. Hay publicidad de suscripción a revistas que cerraron hace años y un par de cartas amarillentas rechazando mi currículum famélico de estudiante de doctorado. Hay también un sobre sin abrir que tiene mi nombre escrito a bolígrafo con una letra que me resulta vagamente familiar. Pone la calle y el número, pero no el código postal y tampoco lleva sellos, así que alguien debió de introducirlo directamente en el buzón de la casa de mis padres, que era una rendija en el portón que daba a la calle.

No está escrito el nombre del remitente y en el interior se palpa algo rígido que al agitar el sobre se mueve dentro. Lo abro con cuidado para no rasgar el contenido, pero dentro no hay carta ni nota alguna. Lo giro de nuevo por si he mirado mal, pero no hay remitente. Dentro únicamente contiene un objeto pequeño de plástico, un llavero de juguete en forma de minilinterna negra alargada. No entiendo qué es. Juego un poco con la pequeña linterna y presiono el interruptor, pero no se ilumina nada porque la pila debió descargarse hace mucho tiempo.

En el fondo de la caja hay una bolsita de tela de las que hacía mamá con retales de sábanas viejas y se marcan muchos bultos redondos en el tejido. ¡Es la bolsa de las canicas! La estrujo un momento, deshago el hilo que la ata y la vacío de golpe.

—Estalla una lluvia de cristal con canicas de mil colores. Rebotan ruidosamente como si fueran a romper el suelo y resquebrajarlo bajo tus pies. Siguen botando y rebotando y no se detienen, es un tableteo que persiste durante horas, que sigue en tu cabeza incluso cuando te vas a dormir sin haberte acordado siquiera de cenar porque tienes las tripas llenas de recuerdos, te has tragado las canicas y ahora corren por tus intestinos entrechocando una y otra vez. En la cama, dando vueltas entre las sábanas revueltas, desvelado por el estrépito ensordecedor de las canicas haciendo eco en la bóveda del cráneo, tu mano aprieta algo, porque los dedos toman sus propias decisiones, y lo que atenazan es ese llavero de plástico en forma de linterna que no funciona y permanece contigo hasta que viene el coche escoba del sueño y te barre hacia su sumidero de lo extraño.

—Esa noche agitada tengo un sueño, González.

Estoy en una oscuridad absoluta, densa, pero hay algo iluminado en mitad de la nada que recibe la luz precisa de un foco. Es un columpio y alguien se bandea en él. Es Silvia Minerva. El pelo largo anaranjado le cubre la cara, pero sé con absoluta certeza que es ella. Se bambolea adelante y atrás, entra y sale del círculo de luz. Se va hacia atrás con mucho impulso, pero a la vez con una lentitud de cámara lenta y la falda se repliega en sus piernas hasta que llega al punto máximo y regresa. Las piernas se empiezan a elevar y la falda a volarse. Sus piernas tienen un ligero bello rubio que brilla como si fuera de oro. El columpio va tomando velocidad hacia delante hasta que su falda se hincha como la membrana de una medusa y se van descubriendo sus muslos cada vez más arriba. Va a dejar a la vista su ropa interior o su sexo y siento una angustia que me paraliza porque sé que no debería mirar, pero no puedo apartar la vista. Cuando va a mostrarme lo que hay entre sus piernas, esa mitad inferior de su cuerpo sale del foco de luz, entra en la zona de oscuridad y se funde a negro. Echada de nuevo hacia atrás, cogida sin fuerza de la cadena del columpio, el movimiento pendular la lleva de nuevo hacia atrás y la falda vuelve a aparecer castamente plegada sobre sus piernas.

Los soportes metálicos del columpio tienen unas patas telescópicas que se hunden en la negrura y no se puede saber su altura. Se balancea en un precipicio de millones de kilómetros, pero sé que no hay peligro alguno, no va a caer, lo que hay debajo es solo oscuridad.

En un cierto momento, gira el cuello y me mira. Y en esa mirada hay una interrogación, como si me preguntara algo sin preguntarlo, o como si esperase que yo dijera algo que no acabo de decir. He de llegar hasta ella inmediatamente, pero no puedo moverme, estoy paralizado, y entonces me pongo muy nervioso. Busco cómo llegar hasta el columpio, pero no hay un suelo que pisar, solo oscuridad. Mi angustia va en aumento, necesito hacer algo pero no me muevo. Ella ha vuelto a poner la vista al frente, como olvidada de mí. El columpio viene y va. Miro alrededor, pero no encuentro la manera de llegar, no hay camino, solo un éter negro y blando que lo envuelve todo. Mi ansiedad crece hasta que mi cabeza retumba atronadora con el sonido de un millón de canicas rebotando en mi cerebro y en esa angustia me despierto bruscamente. Es todavía de madrugada, pero me siento alterado y necesito levantarme de la cama, irme hasta mi pizarra. Sobre la mesita de noche está ese pequeño llavero-linterna de juguete que parece esperarme. Borro unos cálculos de trayectoria con el trapo y anoto brevemente lo que recuerdo del sueño.

—Haces bien. La luz del día evapora los sueños, la realidad echa lejía a las macetas.

—Pero es un sueño persistente que el café no borra de mi cabeza.

—Así que, después de tantos años, Silvia Minerva ha vuelto. ¿No será que nunca se ha ido?

Niego enérgicamente con la cabeza.

—No he sabido nada de ella ni tampoco he vuelto a acordarme de ella en todo este tiempo. Aquello quedó en la infancia. Nada en más de treinta años.

Se hace un silencio y escucho un roce en la escalera. El reflejo de la luz de arriba me permite distinguir los ojos de Susú, que brillan en la oscuridad. No sé cuánto tiempo debe de llevar acurrucada en los escalones escuchándonos, pero al verse descubierta da media vuelta y se va escaleras arriba, como si temiera algún reproche. González me observa atentamente.

—Solo fue un sueño, González. Esa mañana llego al edificio central del CERN mal dormido, confuso. Antes de ir a mi trabajo en el detector ATLAS, paso por la papelería y compro pilas para ese llavero-linterna que llegó en la carta anónima. Inserto la pila en la carcasa vacía y entonces sí se ilumina una lucecilla pobre en el pequeño frontal de plástico que tiene una marca negra como un garabato, pero nada más. Siento una cierta decepción, por algún motivo había creído que era importante poner en marcha esa linterna y veo que no es más que un juguete barato que ni siquiera ilumina. Decido que en la primera papelera que pase, la tiro.

—Pero no la tiras.

—La dejo en el fondo del bolsillo y no pienso más en ella. Me espera un día atareado en el análisis de una montaña de datos que los ordenadores sirven a toda velocidad. Por la tarde juego al pádel con mi pareja habitual, un informático belga que tiene la muñeca de hierro. Solemos ganar, pero esa tarde perdemos contra un matrimonio de ingenieros que trabajan juntos en los imanes superconductores del acelerador de partículas. Tengo la cabeza dispersa.

—Te sigues balanceando en el columpio, Iturbe.

—También me balanceo porque después del partido acostumbramos a tomarnos unas bebidas isotónicas, pero esa tarde me pido una cerveza. Tengo sed y me pido otra. Me miran de reojo, pero ninguno de los tres dice nada. Se ponen a revisar los mensajes de sus móviles sin hacer comentarios, como personas educadas. Solo al despedirme me dice mi amigo informático que me descargue de una vez la aplicación de Messenger para que me entere por el grupo de pádel de los horarios de los partidos y no tenga que llamarme. Le digo que las llamadas son gratuitas, quiero decírselo de forma jocosa, pero sin darme cuenta se lo digo con aspereza, porque se queda callado. Al llegar a casa pongo en el microondas una sopa de miso, apago la luz y la miro dar vueltas embobado.

—Das vueltas en tu cabeza a ese sueño de Silvia Minerva, al anónimo del llavero... Pasas dos minutos viendo girar el plato hasta que suena ese ridículo timbre de bicicleta.

—Los microondas son aceleradores de partículas en miniatura, González.

—Odio los microondas.

—Yo los adoro. Apago la luz de la cocina y vuelvo a programar otros dos minutos. Se ilumina y gira de nuevo, empieza a emitir electrones que rebotan contra las paredes metálicas y son absorbidos por las moléculas de agua, cada vez más agitadas.

—La plataforma gira y la sopa hierve, pero te da igual, porque ya no quieres tomártela, sino solo verla dar vueltas.

—Noto en el bolsillo un bulto; es el llavero de plástico. Enciendo y apago su guiño amarillento.

—Salta la alarma del microondas y se detiene el tiovivo de sopa de miso, y se apaga la bombilla de la feria, y te quedas a oscuras sentado en el taburete de la cocina.

—¡Y entonces lo veo, González!

—Ya te lo he dicho, es cuando te quedas a oscuras que empiezas a ver.

—Esa pequeña linterna no ilumina casi nada pero proyecta un trazo borroso sobre las baldosas blancas: el círculo amarillo enmarca el dibujo de un murciélago. ¡Es la señal de Batman! El aviso de la policía de Gotham City lanzada al cielo nocturno desde la azotea de la comisaría central cuando necesitaban al Hombre Murciélago. ¡Y en ese momento me doy cuenta, González! No me hace falta comprobarlo, pero aun así enciendo todas las luces de la casa y voy corriendo a sacar de la caja el trabajo escolar sobre Asia, un trabajo que hice con Parra. Cotejo la letra manuscrita del trabajo con la dirección del sobre sin remitente: la misma caligrafía descuidada. No hay duda posible: es Parra. Me envía un aviso desde la remota lejanía de la Barceloneta como solo podría hacer él, una señal a Batman, esté donde esté, para que acuda.

González me mira desde su silla impertérrito señalándome con su gran nariz proyectada entre las patillas blancas, tan quieto que parece una esfinge. Tal vez sea cierto que él sabe más de lo que yo sé.

—Ya sé que estas cosas de los superhéroes suenan ridículas dichas por un adulto. Pero es más que un juego, es algo más profundo.

—Los juegos son profundos, Iturbe.

—Era nuestro lenguaje, ese mensaje es un código cifrado. Tal vez donde estuviera no podía dejar constancia escrita, quizá esté retenido en algún lugar. Pero para mí no hay duda de su significado: yo veo reflejarse ese símbolo del murciélago en la pared y sé que es una llamada de socorro. Parra me pide que acuda. Pero quién sabe cuántos años hace que ese sobre llegó al buzón. Tras la muerte de mis padres y el vaciado del bajo de la Barceloneta, fue a parar con otros cachivaches al trastero de mi hermano en Túnez y ha permanecido ahí durante años. Me recorre el cuerpo una angustia que me hace temblar. No sé por qué tiemblo, González.

—Tiemblas porque has encontrado la caja negra de un avión estrellado, hundida en mitad del océano mucho tiempo atrás pero que sigue emitiendo una señal.

—Esa noche no duermo, solo doy vueltas en la cama porque se me agolpan en la cabeza los recuerdos de Parra en el barrio. Por la mañana estoy en mi trabajo, en mis cálculos, pero esa señal remota resuena como un pitido dentro de mi cabeza y me ensordece.

—Son esos timbrazos de un teléfono en la madrugada que nadie descuelga y te contagian una angustia de insomnio.

—A mediodía voy al *self-service* y me siento extraño.

—Avanzas con la bandeja como un robot. La verdura del día te parece antigua; el pescado, triste; la carne, muerta.

—Tomo la brocheta de pavo. Insípida. En la mesa, mi colega Colombo está haciendo la autopsia al pescado del día. El ingeniero norteamericano me saluda levantando el pulgar en alto, como si estuviera en un premio automovilístico. Están también la jefa de grupo y algunos colegas más, pero solo habla el ingeniero.

«Hoy los Jacksonville Jaguars han roto todos los pronósticos y se han clasificado para jugar la Super Bowl de este año.»

Al finalizar, solo se oye el roce de los cubiertos y un runrún de masticación. El éxito en la mesa de los temas deportivos es nulo y se impone un silencio gélido. Jenkins ya lo sabe, y aun así insiste. Los ingenieros son gente positiva, él no va a dejar que esa pandilla de físicos y matemáticos le contagie su ensimismamiento crónico. La jefa de grupo trata de gratificar a Jenkins, aunque tenga el mismo interés en el deporte que el resto.

«El deporte es una actividad muy saludable, en mi opinión. ¿Usted, Jenkins, ha practicado algún deporte?»

«Cuando vivía en California practicaba el vóley-playa.»

Colombo pone los ojos en blanco.

«¿Vóley-playa?», repite en voz alta la doctora Scheck.

«Sí, en California la gente va junto al mar a pasear, correr, practicar taichí, volar cometas, tomar el sol... Le sacan mucho partido a algo tan estéril como una playa.»

Colombo, que ya ha deglutido su pescado del día y hasta la última hoja de lechuga, deja los cubiertos de manera teatral sobre la mesa.

«Jenkins... —hace una pausa dramática y todos lo miran, pero el matemático italiano sonríe amistosamente—, por fin le voy a dar la razón en algo para que vea que no tengo manía a los ingenieros. Una playa es estéril, improductiva, solo arena, la cosa más inútil del mundo, totalmente de acuerdo.»

El ingeniero sonríe.

«Por tanto, respecto al vóley-playa —continúa Colombo—, podemos establecer una relación matemática unívoca: puesto que la playa es inútil e improductiva, esto implica que todos los que están en su campo de acción son unos inútiles improductivos.»

Jenkins se dispone a replicar, pero no le doy tiempo porque las tripas se me han vuelto del revés. Doy un puñetazo en la mesa que hace temblar bandejas, platos y cubiertos. Todos detienen de improviso sus gestos en el aire. Hasta la doctora Scheck se queda a medio masticar mirándome atónita, acostumbrada a mi mansedumbre. Paso la mirada de Jenkins a Colombo.

«¿Que una playa es estéril? No tenéis ni puta idea.»

Por una vez Colombo y Jenkins se buscan con la mirada para encontrar apoyo mutuo. En las mesas de alrededor se ha hecho el silencio y todas las miradas convergen en mí. Busco una ventana y trato de ver más allá de ese restaurante anodino, lejos, mucho más lejos. Mis compañeros me miran perplejos y hacen gestos de no entender.

«Yo crecí en una playa.»

Se quedan perplejos, González. Yo también lo estoy. Tomo mi bandeja y me despido apresuradamente, avergonzado después de haberse evaporado la adrenalina del momento y percatarme de que me he puesto en evidencia. Salgo fuera, camino hasta sentarme en un murete de cemento frente al edificio de computación y al mirar el edificio me parece el módulo de una prisión. No sé qué me pasa. Me pregunto por qué Parra me pide ayuda. Me pregunto si ha encontrado algún tesoro en el Somorrostro. No puedo dejar de pensar en la playa, en el barrio, en Parra..., en esa carta que se perdió, como tantas cosas. Y sigo sentado en ese murete del CERN, dándome cuenta de repente de que no llevo chaqueta y tengo frío. Una mano se posa en mi hombro con unas largas uñas postizas.

«¡Voinchet!»

«Llámame Didi.»

Y me guiña un ojo. Sus ojos verdes rasgados son exóticos.

—Así son los ojos de las princesas tártaras, incluso de las que tienen en la nuez un hueso como una pelota de ping-pong.

—Me dice que estaba comiendo en el *self* a un par de mesas de distancia.

«Me pareció que discutías con tus compañeros.»

«Fue culpa mía. Mañana me disculparé con ellos.»

«Te veía gesticular de manera apasionada. ¡Tonio, nunca te había visto tan latino!»

Me hace reír y los nervios se me destensan. Me dice que me invita a un té o una tila. Atravesamos un pasillo central y, al pasar por delante de los aseos, me ruega que espere un momento. Se va con su taconeo y su contoneo de caderas moviendo su metro ochenta y, al ir a empujar la puerta, sale una mujer oriental con una acreditación de congresista colgada del cuello que le sonríe amablemente, pero al leer la tarjeta de identificación pinzada en su bata donde pone *Didier*, vuelve a mirar a Voinchet de arriba abajo y señala airadamente el logotipo que indica que es el servicio de señoras. Voinchet no se arruga:

«¡Yo soy cien veces más mujer que tú! ¡Lo tuyo no tiene mérito! Tú solo eres mujer por el azar de los cromosomas, pero yo he elegido serlo, con todas sus consecuencias».

Y ante el pasmo de la congresista, desenfunda un pintalabios y se mete dentro muy resuelta. Me hace sonreír. Y también después, mientras tomamos un té verde y me cuenta que se sabe de memoria todas las canciones de las Baccara, un dúo español de principio de los ochenta. Acabamos tarareando *Yes Sir, I can Boggie*.

—Cantaban unas baladas ingenuas y sensuales en un inglés inventado.

—Pero al quedarme solo, camino de vuelta al apartamento, regresa la angustia. Ya ha anochecido, así que saco la linterna del bolsillo y voy proyectando su círculo de luz en las paredes de manera compulsiva. Llego al *bungalow* y miro todo como si no me perteneciera: las láminas enmarcadas de Manhattan heredadas del anterior inquilino, ese sofá algo gastado cubierto con una funda jaspeada que compré por internet o la cocina americana donde apenas cocino. Es mi apartamento pero no es mi casa.

Esa noche sigo dando vueltas en la cama.

—Se columpia en tu cabeza Silvia Minerva y Parra se contorsiona con su baile egipcio moviendo rítmicamente adelante y atrás su cabezota rizada.

—A la mañana siguiente estoy en la cola del *self-service* esperando que la persona de delante reciba su plato de arroz tres delicias.

Empujo la bandeja por el soporte cromado de rejilla hasta llegar a las brochetas.

A razón de mínimo dos brochetas de pavo a la semana en el *self-service* durante cinco años, debe de ser mi brocheta de pavo número quinientos.

—La miras y pasa como con el precipicio de Nietzsche: la brocheta te mira a ti, Iturbe. Te echas mano al bolsillo y aprietas la pequeña linterna y en el forro del bolsillo ves el reflejo de la llamada de esos murciélagos que en la noche no duermen, pero sueñan.

—Y pienso en lo que comíamos en el barrio y se me hace la boca agua.

—En tu cabeza se agitan unos boquerones brillantes que se enharinan y se fríen en aceite de oliva y cuando llegan al plato siguen vivos, tortillas de patata mullidas como almohadones de plumas, anchoas mulatas que tienen carne de sirena...

—Dejo la bandeja con el bollo redondo de pan congelado, el tenedor, el cuchillo, la servilleta de papel y el vaso, me agacho para pasar por debajo de la barrera plateada y salgo de la cola. La bandeja se queda abandonada como un coche averiado y crea un inesperado atasco en el bufet ante la mirada aterrada de la ingeniera rumana que me seguía. Al momento estoy en la oficina de personal del CERN. Abandono. La administrativa me pide que me lo piense, pero ya llevo demasiados años pensando. Salgo con la hoja de renuncia. Me voy.

Cuando se lo comunico a mi jefa de grupo, se echa las manos a la cabeza, no entiende que renuncie a una plaza de investigador fija en el mejor centro de física del mundo. Por un momento, empiezo a notar ese miedo que te enfría por dentro. Todavía estoy a tiempo de volver corriendo a la oficina para rogarles que no cursen mi baja, disculparme y decir en la oficina que todo ha sido un error. Se me da bien pedir excusas.

—Llevas toda la vida haciéndolo.

—Pero lo que hago esta vez son las maletas. Aunque todo sea un tanto precipitado, a la mañana siguiente arrastro un maletón que va dando tropezones por la avenida principal del CERN hasta la entrada, mientras espero el taxi que me va a llevar a la estación. Me saca de mis pensamientos y mis dudas un tableteo ruidoso. Es la doctora Voinchet, castigando el pavimento con sus taconazos. Se ha ofrecido amablemente a guardarme en el trastero de su piso de Ginebra un par de maletones rígidos con abrigos, ropa de esquí, libros, apuntes, una lámpara carísima que compré en Japón, la pizarra con los rotuladores de colores y algunas reliquias y cachivaches, hasta que me instale y pueda hacerlo enviar a través de una mudanza internacional. Cuando le dije que me iba fue la única persona que no hizo aspavientos, tal vez porque a ella le conté la verdad.

—¿La verdad?

—La tarde anterior, con un té verde delante le expliqué que después de tantos años dando vueltas por el mundo en grandes laboratorios donde tampoco era imprescindible para nadie, con una carrera sin brillo, de científico del pelotón, un amigo de infancia, quizá el único amigo verdadero que he tenido, me pidió que volviera a casa. Le conté que tenía ahorros para ir tirando un tiempo, que en caso necesario podría dar clases de física o matemáticas en una academia o incluso de inglés.

—¿No le contaste que tienes a tu primer amor balanceándose sobre tu cabeza en sueños?

—¡Ya te he dicho que eso no tiene nada que ver con mi retorno! Por la mañana ella se viene hasta la puerta donde espero el taxi.

«Te he traído un libro para el viaje», me dice.

Se lo agradezco, siempre viene bien una novela entretenida para un viaje en tren. Sin embargo, cuando abro la bolsa de papel me encuentro *Textos reunidos* de Heráclito. ¡Menudo ladrillo! La miro sin entender.

«Tú vuelves a tu pasado, Tonio.»

«Sí.»

«Heráclito escribió hace ya muchos siglos que no podemos bañarnos dos veces en el mismo río.»

Didi es inteligente, quién lo duda. Estoy a punto de encogerme de hombros, pero esta vez no lo hago. Llega el taxi. Nos miramos, tal vez podríamos haber sido amigos.

«No te preocupes por los ríos —le digo—. Yo vuelvo a una playa.»

—Tomo el tren en dirección a Barcelona. El transbordo en la estación Lyon-Part-Dieu añade una demora que me reconforta.

—Quieres llegar al destino y no llegar, como cuando merodeabas en los días de lluvia para llegar a la Repla, porque mientras no llegues ninguna decepción habrá sucedido.

—Soy el gato de Schrödinger.

—Nunca he entendido eso del puto gato que mientras no abras la tapa a mirarlo está vivo y está muerto.

—No he encontrado a Parra, pero tampoco lo he perdido.

—¿Estás seguro de que es a Parra a quien vienes a buscar?

—¿Otra vez con eso de Silvia Minerva? ¡Eso sería patético!

—Los hombres podemos ser extremadamente patéticos.

—Eso fue algo infantil, totalmente intrascendente.

—Precisamente eso es lo que lo hace trascendente. Tu veneración por ella es un acto religioso igual que el que adora al Espíritu Santo o a un dios de seis brazos.

—González, desvarías. A los once o doce años solo es una chica que me gusta, un amor platónico de infancia, no hay nada religioso en eso.

—La pasión amorosa es como la pasión religiosa, recuerda a Garmendia.

—¿El repartidor de la panadería?

—Recuerda lo que dijo de aquella dependienta de los labios rojos: te chupa la polla y parece que esté besando un crucifijo.

—Garmendia era un guarro.

—El sexo es la única manera que tenemos de llamar a la puerta de lo infinito y el misterio de lo que no tiene fin, porque en los genitales están los conductos hacia la procreación, el único vínculo que tenemos con la permanencia, con lo eterno, con la vida después de la vida, la única posibilidad de que nuestro ADN no se destruya y siga adelante. Tal vez ese Garmendia sabía algo sobre la relación entre la divinidad y el sexo que nosotros ignoramos.

—Él sí que era un ignorante.

—Y tú, otro. Para bien o para mal, nunca tendrás otro amor como el de Silvia Minerva porque no fue consumado. Lo consumado es lo consumido, lo terminado, un banquete suculento que nos comemos es al cabo de unos minutos un puñado de sobras grasientas en un plato, la langosta más deliciosa y la tarta más delicada pronto serán cuarto kilo de excrementos en un retrete.

—Lo deformas todo, González. Llevas demasiado tiempo metido en este sótano.

—Todos necesitamos alguna vez bajar al sótano y apagar la luz.

—Yo lo que necesito es encontrar a Parra y decirle todas las cosas que no le dije aquella noche en que lo vi pasar cerca de la panadería y no fui capaz de preguntarle dónde iba de madrugada.

Durante el trayecto en el tren que me trae aquí, tomo el libro que me ha regalado Voinchet y lo empiezo a leer con desgana. Hay un montón de citas de Heráclito que no me dicen nada, paso muchas páginas con aburrimiento. Por fin, más adelante encuentro una primera aproximación al asunto, aunque sea enigmática:

«En los mismos ríos nos bañamos y no nos bañamos, somos y no somos».

Y, más adelante, aparece la declaración que le ha dado una celebridad de dos mil años en los planes de estudio de los países cultos que estudian filosofía: «En el mismo río no es posible bañarse dos veces». ¿Pero por culpa de quién? ¿Quién ha cambiado, el río o la persona, o los dos?

—A mí no me mires, Iturbe. Yo no soy Heráclito.

—Hablas como él.

—Ya que insistes te diré que mi pensamiento favorito de Heráclito es este: «El ser humano, al dormir con sus ojos cerrados parece un muerto. Y estando despierto, parece un dormido».

Me estoy durmiendo en la silla granate del sótano, igual ya lo esté hace rato.

—En el tren que me trae a Barcelona me duermo y me despierto. Las dos monjas que había en el compartimento han sido substituidas por un matrimonio alemán con un hijo adolescente. Todos visten pantalones cortos y calzan sandalias con calcetines hasta la pantorrilla. Los padres sujetan sobre las rodillas unas mochilas abultadas en las que sobresalen botellas de agua y de refrescos. El chaval mira el teléfono móvil.

Me vienen a la cabeza aquellos primeros extranjeros de una Barcelona sin turistas que aparecieron una mañana de juegos en la plaza de San Miguel y el Licho los reconoció como seguidores del PSV Eindhoven. El Licho tenía la cabeza llena de fútbol, una cabeza con un pelo claro, que entonces era como ser rubio, los pantalones anchos un poco caídos y esa manera suya tranquilona de moverse. De repente, me pregunto qué habrá sido de él y me asombra cómo no he pensado antes en buscarlo por internet. Casi todo el mundo tiene una página de Facebook o alguna foto por algún rincón de la red, solo es cuestión de fisgar por el ojo de la cerradura.

Tecleo en mi teléfono su nombre completo y ese apodo del barrio. ¡Y aparece en el buscador! Nombre, dos apellidos y apodo en una página de Facebook, así que es él. La página se abre pero el que aparece en la foto, una foto algo oscura y contrapicada, tal vez un *selfie*, es un hombre mayor, grueso, que viste una camiseta de fútbol del Real Betis, con una cara abotargada que me resulta desconocida y una boca entreabierta que querría ser una sonrisa pero que solo alcanza a ser una mueca por la que asoma una dentadura irregular. No es el chico que conocí. No es él.

—¿No es él?

—Miro su lista de amistades y veo los nombres de antiguos compañeros de clase: Pacheco, Arrabal, Carracedo... ¡Carracedo, que vivía en un bloque de pisos aislado en el extremo del paseo Nacional! No hay duda: es el Licho.

—Vuelves a mirar a ese individuo algo pasado de peso y de aspecto un poco sombrío vestido con esa camiseta de fútbol que le da el aire grotesco de los tipos mayores y tripudos, que son la antítesis del deporte, vestidos con ropa deportiva. Te incomoda ver que aquel muchacho de rostro suave se ha convertido en ese adulto áspero que no se parece al chico que viste reír en las plazas.

—Me regaño a mí mismo por mi imbecilidad: ¡pretendía ver a alguien casi cuarenta años después y que siguiera siendo el mismo! Buscar al niño en el hombre de cincuenta años es inútil.

—Ninguna búsqueda es inútil, Iturbe. El niño sigue ahí. Llevamos dentro todas las edades vividas igual que si cortas un tronco puedes ver todos los anillos de cada uno de los momentos de crecimiento del árbol desde el inicio, como las ondas de una piedra lanzada a la superficie de un lago.

—Es verdad que la camiseta tiene que ver con esa afición suya infantil al fútbol, con esa consideración de experto que todos le concedíamos de chaval, enterado de todos los encuentros y todas las ligas. Vuelvo a mirar la foto y ya no me parece tan mal.

—A cierta edad en que las barrigas se desbordan, ir a comprar al centro comercial vestido de deportista puede verse como penoso, pero también tiene algo enternecedor. El fútbol es juego, el juego que tanto maravillaba al Licho. Vestirse con la camiseta de su equipo favorito también es una manera de seguir jugando y no dejar de ser el niño que fue.

—Aun así, con esa sonrisa floja y esas ojeras profundas, la tentativa de parecer un niño resulta un fiasco.

—Por eso resulta conmovedor. No porque lo consiga, sino porque lo intenta, incluso sabiendo que va a fracasar estrepitosamente.

—En ese tren que me trae de regreso recuerdo una tarde en el bar Climent, cuando ya estábamos cansados de mirar partidas en la máquina de los asteroides y de puntuar los pósteres eróticos.

—Eran pósteres de equipos de fútbol donde unas mujeres risueñas mostraban en campos de color verde su césped negro.

—Le pregunté a Parra si le gustaba alguna chica. Recurrió a todos los tópicos de lo buena que estaba esta o la otra y me contó diversas posturas en que las pondría, especialmente a cuatro patas, sin ahorrar todo tipo de gesticulación.

—Esos eran los códigos.

—Nunca respondió a mi pregunta y yo nunca le hablé de Silvia Minerva. Rastreo a Parra por la red, pero hay miles de personas con ese apellido. Tras un rato de pasar a toda velocidad por estaciones francesas que dejamos atrás sin detenernos, abandono la búsqueda sin resultado. Y se me cruza por la cabeza otra idea tentadora. ¿Y si encontrara en Facebook a Silvia Minerva? Pero al momento espanto ese pensamiento. Me aterra verla con un chándal de marca falsificado, atiborrada de kilos o arrugas, deshecha por los años. Otra posibilidad es que tenga uno de esos perfiles de divorciada guerrera, con fotografías en las que apareciese con mucho tinte en el pelo y mucho escote.

Internet ha hecho que todo sea tan sencillo como pulsar unas teclas, escribir un nombre y sentarse a mirar. ¿Qué habrá sido de ella todos estos años? La memoria se pone de mi parte: no soy capaz de retener el nombre de la gente que me presentaron la semana pasada, pero aunque han pasado más de treinta años recuerdo con precisión matemática su nombre y dos apellidos. Busco su página de Facebook y su Instagram. Pero Google, que lo sabe todo, esto no lo sabe. No está. Su nombre no genera entradas. Siento una mezcla de decepción y alivio.

Estamos llegando. Los suburbios de Barcelona muestran barrios apiñados de bloques de pisos. Unas obras en la reparación de la señalización ferroviaria hacen que nos desvíen a la estación de Francia, la estación central de la ciudad cuando era niño. El tren entra con una lentitud majestuosa bajo la bóveda de hierro modernista. La vieja estación está más iluminada, más limpia, pero básicamente igual que cuando atajábamos a través del vestíbulo para ir con mi hermano y el abuelo al parque de la Ciudadela: los suelos de mármol, las puertas enormes de madera gruesa, el reloj allá arriba, las palomas revoloteando entre las vigas de hierro del techo.

Salgo de la estación a la luz del día en la avenida Marqués de la Argentera y a la derecha queda la masa oscura del parque. Giro hacia la izquierda porque detrás de la estación, pasando el antiguo edificio del Gobierno Civil, que ahora está cerrado y parece en desuso, empieza el barrio. Respiro hondo.

Mientras camino hacia el barrio tirando de la maleta, me llama la atención la cantidad de extranjeros yendo y viniendo por Barcelona. Desde que vinieron aquellos dos holandeses a la plaza de San Miguel, muchos se han sumado.

—Doce millones al año, japonés más o menos.

—Llego al semáforo de la avenida Icaria, por donde antes pasaba la línea del tren de mercancías del puerto que marcaba la frontera del barrio con la ciudad y me recorre un escalofrío por la columna vertebral. Pongo un pie en el paseo Nacional y me quedo muy quieto para saborear el momento.

—Te paras, sueltas la maleta de la mano, cierras los ojos y te dispones a respirar el aire impregnado de yodo y alquitrán del puerto. Te atropella un *rickshaw*. Te atropella una bicicleta municipal del Bicing Barcelona. Te atropella un patinete eléctrico. Te arrolla una pareja de alemanas tetudas. Te arrolla un grupo de japoneses que solo ven a través del visor de su cámara. Te arrolla una despedida de soltera de inglesas curdas, un colegio de adolescentes franceses, un tour de jubilados noruegos, un equipo de voleibol gallego..., recuperas por un instante el equilibrio y echas a andar haciendo eses con la maleta.

—Estoy aturdido. Hay tanta gente que casi no puedo avanzar con mi maleta.

—Unos vienen, otros van. Manadas humanas con biquinis y pantalones cortos de deporte, chancletas y dedos de pies al aire reuniendo felices colonias de hongos. Sientes asfixia en esa atmósfera densa de cremas solares y olor de sobacos al viento.

En el paseo Nacional, donde siempre hubo restaurantes y bares, ahora hay todavía más. Hay un pollo Kiriki, una hamburguesería con los rótulos en inglés, un local de patatas fritas en cucuruchos de papel, una heladería con cola como si fuera el cine, otro que ofrece paellas congeladas Paellador, un italiano, uno de tapas típicas regentado por pakistaníes, un asador argentino, un Burger King, un pub inglés con programación de partidos de rugby. Y sobre la acera, esa densidad humana de discoteca.

—Empiezas a abrirte paso dificultosamente arrastrando el maletón, tropezando torpemente con unos y con otros. Hay más gente arrastrando maletas de ruedas, os ponéis en fila india y, junto al carril bus, al carril bici, al carril de los patinetes eléctricos y el de los tangas, creáis un carril de arrastradores de maletas al que pronto el ayuntamiento creará una señalación y un orden semafórico.

—Me meto por la plaza de San Miguel y sigue estando Can Ganasa, donde tantas tardes pasé con Parra frente a la máquina de marcianitos.

—Sobre todo mirando, porque las monedas que teníais se las tragaba como si fueran de chocolate.

—Asomo la cabeza dentro del bar. Es otro, con una de esas cocinas cromadas a la vista. Una camarera me sale al paso amablemente con una carta en la mano y me pregunta con acento argentino si deseo algo. Desearía encontrarme a Parra jugando una partida de comecocos, pasándose una pantalla y celebrándolo con sus movimientos de bombeo pélvico.

Paso por delante de una papelería nueva que se llama La Tinta y entro a comprar una goma Milán de nata. Salgo a la calle, me pongo la goma de nata en la nariz y aspiro con deleite. Una señora que pasa al lado me mira mal y la guardo en un bolsillo.

—No es prudente andar esnifando cosas raras por la calle.

—Todavía recuerdo a unos chavales que iban por la calle Salamanca a plena luz del día esnifando cola de empapelar de una bolsa de plástico donde metían la cabeza. No tendrían más de trece años.

—El barrio era duro entonces, pero tú no te dabas cuenta porque formabas parte de él.

—Tomo la calle Escuder y ya no está el quiosco del Chincheta con sus mil novelas del Oeste y su desbarajuste de revistas, golosinas y libros de tercera mano. Hay un colmado de pakistaníes y un Cash Converters. Enfrente hay un autoservicio de lavandería y un local de artesanía cubana. No conozco nada, no conozco a nadie.

Me empiezo a dar cuenta de que la doctora Didi y Heráclito tenían razón. El barrio es el mismo pero es otro: hay locales de tatuaje, tiendas elegantes de comida para llevar, inmobiliarias con rótulos en ruso, alquiler de patinetes eléctricos... No puedo bañarme dos veces en el mismo río porque el río es otro. La inercia me lleva a la calle de la Sal.

—Y aquí llegas.

—Y aquí llego, González y me dices que se me va a hacer de noche. Bajo a este sótano y te encuentro aquí después de tantos años, mirándome como miran los fantasmas.

—Eres tú el que me mira con cara de fantasma. Te aterra el termitero del presente.

—¿Pero cuándo cambió todo esto?

—Hubo un día en que todo empezó a cambiar, también fue con un sobre que alguien abrió en Suiza.

—Es viernes 17 de octubre de 1986. Es hace un momento.

—González, yo acabo de iniciar el segundo curso de carrera y esa noche tengo que ir a la panadería a trabajar para el pan doble.

—Ese mediodía empiezan a sonar enloquecidamente los cláxones de los coches en la calle Maquinista y lo ensordecen todo, algunos despistados preguntan intrigados qué pasa. De un bajo de la calle sale un vecino en camiseta imperio luciendo pelo en pecho y descorcha una botella de champán como si lanzara un cohete a la Luna. Un alboroto frenético de televisores encendidos que retumba por todo el barrio.

—Recuerdo ese día, pero no le di más importancia.

—Es el principio del fin de una época.

—En casa también ponemos la tele.

—Lo están dando una y otra vez. Ahí está Samaranch, que todo el mundo sabe que es amigo del rey, un señor de Barcelona que ejerce de presidente del Comité Olímpico Internacional. Está en Lausana delante de un atril y un micro ante un salón abarrotado. Con su francés impecable de colegio de pago, abre un sobre teatralmente y desvela el veredicto final sobre la ciudad que organizará los Juegos Olímpicos de 1992: «*la ville de...* ¡Barcelona!». Y pronuncia la c de Barcelona con sonido de ese sorda, a la catalana, porque ahora hablar en catalán es guay y ya se está haciendo un *lifting* a la historia para contarles a los niños que en Cataluña nunca hubo franquistas, aunque Samaranch, nacido en Barcelona, tenga artrosis de tanto levantar el brazo en el saludo a la romana.

Han pasado diez años desde que el Generalísimo se murió en la cama y solo cinco desde que el guardia civil del bigote entró en el Congreso de los Diputados con tricornio y pistola en mano para liarse a tiros con la democracia. Todo el mundo quiere poner tierra de por medio con un pasado trágico, pobre y triste, y subirse al tren de alta velocidad de la modernidad que nos va a llevar por fin a codearnos con los países europeos avanzados. España había entrado en enero de ese mismo año 1986 en la Comunidad Económica Europea tras arduas negociaciones y no pocos recelos de sus vecinos sobre esos vagos del sur, así que la organización de los Juegos Olímpicos era el escaparate perfecto para mostrar al mundo desarrollado que aquí el pasado cutre y el atraso de dictadura y sacristía estaban enterrados bajo una losa de varias toneladas en el Valle de los Caídos. Y como aquí cuando nos ponemos, nos ponemos, en 1992 no solo se iba a organizar la mejor Olimpiada de la historia, sino también una deslumbrante Exposición Universal en Sevilla. Había dinero porque con la reciente incorporación a la Comunidad Económica Europea, llegó de Bruselas una tubería de billetes con los fondos FEDER de desarrollo regional y el país se puso en obras para fundirlos cuanto antes, daba igual en qué.

Y en esa fiebre Barcelona, que hace cien años fue modernista, quiso ahora ser moderna y tirar todo lo viejo por la ventana, convertirse en la ciudad del diseño de lo que fuese, de la cocina de fusión que mete la vieja tortilla de patatas en un vaso de chupito y te la cobra a precio de langosta, de la transferencia tecnológica, ser la ciudad de los *hubs* y los *clusters*, aunque solo supieran lo que era un *hub* y un *cluster* los cuatro hijos de papá que habían ido a estudiar al extranjero y se dieron cuenta de que si decían mucho la palabra *sinergia* y soltaban palabras en inglés la gente les haría la ola y nadie se daría cuenta de que no habían pegado un palo al agua en su vida, ni pensaban darlo. Todo cambiaba para que todo siguiera igual.

Y, una vez más, los que mandaban, los hijos de los que mandaron siempre, los del *cluster*, se fijaron en ese barrio portuario mugriento de pescadores con olor a pescado podrido y gasoil, angostado por el puerto y limitado por una playa descuidada y el vertedero inmenso del Somorrostro. Y alguien en algún despacho del centro de Barcelona se compadeció de esos parias y decidió arreglar todo aquel desaguisado por razones estrictamente humanitarias. Al fin y al cabo, no hay nada tan humano como el afán de ganar dinero. Barcelona pasó de vivir durante siglos de espaldas al mar, o de culo, porque flotaban sobre la playa de la Barceloneta todos los zurullos que bajaban desde la Bonanova y el Tibidabo, a apropiárselo.

Se abrió en canal el paseo Nacional en unas obras que martirizaron a los vecinos durante años. Un día llegaron las piquetas como pájaros carpinteros descomunales y derribaron la línea de tinglados, los almacenes del puerto al otro lado del paseo Nacional. Si alguien se quejaba de esa vorágine, suspiraban con resignación ante los retrógrados de turno, pero sin perder la compostura del *buenrollismo* en auge y le explicaban con paciencia, de manera didáctica, que «Estamos abriendo Barcelona al mar. Estamos derribando muros para hacer una ciudad más abierta». Y es verdad que derribaron unos muros, los tinglados, que no dejaban ver la dársena. Lo que se olvidaron de contar es que iban a levantar otros, más altos y más caros, que tapan toda la vista del agua: el zafio centro comercial del Maremagnum en el Muelle de España, el gigantesco Hotel Vela de cinco estrellas o la mole del edificio de oficinas de lujo del World Trade Center abarrotando de cemento el Muelle de Barcelona. Después, utilizando la ley de costas como la ley del embudo, el ejército de demolición llegó hasta aquellos alegres merenderos donde los ganchos risueños hablaban el idioma de los delfines. De nuevo venían los ingenios de Barcelona con el martillo y la fuerza de la autoridad competente a derribar lo que había nacido espontáneamente de la propia playa. De nada sirvieron los recursos interpuestos por los dieciocho locales, ni siquiera les dieron tiempo a desmontar las neveras porque era ya mayo de 1992 y estaba a punto de alzarse el telón rutilante de las Olimpiadas. Mientras los que ordenaron el derribo ocupaban el primer plano como grandes estadistas internacionales frente al mundo en los prolegómenos del olímpico acontecimiento, ciento quince familias salían por la puerta de atrás en dirección a la oficina del paro.

Tras una loca carrera en esos años de demolición y construcción sin reparar en gastos, se llegó de manera rutilante al verano de 1992 con el mundo rendido a los pies del milagro español, capaces de pasar de la beatería cutre y rencorosa del franquismo a la dinámica socialdemocracia capitalista. Aquí todo es nuevo, o al menos lo parecía. Hasta nuestros flamantes gobernantes socialistas han pasado de la clandestinidad y las americanas de pana a los trajes de Armani. Y por encima de todo, brilla Barcelona, la ciudad de los prodigios.

A Samaranch lo han hecho marqués, el Somorrostro se ha convertido en un puerto náutico para yates y la Barceloneta se ha abierto de par en par, conectada a la ciudad a través del contiguo barrio de Pueblo Nuevo, donde se han tirado fábricas viejas y no tan viejas para hacer pisos, las viviendas donde se alojarán los deportistas y que luego se venderán a buen precio con el plus de adquirir la residencia donde se alojó el lanzador de pértiga de Rusia o la medalla de plata de cien metros lisos. El puerto ha dejado de ser un espacio cerrado de trabajo para convertirse en un lugar de paseo y zona de ocio con restaurantes franquiciados, discotecas que acabarán cerrando por su conflictividad y un cine IMAX con una cúpula enorme que también acabará en pocos años abandonado y en desuso.

El 25 de julio de 1992 se va a proceder a la ceremonia de inauguración de los Juegos en el Estadio Olímpico de Montjuic y se va a hacer a lo grande: 1.907 periodistas acreditados de todo el mundo, una audiencia televisiva de 3.500 millones de personas para una ceremonia que asombre al mundo: 12.000 atletas desfilando, 800 artistas, 360 tambores del Bajo Aragón... Todo ha de brillar como unos zapatos de Manolo Blahnik en esa noche mágica en la montaña de Montjuic.

Y todo va discurriendo esa noche según lo previsto. 20.00 h: el mosaico humano y los himnos. 20.05 h: la exhibición aérea de la Patrulla Águila. 20.07 h: los cantantes de ópera. 20.12 h: la tamborrada. 20.18 h: las sevillanas, que por entonces están de moda. 20.25 h: más ópera. 20.35 h: escenificación tecnológico-teatral moderna. 20.50 h: paseíllo de las delegaciones. 22.10 h: parlamento del alcalde de Barcelona en cuatro idiomas. 22.22 h: izado de la bandera olímpica e himnos. 22.30 h: desfile de top models, parece mentira, pero sí. 22.36 h: se apagan las luces y entra la llama olímpica al estadio de la mano de un emblemático deportista larguirucho.

Es el momento cumbre, Iturbe. Ahí, en ese preciso instante de 1992 culminan esos años de preparativos y parafernalia, de adjudicaciones de obras y cambio de época. Tras la megafonía de la inauguración, las coreografías y los discursos ahora por fin se ha hecho el silencio en el estadio.

—Por muy cenizo que seas, tienes que reconocer que ese momento es emocionante, González.

—Claro que es emocionante. Es el momento en que después de tanta charanga por fin entra el fuego sagrado y algo muy antiguo se nos remueve dentro y hace que miles de personas enmudezcan, que los escalofríos recorran las espinas dorsales, que algunos se santigüen y otros no puedan contener las lágrimas. El fuego tiene una capacidad hipnótica, algo en nuestros cromosomas nos retrotrae a cavernas profundas y noches primigenias en las que con solo agitar el fuego hacíamos huir a las bestias y nos convertíamos en dioses.

El baloncestista Antonio San Epifanio, el entrañable Epi, tan bondadoso como el personaje de Barrio Sésamo pero más alto, con un cuerpo de insecto gigante, corre en la penumbra portando la antorcha olímpica con la llama que salió del templo griego de Olimpia un mes y medio antes, ha recorrido Europa y ha circunvalado España en una intensa carrera de relevos hasta entrar ardiendo en mano de atleta por la puerta del estadio. Ya solo falta el último relevo que va a llevar la llama hasta el pebetero donde arderá el fuego de los dioses del Olimpo durante todo el transcurso de los juegos, hasta que se hayan colgado todas las medallas, se celebre la clausura, se guarden las banderas, los atletas regresen a casa y se pueda empezar a vender los pisos.

Epi corre con sus zancadas elásticas en busca del último relevista que procederá al encendido del caldero mágico. Pero estas Olimpiadas de Barcelona 92 no pueden ser unos juegos cualesquiera. Durante años un montón de gente ha estado cobrando como asesores para dar las más morrocotudas ideas que dejen al mundo pasmado. Y alguien tuvo una ocurrencia genial: ese último relevo de la antorcha olímpica que ha de encender el pebetero con el fuego olímpico en lo alto del estadio, lo hará un atleta paralímpico, un discapacitado, que eso sube mucho el listón. Podría haberse elegido la épica de una silla de ruedas ascendiendo hacia el pebetero con la antorcha, pero era demasiado lento y cada segundo televisivo es oro. Así que alguien empezó a repasar deportes paralímpicos y se le iluminó el rostro: ¡el tiro al arco! El último atleta del último relevo que encendería el fuego olímpico sería un arquero que lanzaría una flecha encendida al pebetero con la espita del gas en marcha e incendiaría la historia de los juegos olímpicos. La idea enloqueció a la dirección del Comité Olímpico Español y se contactó de inmediato con el mejor tirador de arco paralímpico, Antonio Rebollo.

Rebollo acepta la enorme responsabilidad. Siete mil millones de ojos mirando en directo su lanzamiento de flecha en esa noche histórica para Barcelona, Cataluña y España. Es un tirador de arco magnífico, segurísimo, pero en el Comité Olímpico les empezó a entrar el canguelo: mira que si falla... Y empezaron a sudar. La posibilidad de que falle es remota, pero si el amigo Rebollo falla en directo, delante de un estadio abarrotado, dos mil periodistas y tres mil quinientos millones de televidentes, es la cagada del siglo, el hazmerreír mundial, el retorno a la imagen de la España de la pandereta y la chapuza, lo contrario de lo que quiere mostrar Barcelona.

Y ahí entró en juego la picaresca, el bálsamo de Fierabrás que todo lo arregla aquí desde ese Siglo de Oro, que en realidad era de hojalata. La solución la trajo el mejor experto en efectos especiales del cine español, Reyes Abades. Antonio Rebollo dispararía la flecha, pero no caería dentro del pebetero, bastaba que pasase por encima en su trayectoria descendente y la toma de cámara única situada de manera estratégica mostraría una angulación tal que parecería que iba dentro. El público del estadio, en penumbra, no vería más que salir la flecha y, enseguida, el estallido del pebetero al incendiarse como señal inequívoca del acierto. En realidad, el fuego estaría ya prendido a la mínima potencia de gas desde el inicio de la ceremonia y al disparar Rebollo solo se abriría la espita y el fuego ardería esplendorosamente. Nadie notaría el truco y no había posibilidad de quedarse sin fuego olímpico porque, de hecho, ya estaría encendido, aunque no viniera de Olimpia, sino del mechero de un operario de L'Hospitalet.

Epi da las últimas zancadas y se detiene ante Rebollo, su discapacidad le permite permanecer de pie, vestido de blanco, con la flecha ya montada en el arco. Epi le acerca la antorcha del fuego sagrado del templo de Olimpia y el estadio y el mundo entero contienen la respiración ante la osadía de Barcelona para encender su olimpiada. Desde el cabo de Gata hasta Finisterre, y más allá, se preguntan con el corazón encogido qué sucede si falla Rebollo mientras tensa el arco. No saben que hay un tipo escondido con la mano en la llave del gas.

La flecha sale del arco y se curva hacia el pebetero y, ¡oh, milagro! ¡El caldero de la historia arde! Por todo el mundo hay abrazos, lágrimas, descorche de botellas de champán... Lo que no saben los tres mil quinientos millones de primos es que la flecha en realidad ha pasado de largo y ha caído fuera del estadio, donde Reyes Abades ha situado a un par de empleados de su empresa para recogerla discretamente.

Pero el azar también tiene sus golpes ocultos. Esa noche no ha llegado a llover como pronosticaba el parte meteorológico de la NASA, pero se ha levantado una brisa bromista y la flecha, impulsada más de lo previsto, cae algo más lejos y se precipita hacia abajo por uno de los jardines de la montaña de Montjuic. Y mira tú, que casi le cae encima a uno que está tumbado durmiendo en un banco cubierto con una bandera del Barça a modo de sábana, que al ver que un cigarrillo encendido cae del cielo se levanta de un salto con los ojos más alucinados que nunca. Y resulta que es el Llavi, el Metralleta. Se rasca un poco la barbilla, se pone la bandera del Barça por encima de la cabeza como una túnica con capucha, se queda mirando alelado la punta de flecha redonda encendida, la agarra y se larga con ella. Los dos operarios de Reyes Abades peinan la zona, pero cuando llegan hasta allí no encuentran más que un viejo transistor sin pilas en un banco.

El Llavi llega a la Barceloneta con su caminar lento y un poco tambaleante, encapuchado y con la flecha en la mano, que conserva su brasa al rojo vivo, como si fuera un cirio de Semana Santa. Los chavales jóvenes que lo ven llegar se ponen detrás y hacen como que lo siguen en comitiva siguiéndole la guasa. Se mete por la calle del Mar y la gente está fuera de las casas con el calor que hace, los hombres sin camiseta y con una cerveza en la mano, y como no tienen otra cosa que hacer, se ponen detrás. Y unas abuelas que hay por ahí que no saben de qué va la cosa, también se suman y, por si acaso, se santiguan.

Y al haber gente, pues se suma más gente. El Llavi encabeza un cortejo que ha empezado a risas pero que se va quedando callado, como si intuyeran que ahí hay algo sagrado. Aquí a la gente nunca le ha faltado intuición: lo hay. Es el fuego que ha venido del templo de Olimpia que los del Comité han tirado montaña abajo como se tiraba antes la enrona. En la Barceloneta no se respeta la ley ni el orden, pero se respeta el respeto. Y cuando giran por la calle Maquinista son cincuenta, pero cuando encaran la calle Baluarte son más de cien los que forman esa comitiva. Y sale el barrio entero. Unos se preguntan a otros entre susurros qué pasa, y uno le cuenta al otro que es un cirio pascual que ha bendecido el obispo en la catedral y este le cuenta a la de al lado que es la antorcha con la que se iluminaba el refugio antiaéreo para la guerra y cuando el de atrás le pregunta a la mujer, le explica que este año por cosas del calendario juliano se ha cambiado a hoy el día del entierro de la sardina, ese funeral bufo que marca el final del carnaval donde se entierran todos los vicios, la anarquía y el desbarajuste del pasado.

El Llavi camina muy concentrado, sosteniendo la flecha con un fervor que nunca le han visto. Al llegar a la calle Ancha, gira hacia el paseo Nacional y lo enfila hasta el final. La gente que está en las terrazas del paseo, se levanta y se suma a la romería. Algunos que no han acabado la consumición, se cogen la jarra de cerveza con una mano y el plato de calamares con la otra y se ponen a caminar.

Al llegar donde se acababa antes el paseo y daban la vuelta los autobuses, queda la última zanja por cerrar de las obras de la remodelación olímpica. Hay un pequeño agujero que se han descuidado los obreros, una brecha profunda en las tripas del barrio y ahí el Llavi se detiene, él sabrá por qué. Nadie le pregunta, forman un gran círculo en silencio. El Llavi se acerca al agujero, abre la mano y la flecha encendida cae, como al fondo de un pozo. Y la mujer que dijo lo del entierro de la sardina toma una pala de los operarios y echa una palada de grava al agujero. Y le pasa la pala a otro vecino y este echa otra. Y así, de mano en mano, llenan entre todos el agujero y entierran la sardina. Después, se marchan todos a casa en silencio.

Los dos ayudantes de la empresa de efectos especiales, para que su jefe no los despidiera, cogieron una de las flechas de los muchos ensayos que habían hecho esas semanas y le dijeron a Reyes Abades que era la flecha que lanzó Rebollo y él se la llevó a casa para dejarla en herencia a sus hijos. Pero solo el Metralleta sabe dónde está el verdadero fuego olímpico. Reposa en el fondo submarino de la Barceloneta.

Llevo varios días sin bajar al sótano, pero en cuanto regreso y prendo la luz, González sale de su modorra, tal vez pensando en esa obra literaria descomunal que retumba en su cabeza como una orquesta de gatos.

—Me he puesto a caminar, González. Camino por el barrio y no me lamento si me extravío entre las calles, incluso prefiero perderme, no saber dónde estoy. Me paro en los bares, pero no pregunto nada. Ya no busco, no tengo ya propósito alguno. Creo que he bebido de más.

—Te huele el aliento, tienes en las tripas una piscina de cerveza.

—Ha sido al salir del Jai-Ca, que me he puesto a caminar sin rumbo y he llegado hasta la fuente de Carmen Amaya.

—En la escultura, unos angelotes rollizos tocan la guitarra con sus dedos gordezuelos y Carmen Amaya es una niña ninfa desnuda que no teme al invierno. Vino ella misma a la inauguración en febrero de 1959. Empezaba a no encontrarse bien, pero aún tuvo energía para pararle los pies al cura, que puso el grito en el cielo porque las figuras iban desnudas. Ella le respondió que los ángeles iban desnudos porque así los hizo Dios.

—Subo las escaleras de piedra y llego al paseo Marítimo. Hay un intenso tráfico de turismos, autobuses, cochecitos eléctricos de alquiler de color rojo que parecen de juguete, enormes buses turísticos de dos pisos. Cruzo a toda velocidad la calzada y cuando creo estar a salvo, un timbrazo me hace dar un salto y esquivo por los pelos la embestida de un ciclista. El paseo está atestado de gente que pasea, patina, come helados, se hace *selfies*.

—Ya no está aquella barandilla metálica oxidada que se descascarillaba al tocarla; ahora es cromada y brilla.

—Me sorprende lo pequeña que es la playa, apenas un cinturón de arena. Recuerdo de pequeño el trayecto desde la orilla hasta las gradas de cemento como una excursión larguísima que te abrasaba las plantas de los pies.

—Ahora alguno de esos nórdicos que miden varios metros de altura pueden alargar un brazo desde el agua y pedirse una cerveza en el chiringuito.

—Me ha entrado una cierta tristeza al fijarme en los nuevos chiringuitos que hay bajo el paseo. Mi padre, con casi sesenta años, cuando las piernas de los camareros se hacen frágiles, engrosó la bolsa de los trabajadores que las empresas se quitan de encima cuando son más vulnerables. Y como no tenía adónde agarrarse, cuando Paco el Gamba se jubiló del modesto ambigú de la playa que pertenecía al Centro de Deportes, lo tomó él para llevarlo. Mi padre resultaba un poco cómico, sirviendo a la gente que se sentaba en bañador y riñonera en las sillas de tijera con los pies descalzos sucios de arena, con la misma seriedad profesional con que servía a aristócratas y empresarios. Era un chiringuito sencillo con mesas de tabla y manteles de hule, pero donde se pasaban cada mañana dos horas desgranando guisantes y pelando patatas porque lo único congelado eran los polos, donde se hacían tortillas de chanquete fresco que le vendía un pescador que conocía de muchas cervezas en el bar Deportivo o unas sardinas de ojos transparentes que iban de la barca a la sartén. Duró poco.

—Aquellos años después de las Olimpiadas se disparó la fiebre del oro del turismo y algún iluminado en algún despacho de la administración con una nómina de persona seria pensó que esos chiringuitos rústicos administrados de manera casera por los clubs del barrio no eran presentables en esa nueva Barcelona de la cocina de fusión, el diseño y los turoperadores.

—Querían que los cuatro locales de la playa bajo el paseo Marítimo tuvieran una estética unificada como corresponde a una ciudad elegante, que se quitaran esas sombrillas cutres de propaganda y se pusieran pérgolas con encanto de un material carísimo, que las sillas de las terrazas fueran de diseño y no esas sillas baratas.

—El ayuntamiento retiró la concesión a los pequeños clubs de la playa que administraban los ambigús desde que se crearon como una barra para poner un porrón de vino con gaseosa a los de la partida del dominó y a los que jugaban en la playa al ta-ka-tá, el deporte nacional de la Barceloneta, un tenis sin raqueta para tripudos. Y se sacaron las concesiones de los chiringuitos a subasta.

—Cuando mi padre se acercó hasta las oficinas del ayuntamiento detrás de la plaza San Jaime para ver si podía conservar la concesión del chiringuito le reprocharon sus pretensiones abusivas: «Sacarlo a subasta es lo democrático. ¡Usted quiere tener privilegios!», le dijo un funcionario municipal.

Mi padre llevaba trabajando desde los diez años, los últimos treinta con una jornada que empezaba a las siete de la mañana con la compra en la Boquería y terminaba cuando regresaba a casa entre las doce y media y la una de la madrugada, fuera Nochebuena, fin de año o el día de su puta madre. ¡Y el tipo en el despachito sentado en la silla le reprochaba sus privilegios!

—He conocido a unos cuantos de esos mediocres: no solo te joden, sino que encima te dan lecciones de urbanidad.

—Los pescadores que tenían un pequeño ingreso extra, lo perdieron. Mi padre y sus ayudantes del barrio, que habían trabajado tanto, se quedaron en la calle.

—En la puta calle, para ser más precisos. Porque antes los autónomos no cobraban ni el subsidio del paro. Y claro, llegaron las grandes cadenas de hostelería democráticas, de esas que hacen contratos basura a la gente y compran al por mayor para cuarenta locales, todo congelado e importado de la quinta hostia, atornillando a los pequeños proveedores hasta estrangularlos. Pusieron un pastón encima de la mesa y se quedaron con los chiringuitos.

—No tengo hambre pero, por ver cómo son los nuevos chiringuitos de la Barcelona postolímpica, me siento en uno de ellos, aunque su aspecto lujoso me da mala espina. La camarera me pregunta directamente en inglés y le respondo en inglés. Todo es sushi. Salí corriendo de Japón harto de comer pescado crudo, vengo a Barcelona y lo que le dan de comer a uno es sushi con los precios de Estocolmo. Estoy en la playa de la Barceloneta y me siento más forastero que en Canadá. No está en la carta, pero pido una tortilla de patatas. La camarera me mira indignada: ¡ellos no hacen tortilla de patatas! ¡Este es un restaurante internacional! Me disculpo mucho en inglés y me levanto. Me dice que he de pagar cinco euros por el pan que me han puesto en la mesa sin pedirlo ni tocarlo. En otro momento habría pagado y me hubiera ido con la cabeza gacha, pero me la quedo mirando y le digo:

«Apúntamelo en una barra de hielo».
Y se lo digo en español, para que vaya practicando. Y me largo.
—Ya empiezas a hablar como uno de la Barceloneta.
—Me vuelvo a sumergir en las calles y salgo por una de ellas a un espacio diáfano, una gran plaza cuadrada rodeada de bloques de edificios. Es un lugar que conozco y no conozco. Es y no es. La placa sobre la pared dice que es la plaza del Poeta Boscán, pero no puede ser. No está la pista de cemento de la Repla y, lo que es más imposible, ha desaparecido el colegio Virgen del Mar.
De verdad que no entiendo nada, en física hablaríamos de una rotura de modelo. Mi cerebro me está mandando señales erróneas: me está mostrando el espacio entre los edificios que circundan la plaza donde se levanta el Virgen del Mar, pero no está el colegio. No puede ser.
—Debías pensar que David Copperfield había realizado uno de sus shows televisados a lo grande y un edificio de miles de toneladas con sus escaleras y su murallón de piedra granítica se hubiera desvanecido. La Repla con su vallado de alambre, su pista de cemento, las barras laterales metálicas donde se agarraban los que patinaban con patines sobre ruedas y la pequeña grada en escalón, también se han evaporado.
—Me quedo parado frente a esa plaza donde hay unas terrazas de bares nuevos que parten del edificio del mercado, con esas pérgolas curvadas de moda entre los arquitectos que nunca fueron a comprar a un mercado. También hay algunos columpios desperdigados y unos bancos donde unos indigentes con barbas mugrientas, unos rubios y otros morenos, comparten un cartón de vino barato.

Giro la cabeza a lado y lado: tal vez me he equivocado de plaza. Esta plaza que ahora veo es demasiado pequeña para contener un colegio gigantesco y la enorme Repla donde jugaban a la vez un millón de niños. Pero reconozco algunos edificios, incluso el bar La Electricidad en una de las esquinas. No entiendo nada y me noto mareado, seguramente una bajada de tensión. Doy un par de pasos y las piernas me flojean y me tambaleo. Me habría caído al suelo si una mano no me agarra por el brazo y me sujeta.

Me mira la cara redonda de un señor risueño con el pelo fino algo canoso que le clarea en la cabeza. Lo miro pero no sé quién es.

«¿Te acuerdas de mí? Íbamos juntos a clase.»

Abro mucho los ojos y cruzo de un salto más de treinta años.

«¡Genís Arnás!»

Es él y no es.

—El que te mira es un señor con el gesto cordial pero algo cansado, como si las canas que tiene fueran de plomo. Y, sin embargo, en ese cuerpo de adulto vive el niño.

—Sonríe, incluso diría que parece contento de verme.

—Genís Arnás es de la raza de los amables que sonríen.

«Tu padre trabajaba en el restaurante Can Solé», me dice.

«Arnás, tu padre era pastelero.»

Él ahora tendrá amigos, compañeros de trabajo, gente a su alrededor que lo acompaña en su vida, pero nadie que haya visto a su padre con el pelo negro, muy serio, delgado y joven, esperarlo un día a la salida del colegio. Ese vínculo es indestructible. No sabemos si darnos la mano o qué hacer. Los niños nunca se dan la mano, simplemente se reconocen. Con un poco de indecisión, tratamos de abrazarnos torpemente. Parecemos morsas. Siento que he de disculparme por mi vahído.

«Es que me he quedado algo desorientado. He venido a ver el colegio... y no está. ¿Cómo puede ser?», le pregunto.

«Lo demolieron.»

«¿Lo demolieron?»

Me mira con ternura. Me dice que tomemos una caña y yo le pido que no sea un bar de turistas, que sea un sitio de la gente del barrio. Mientras caminamos hasta la calle Balboa nos contamos retazos de nuestras vidas. Yo le hablo de mi empleo de científico itinerante y él me habla con pasión de su trabajo en la empresa municipal que gestiona los mercados de Barcelona. Me cuenta que son una estructura ciudadana que garantiza por ley que la población de cualquier condición social pueda tener acceso a la fruta, la verdura o el pescado frescos.

—Genís Arnás cree obsesivamente en los mercados, pero no los de Wall Street, sino los que venden manojos de apio y una libra de boquerones que te palpitan en la mano.

—Entramos en un sitio que se llama Pasa Tapa. Estiro a Arnás de la manga de la americana, porque aunque sea el final astronómico del verano, lleva americana, como la gente de edad.

«Dijimos de ir a un sitio de la gente del barrio.»

Asiente.

«¡Pero este bar es nuevo!», le insisto.

«¿Cómo va a ser nuevo?» Y me lo dice perplejo.

Me cuenta que lleva más de veinte años yendo a ese bar, que ahí va la gente del barrio a ver los partidos de fútbol que dan por los canales de pago. En realidad, si uno se fija, aquí no hay rótulos en inglés, ni wifi, ni cocina de fusión. Genís Arnás se da cuenta de cómo observo todo a mi alrededor y leo sus pensamientos: alguien que crea que el Pasa Tapa es un bar nuevo es que no sabe nada del barrio. Y es verdad, no sé nada.

—Te fuiste hace tanto que en este tiempo han abierto bares y comercios que hicieron su inauguración con degustación de pinchos, tuvieron su vida comercial mejor o peor, envejecieron y cerraron sin que tú supieras siquiera que existieron. Encima de tu pequeña historia del barrio se han ido superponiendo muchas otras historias de muchos otros. Igual que en esos cilindros metálicos del mobiliario urbano para pegar carteles unos pasquines tapan a los otros.

—Somos los únicos clientes. Él pide una caña pero yo ya no puedo tomar más cerveza. Pido té, como los guiris.

—Eres un guiri, Iturbe.

—Le pregunto a Arnás por qué derribaron el colegio.

«Dijeron algo de aluminosis, pero tampoco quedó muy claro. La cosa es que el colegio se construyó en la época de Franco y empezaron a decir que era un símbolo franquista. Deberías ver un vídeo colgado en YouTube, lo puedes ver escribiendo «colegio Virgen del Mar». Lo grabaron unos chavales del barrio que se colaron dentro antes de ser demolido.»

«Demolido...»

Repito la palabra y parece que algo también estuviera derrumbándose dentro de mí. Arnás alarga una mano y me toca el antebrazo.

«Construyeron otra escuela más grande, más moderna, en el paseo Marítimo, donde estaba el grupo escolar Lepanto. La Escuela Mediterrània está muy bien.»

«Pero ahora en la plaza que ocupaba el colegio no hay

nada, un par de columpios y las terrazas de un par de bares con pinta de caros. ¿De verdad han tirado una escuela y han quitado la pista de juegos de los niños para poner terrazas de bares para los turistas?»

Me da una respuesta muy del barrio: «Así es la vida». No hay cinismo en su mirada, pero tampoco melancolía. Se hace un nudo de silencio y rápidamente lo deshace preguntándome qué hago por aquí.

«He vuelto para tratar de encontrar a un amigo de entonces. ¿Tú te acuerdas de Eustaqui Parramón, el Parra?»

«¡Y tanto! El Locus.»

«¿Sabes si sigue viviendo en el barrio?»

«Empezó la secundaria en el instituto del barrio como yo, pero la verdad es que enseguida le perdí la pista. Dejó los estudios, eso seguro. Alguna vez me lo cruzaba por ahí y luego dejé de verlo.»

«¿Se marchó del barrio?»

«Yo trabajo fuera y ya sabes que esto es un laberinto. Hay gente de nuestro tiempo que sigue viviendo aquí, pero pasan años sin que me cruce con ellos.»

«Arnás...», bajo la voz sin darme cuenta.

«Ahora todos me llaman Genís.»

«Genís..., ¿tú te acuerdas de Silvia Minerva?»

«Claro. Muy guapa.»

«Muy guapa, sí. Se iría del barrio, ¿verdad?»

«Sí, ella se marchó, seguro.»

Asiento. Él no añade nada y yo tampoco. Me doy cuenta de que me he quedado ensimismado y que me observa intrigado.

«¿Sabes, Arnás?, hace poco soñé con ella. Estaba..., bueno, no importa.» De repente me gana el pudor, me parece una locura estarle contando esas intimidades a alguien que me acabo de encontrar. Pero él no es un desconocido. No me tira de la lengua, asiente, comprende todo sin necesidad de explicárselo.

Él ha de irse y yo me quedo un rato. Ya sé que han construido un colegio mejor equipado y mejor de todo, pero que hayan tirado nuestro colegio hace que me sienta como si me hubieran arrancado algo de adentro, algo muy íntimo.

—Porque en el Virgen del Mar aprendimos cosas muy importantes, Iturbe. A leer, a sumar, que los ríos acaban en el mar, que en el patio el fuerte suelta la hostia y gana, que siempre hay un fuerte más fuerte que el fuerte, que las lágrimas saben a sal...

—González, sigo sin entender por qué lo derribaron.

—Te lo dijo Genís Arnás, es cuestión de prioridades. Podemos echarles la culpa a los políticos de turno, porque echar la culpa a otro siempre nos produce un gran alivio, pero esos políticos tan mezquinos son los que nosotros elegimos porque, en realidad, son los que más nos convienen. Preferimos un aparcamiento subterráneo y unas terrazas más grandes para que los turistas se rasquen el bolsillo que una escuela y una pista pública en el centro del barrio para que jueguen los niños. Es así de simple.

—¿Qué nos pasa?

—Los fascistas, en su autoritarismo criminal, lanzaron con saña bombas incendiarias sobre la Escuela del Mar en 1938 y la redujeron a cenizas. Los demócratas progresistas, tolerantes y bondadosos, sesenta años después, derribamos a martillazos la escuela Virgen del Mar. Y tú, Iturbe, que vienes de tu mundo de partículas y ecuaciones, te preguntas qué nos pasa. No nos pasa nada, simplemente somos humanos.

Saco mi móvil y busco en YouTube.

—Voy a poner el vídeo. Es una grabación de 1997.

—Conozco esa grabación de memoria, Iturbe.

Las primeras imágenes muestran la pista de cemento de la Repla en un avanzado estado de abandono.

Una zona catastrófica barrida por un ciclón que pasó hace muchos inviernos: las porterías derribadas, los postes metálicos amputados mostrando muñones oxidados. La que fue en otro tiempo una bulliciosa cancha de juegos está vacía y se acumulan montones de basura triste en las esquinas.

Los que graban son unos chicos jóvenes. La imagen es casera, con esa incertidumbre de las cámaras sin trípode que se contagian del temblor de la mano que las sujeta.

El encuadre se agita como una culebra en un pantano. Se ve a uno de ellos ascender la escalera exterior de piedra del Virgen del Mar que conduce a la puerta principal de una de las dos alas del edificio. Iturbe, seguro que tú identificas perfectamente la puerta de madera con el enrejado de forja. Afuera, enfrente, hay un descomunal osario metálico: esqueletos de sillas escolares, hierros retorcidos, mesas muertas.

Nos muestran un momento con la cámara la fachada del edificio. Si pudiéramos hacer un zoom poderoso veríamos allá arriba, resistiendo a la ruina, el grano de arena. Ha visto pasar muchos cursos, ha visto niños con bata de rayas y sin bata, con pantalones de pata de elefante y con pantalones pitillos, ha visto juegos, peleas, partidos de balonmano, chorretones de sangre, besos. Ha visto delante del murallón las atracciones luminosas de la feria para las fiestas y ha visto en la noche al Titola y otros más en los escalones a oscuras fumar cigarrillos negros, fumar *ful*, esnifar pegamento. Sobre las losas, gotas de sudor de mil juegos, gotas de sangre de labios partidos, gotas de lluvia, de ilusiones, de gargajos. Ha escuchado rezar el padrenuestro y la tabla de multiplicar, saltar a la comba y jugar a las canicas. Ha visto entrar por la puerta a niñas casi con chupete y salir muchachas que acuden en la oscuridad de las escaleras en la noche a practicar un sexo sin preservativos. El grano de arena te ha visto llegar con una bata de cuadros, te ha visto jugar a la pelota y salpicar agua de la fuente, te ha visto tomar de la mano a Silvia Minerva.

Los chavales que graban encuentran una puerta abierta y se cuelan dentro. El interior muestra las baldosas del suelo quebradas, los tabiques agujereados, polvo y esquirlas de ladrillos.

En algunas estancias del primer piso ni siquiera queda suelo de baldosas y se muestra el costillar de vigas con ese impudor anatómico del cuerpo abierto en un quirófano. Se mueven por el interior como buzos, avanzan por las tripas de un buque hundido en el fondo del mar, desballestado, sumido en un silencio acuático donde resuenan los ecos de las voces de quienes lo habitaron. Con esa mezcla ardiente de curiosidad e insolencia de la juventud, cruzan de una parte a otra pisando de viga a viga sobre el hueco que los haría caer al piso de abajo entre hierros y cascotes. En ese lugar sumido en una desolación alucinada recorren estancias vacías, desgarradas, desnudadas, hechas girones...

—Es deprimente, González, ¿por qué seguir?

—Porque ellos siguen, porque nada se detiene, nada deja de girar, de atraerse y repelerse como los átomos del grano de arena. Los chicos siguen adentrándose en ese edificio espectral y siguen grabando, y cuando parece que no es posible ya encontrar huellas de la escuela que fue, durante un segundo la cámara muestra al fondo una pizarra verde donde permanecen los diagramas de la lección del día trazados con tiza por el maestro una mañana, una lección que se ha quedado suspendida en el aire. Llega de esas habitaciones vacías un runrún de voces delgadas, telarañas de susurros de niños, el roce de cremalleras de estuches al abrirse y cascadas de lápices de colores que caen desde las mesas.

En uno de los tablones de anuncios del pasillo hay clavados avisos. Notas que en su momento debieron de ser importantes, asuntos urgentes que caducaron mucho tiempo atrás, hojas muertas, banderas sin viento.

En una esquina del corcho desmigado permanece el dibujo esquemático de un corazón junto a dos nombres: Inés e Iván. Un esquemático corazón con una infantil forma de nube, despojado de ese siniestro aspecto de testículo sanguinolento del corazón que llevamos envuelto en la membrana viscosa del pericardio. Un corazón mucho más perdurable, con un latido de amor y fantasía.

Siguen subiendo con la cámara escaleras arriba hacia los pisos superiores, una cámara que se mueve a espasmos, como si el que graba hubiera olvidado que graba y braceara despreocupadamente.

En los retretes alguien ha arrancado las tuberías de plomo, que se pagan a buen precio en las chatarrerías, y las baldosas muestran la brecha obscena en las paredes alicatadas. Llegan a una sala destrozada.

Esa sala desangelada, fue la biblioteca. Fue un lugar sagrado, pero la han despojado de sus estanterías y de su dignidad. Permanecen aún tirados en el suelo libros deshojados, desencuadernados, con las tripas abiertas. Uno de los chicos se agacha a ojear uno de los libros y le brinda el último gesto de respeto.

El ojo nervioso de la cámara sigue ascendiendo hasta

una sala con engranajes, mecanismos, ruedas dentadas y cadenas. Es el esqueleto metálico de una máquina del tiempo. Todo lo que queda del gran reloj incrustado en la fachada del colegio donde se refugió el relojero que esperaba el paso de las horas y de los días leyendo novelas del Oeste. Se han perdido las agujas y hasta la esfera cuadrada del reloj. Tan solo queda en la pared un agujero, como si le hubieran arrancado un ojo al rostro del colegio y quedara la cuenca vacía.

Siguen subiendo cámara en mano hasta llegar al último piso y allí encuentran una escalera metálica estrecha que los conduce a un altillo. Es la buhardilla, un espacio oscuro que recuerda al interior de un campanario.

Alguien señala un tragaluz y una escalera precaria les permite acceder hacia el ventanal alto que filtra una luz pastosa, colocado de manera poco accesible porque tal vez conduzca a un lugar al que nadie autorizado debe acceder. Y, naturalmente, hasta allí se aúpa el más atrevido del grupo. Mete su cuerpo por el recuadro luminoso y desaparece un instante tragado por ese agujero de luz. Al poco asoma la cabeza con los ojos abiertos desmesuradamente por el asombro y reclama la cámara con urgencia.

Después de haber recorrido el estómago de una ballena moribunda, han encontrado en ese ventanal el espiráculo por el que salir al exterior. Se produce una agitación de la cámara de mano en mano mientras trepan y al salir por el ventanal saturado de luz descubren que han llegado a la cubierta del edificio.

Hay un revoltijo de imágenes que por un momento muestran el algodón de nubes flojas colgado del cielo del atardecer, hasta que el encuadre por fin se fija y nos muestra el lugar donde pisan con precaución: la piel de escamas del tejado, las tejas geométricas, rasposas, de un granate casi negro con un reguero de excrementos de palomas.

De manera temeraria, caminan a muchos metros de altura sobre esas tejas frágiles que, si se quebraran, tal vez harían que se matasen. Han estado alborotados en toda su incursión y todavía lo están, excitados por la adrenalina de la clandestinidad.

«¡Pilla la cámara, joder! Me cago vivo. ¡Vas a salir en *Impacto TV!*..., y se preguntarán: ¿pero vivió? ¡Jo, tío, vaya vista!»

Pero el asombro del atardecer desde ese lugar prohibido que tiene algo de sagrado los aquieta enseguida, los inspira, les hace ver más allá de las cosas.

«¡Con la cámara no se pilla esta vista igual que se pilla con la mirada, tío!», chilla uno de ellos.

Allá afuera el sol perezoso de septiembre se amodorra tras la montaña de Montjuic y recorta las calles geométricas del barrio en un diorama luminoso. La cámara temblorosa empieza a rotar y nos muestra el Hospital del Mar en su destierro marítimo de antiguo hospital de infecciosos, el edificio geométrico del Hotel Arts y la torre Mapfre que trajeron la ventolera olímpica, la torre modernista de las aguas de la compañía del gas con su aire de castillo de juguete, las hileras de calles geométricas diseñadas por los ingenieros militares paradas en un desfile de soldaditos de plomo, rectas, estrechas, apretadas, atacadas por una plaga de antenas que son insectos metálicos posados sobre las azoteas.

Y, al fondo de todo, la sierra de Collserola y la montaña del Tibidabo donde chisporrotea la noria y, más cerca, la maraña de la ciudad, un amasijo de edificios emergiendo de una pasta de brea caliente donde sobresalen las puntas de los pináculos de la catedral como los campanarios de la iglesia de un pueblo sumergido en un pantano. Al otro lado, el rascacielos anticuado de las Atarazanas donde viven príncipes desterrados y la montaña de Montjuic, un peñasco que fue isla y luego península, y ahora es cementerio, y laberinto de jardines y de campos de deportes, y de encuentros furtivos en la noche, y de flechas perdidas, convertido en una silueta negra en el contraluz del sol que está a punto de enterrarse para dejar que nazca la noche. Al lado, pariente pobre de la Torre Eiffel, la torre metálica del teleférico, signo inmóvil de una época en que la tecnología funcionaba con tuercas y tornillos. Hay una bandada de grúas pluma sobre el Muelle de Barcelona, buitres metálicos que están levantando el edificio aberrante del World Trade Center. Y la Torre de San Sebastián, el otro poste del teleférico, con aspecto de observatorio de pájaros donde Parra soñaba con hombres murciélago sobrevolando la noche. Aquí los únicos vuelos son los de las gaviotas que revolotean en la sutil oscuridad que se desliza sobre el puerto, un puerto que contemplado desde el tejado del viejo colegio Virgen del Mar es un estanque con barcos de juguete y manadas de grúas jirafa que se estira hasta el brazo del rompeolas y llega hasta la bocana que mira a mar abierto, por donde todo llega y todo se va.

Iturbe, este es el reino minúsculo de la Barceloneta hasta sus confines, envuelto en esa débil luz anaranjada de un atardecer de invierno, ese instante en que los chicos tan ruidosos y jaraneros se han quedado en silencio y miran al horizonte. La zafia realidad del derribo del colegio queda suspendida por una rara sensación de eternidad que los envuelve dentro de su capullo naranja.

«Chaval, si ves la vista desde aquí te mueres», se oye la voz de uno en la grabación.

Son jóvenes, pero todos morirán. Y, sin embargo, en ese instante en que ven atardecer juntos desde el tejado de la escuela, son capaces de rozar lo infinito.

—González, el instante se va y no queda nada. Esa es la verdad. Y este vídeo está finalizando también, como finalizará todo lo demás.

—El vídeo no ha terminado, Iturbe. Aún tiene algo que mostrarnos.

—En una esquina de la pantalla se ve parpadear un rectángulo rojo cruzado con una barra: la cámara con la que graban se queda sin batería. La raya de la descarga del vídeo muestra que quedan cinco segundos.

—Ten fe.

—Quedan cuatro segundos. La cámara está enfocando hacia abajo, hacia la pista del colegio, la Repla. Hay poca luz, está anocheciendo y no hay farolas.

—El vídeo muestra las porterías mutiladas. Fíjate bien, no son voces espectrales atrapadas entre los alambres oxidados, sino que la cámara muestra que ahí abajo, en mitad del asfalto agrietado de la Repla, hay dos manchitas. En medio de todo lo que se desmorona, dos niños juegan a la pelota.

—Pero no pudieron evitar que el colegio fuera demolido.

—Nunca podrán demoler nuestros recuerdos mientras podamos recordar.

—¿Y al ser derribado el colegio qué ha pasado con tu grano de arena?

—Mientras tú cazas neutrinos al otro lado del mundo, el grano de arena está siendo arrancado de la fachada del colegio por los golpes de las excavadoras y las piquetas. El día de la demolición cayó, como cayó todo. El del colegio fue un derrumbe mucho menos estruendoso de lo que puedas imaginar, tan solo el chasquido como el de una rama que se quiebra. Eso sí, se levantó una nube de polvo que nubló el cielo durante semanas y a las doce del mediodía pareciera que estuviera anocheciendo. Algunos de los que participaron en la demolición, obreros sin más culpa que la de ser pobres, se llevaron partículas del colegio alojadas en sus pulmones y enfermaron de una silicosis de centro docente y una tos crónica de tablas de multiplicar.

Ese día en que cae al suelo, el grano de arena se mezcla con muchos otros granos de diversos materiales. A muchos los suben a paladas en camiones y los llevan a plantas de reciclaje para hacer ladrillos, pero nuestro grano de arena queda tirado en la superficie de la calle. Esa noche se levanta una lluvia racheada, uno de esos aguaceros cabreados que sacan brillo a las aceras, y un torrente de agua sucia empuja al grano de arena hasta una rejilla de alcantarilla. Se cuela en el mundo subterráneo que los humanos ocultamos bajo las ciudades donde se reproduce una maqueta a tamaño gigante de nuestros intestinos y nuestro recto.

El grano viaja por el río negro de la cloaca, da vueltas, nota cómo se acoplan partículas orgánicas a su superficie, se entremezcla en los dedos de una rata, visita oquedades excavadas bajo la ciudad, templos olvidados bajo tierra, hasta que el túnel desemboca en la trepidación de la depuradora. Allí el grano de arena tiene relaciones ácidas con moléculas de cloro y acaba de nuevo lanzado al mar. Otra vez a rodar por el fondo del mar con calma geológica durante años hasta que vuelva a repetirse la historia del eterno retorno. Una ola lo vuelve a aupar y lo deposita sobre la superficie. Vuelve a ser playa.

Enciendo el móvil, que lleva inerte en mi bolsillo hace días y aprovecho para mandar mi dirección a la doctora Voinchet y darle mi número de cuenta para que una mudanza internacional traiga los cachivaches que se quedaron en su piso de Ginebra. Le pido que no me mande la pizarra porque aquí me he comprado otra. Le digo que Heráclito tenía razón.

Camino por el paseo Nacional, ya más desahogado de turistas al avanzar septiembre. Junto al bordillo y los coches aparcados hay un hombre alto y flaco con unos ojos pequeños de pupilas mínimas que denotan una miopía severa y el pelo peinado para atrás con gomina, vestido con una americana un poco anticuada, forcejeando con la tarjeta de crédito en la máquina del parquímetro y resollando. No me decido a ayudarlo, con ese hábito de mantener las distancias adquirido tras tantos años de vivir entre anglosajones, pero el hombre, desesperado, se gira hacia mí.

«Disculpe, hágame usted el favor, que no llevo las gafas..., ¿me entiende usted en español?»

Le digo que sí y suspira con alivio.

«Es que hacen las letras tan pequeñas que no se lee nada. A ver si usted pudiera marcarme ahí los números de mi tarjeta para poder sacar el ticket del aparcamiento, que tengo que visitar a mi padre que va ya muy mayor y me espera. Y aquí si no pones ticket la grúa se lleva el coche y además de la multa te cobran la estancia en el aparcamiento municipal como si lo llevaran al Hotel Hilton.»

En cualquier otro lugar del hemisferio norte una persona no le daría los números de su tarjeta de crédito a un desconocido, pero él me entrega su VISA con total confianza. En el sur no somos los mejores en investigación, ni en productividad ni en puntualidad ni en casi nada, pero las personas son sociables y cercanas. Así que le marco los números de la tarjeta en el visor diseñado por alguien menor de cuarenta años con buena vista. Pero, efectivamente, he regresado a España: la máquina dice que no puede leer los dígitos. Vuelvo a introducirlos y la máquina sigue sin emitir el ticket.

«¿Qué pasa?» me pregunta el hombre angustiado.

«La máquina no funciona bien.»

En ese momento me gustaría no estar en el sur, sino en el CERN, en Suiza, donde todo funciona como un reloj, rodeado de informáticos e ingenieros electrónicos de primer nivel que hacen que ninguna máquina se detenga. El hombre saca un billete de cincuenta euros y lo introduce, pero la máquina se lo escupe, solo acepta billetes pequeños. El hombre resopla. Me pregunta si tengo cambio de cincuenta. Lo lamento, pero no llevo.

«Si no fuera porque me espera mi padre, que está impedido, me largaba.»

El hombre parece agotado, derrotado por un mundo que se ha vuelto un lugar inhóspito donde nada es sencillo. Pasan riadas de gente por delante, pero está solo. Estamos solos. Por suerte yo llevo un billete de diez euros y se los doy para que lo pueda introducir en la máquina y obtenga su ticket. Me sienta bien tener ese pequeño gesto. Él se queda asombrado, sorprendido, agradecido y aliviado «porque no se haya perdido del todo la humanidad».

Ya es de noche, porque en su sótano con atmósfera de confesionario siempre es de noche, cuando le cuento a González que he vagado por el barrio y no he encontrado nada, solo un hombre luchando contra un parquímetro.

Ni rastro de Parra. He vuelto a preguntar en el centro cívico, pero ya me miran raro. En la comisaría de los Mossos d'Esquadra, después de esperar una hora, no me han hecho ni caso.

—Iturbe, la policía no sabe nada de nadie en un barrio donde hay tres mil pisos turísticos pero solo setenta licencias. Esto es un ir y venir de gente. En 1850 había una estricta ordenanza sobre los barcos que llegaban a puerto y antes de desembarcar el pasaje debían pasar inspección médica e incluso permanecer en cuarentena, porque el cólera se contagiaba como un resfriado. Se ponía en cuarentena hasta a los toros.

—¿Qué toros?

—La primera plaza de toros de Barcelona se construyó aquí, en la Barceloneta, la plaza del Torín. ¡Aquí tomó la alternativa el primer torero catalán, Pedro Aixelà, Peroy! Era el año 1855 y el toro se llamaba *Peineto*. Llegó a haber tres plazas en la ciudad y no queda ninguna. Bueno, queda en pie la Monumental como un monumento al abandono. La plaza de las Arenas la vaciaron por dentro como una calabaza de la Noche de Difuntos y la han convertido en un burdo centro comercial redondo como si fuera un platillo volante llegado del planeta del capitalismo más ramplón.

—González, las corridas de toros son salvajes, sangrientas. No se puede dejar de reivindicar la dignidad de los animales.

—En cualquier pescadería ves a las cigalas patalear vivas con las pinzas sobre el hielo en una angustiosa agonía de horas desde que las capturaron, asfixiándose lentamente, boqueando desesperadas a la vista indiferente de todo el mundo que las señala con una sonrisa a los niños como si fueran juguetes mecánicos mientras se las deja morir con una lentitud sádica. A las langostas los entendidos más refinados les atan las pinzas para que ni siquiera puedan bracear su dolor y las meten vivas en una olla de agua hirviendo. ¿Por qué nadie reivindica la dignidad de los crustáceos?

—No puedo discutir contigo, González, tu cabeza es otra y nuestras visiones del mundo, también.

—Iturbe, la plaza del Torín estaba detrás de la estación de Francia, en los terrenos que luego se quedó en los años cincuenta la Catalana de Gas.

—Ya te he dicho que no me interesan las corridas de toros.

—Pero en el Torín no solo había toros, también había globos.

—¿Globos?

—Globos aerostáticos. En septiembre de 1847 un francés, François Arban, anunció que despegaría del albero de la plaza para sobrevolar Barcelona por primera vez en globo. Era de los grandes aeronautas de la época, incluso había cruzado los Alpes en un globo de hidrógeno raspando las crestas con la barquilla. Fue a los pocos días de esa travesía que volvió a Barcelona y quiso hacer una demostración, elevándose en un globo con su mujer. Pero era un día de esos que amanecen torcidos. El globo, cimbreándose levemente por la brisa, estaba ya hinchado en mitad de una plaza llena de curiosos, muchos de ellos escépticos que no creían que se pudiera despegar del suelo y volar como una bruja en una escoba.

Falló el primer intento. En el segundo, él y su esposa se subieron a la minúscula barquilla, pero no tomaba altura y casi choca con la tribuna. La gente, impacientada, se irritó, le empezaron a pitar. Cuando las cosas no van, no van, pero Arban era francés y tenía un orgullo más grande que su globo. Le dijo a su mujer que se quedara en tierra para aligerar peso, soltó todos los saquetes del lastre y los dejó caer al suelo y esta vez sí se elevó. Más incluso de lo previsto. Subió como si fuera parte del viento y el viento lo empujó hacia el mar, lo hizo suyo. Su mujer braceaba allá abajo en mitad de la plaza como un cormorán con una pata rota. El globo se fue yendo mar adentro a mucha altura en un espectáculo trágico e hipnótico, de una suavidad letal, una muesca cada vez más pequeña en el firmamento hasta que ya solo parecía una golondrina y, después, nada más que una molécula de aire. Un vapor del puerto salió tosiendo en su búsqueda unas horas más tarde, pero de nada sirvió. El sueño de volar también puede ser una pesadilla. Ni él ni su globo fueron encontrados nunca más.

Camino por el paseo Nacional y veo una figura plantada en la acera frente a un restaurante con la camisa blanca de manga corta y el pantalón oscuro, el uniforme de los camareros de antes, el que llevaba mi padre. Cuanto más me acerco más familiar me resulta: es Juanjo Badal. Orejas grandes y corazón grande. Me sonríe. Para a un grupo de alemanes de barrigas prenatales y les pone delante la carta a la vez que les cuenta el menú en un inglés inventado. No le hacen caso, ni siquiera lo miran, pero él les da los buenos días con amabilidad y oficio. Trabaja en el Hispano desde que dejó el colegio, un restaurante de manteles de hilo y pescado fresco no demasiado barato, más vacío que lleno. Hablamos del Cine Marina y del Barcino. Trata de parar a una pareja de italianos de mediana edad un poco estirados, pero se le escabullen. Entre cliente y cliente, le pregunto por Parra y asiente con la cabeza.

«Lo vi.»

«¿Lo viste?»

«Hace muchísimo.»

«¿Dónde?»

«Tenía la cabeza metida en un contenedor de basura.»

«¿Pero qué hacía?»

«Estaba rebuscando, como tantos otros. Pasó por delante pero no me vio, o hizo como que no me veía. En aquel momento me recordó al Llavi.»

«¿Al Metralleta?»

«Tal cual. Después ya no volví a verlo. Supongo que sabía que yo estaba aquí, que lo conocía, y se avergonzaba. Debió de ir a rebuscar a otro lado del barrio.»

«¿No iba con nadie?»

Y Badal me mira como si no entendiera nada.

«Estaba solo, tío.»

La imagen de Parra solo, vagando por el barrio en busca de algo que rescatar de la basura, me mortifica. Paso días, tal vez semanas, preguntando y deambulando yo mismo.

Me he fabricado en el ordenador un mapa con los puntos de recogida de basura del barrio señalados. Tengo establecida una ruta y, como en el juego de la oca, voy de contenedor en contenedor esperando encontrar a Parra. En alguno de ellos descubro unos pies que asoman y mi pulso se acelera, pero la persona que saca la cabeza agarrada a la rejilla metálica de una nevera tiene otro color de piel más oscura. Siempre tienen la piel más oscura. Siempre se marchan empujando un carrito de ruedas lleno de tesoros catastróficos.

Descendiendo por las tardes a la cueva de González para tratar de entender por qué estas calles me ocultan a Parra. Puede que empiece a contagiarme de sus delirios, pero sé con una certeza obsesiva que Parra está aquí, en alguna parte.

—Deambulo por todas partes, González. Me detengo frente a la cordelería Maldonado, uno de los últimos vestigios marineros del barrio, a mirar absorto a través del cristal sus ovillos, los cabos recios que amarran embarcaciones y recuerdos. Entro en La Cova Fumada, que se mantiene inalterable con su portón de madera gruesa y la barra de mármol gastada por tantos codos.

—Un papel dice que el aforo es de cuarenta y nueve personas, pero nadie se pone a contarlas. Te sirven un vino tinto frío que calienta y una bomba, porque fueron ellos los inventores de esta tapa con salsa picante de patata rebozada y carne, poca, para que no nos afecte al colesterol.

—Pido unos buñuelos de bacalao. De pie, como yo, frente a la barra minúscula, hay al lado un tipo flacucho con manos de oficinista que lleva puesta una gorra azul de capitán de barco con el cordón dorado algo deshilachado. Se gira un momento y me sugiere que pida una ración de *retalls* y como lo miro con cara de no entender, me cuenta amablemente que son pedazos de pulpo encebollado. No sé si será un gancho del bar para hacer consumir más a los clientes, pero le acepto la sugerencia. Se llama Baldo, se dedica a pasear gente en su barco, que se llama *Señor Crusoe*, y me alarga una tarjeta hecha en alguna copistería económica por si un día me animo. Le pregunto si es muy caro y se ríe mirando al fondo del bar como si buscara a alguien.

—Su viejo patrón, el Holandés, te habría agarrado por la pechera con sus manazas y te habría dicho que todo lo que se puede pagar con dinero es barato.

—El vagabundeo me lleva hasta el edificio de la Fraternidad, donde está la biblioteca.

—Allí, cuando era un ateneo, Vergés y Teresa escuchaban a poetas, sindicalistas y astrónomos.

—Subo las escaleras y resuenan en mi cabeza las tardes de judo y los quimonos tan ásperos, pero duré poco tiempo apuntado, porque era perezoso y prefería quedarme en casa a ver los dibujos animados en la televisión. Me acomodo en una silla. La gente lee, teclea en su ordenador y estornuda de vez en cuando en un silencio turbado levemente por el rumor del aire acondicionado. El vino de La Cova Fumada me columpia con una felicidad tenue.

—Desde el segundo piso se ven balcones de la calle atestados de trastos, desde bicicletas a bombonas de butano oxidadas, y las gaviotas vuelan a ras de las casas y aúllan como si también estuvieran borrachas.

—En la calle Almirante Aixada paso por delante de una lujosa tienda de surf que también es bar, una inmobiliaria nuevecita con los rótulos en ruso, un colmado pakistaní. Delante del restaurante Paco Alcalde donde el dueño de la panadería nos invitó hace mil años a una paella, hay una riada de japoneses haciendo cola. Me da por preguntarle a la camarera y me responde con acento colombiano que un *influencer* puso en Japón una recomendación en un blog y ahora tienen nubes de turistas orientales. Me asomo dentro, está atestado de ojos rasgados y veo salir de la cocina camareros uno tras otro con ollas de arroz caldoso como en un desfile militar.

A dos puertas hay una *trattoria* con muchas banderas italianas y unos camareros morenos con unos bigotes negros que podrían ser napolitanos, aunque al pasar cerca y escucharlos hablar me doy cuenta de que son turcos. Y paso por un bar más mustio, con rótulos sencillos, mesas de madera burdas, lámparas de techo de globos redondos de los años setenta, hilo musical de fichas de dominó y gente mayor con pantalones largos, que incluso tiene un nombre de los de antes, porque ahora los bares y restaurantes se llaman de maneras rebuscadas o zafiamente poéticas o tienen el nombre en inglés.

—Es la bodega Sergio.

Y Sergio está dentro del cuadrilátero de la barra como un toro manso dentro de una plaza de toros de juguete.

—Le pido una caña de cerveza, por pedir algo. De la mesa de la partida se elevan voces roncas.

«¡Espabila, Capdevila!»

Y al mirar la mesa de jugadores de dominó con detenimiento, lo veo limpiándose las gafas con una servilleta de papel. Y entonces se produce en mi cabeza un chasquido como si el cerebro hubiera conectado dos cables pelados. ¡Es el individuo de la tarjeta de crédito que no le iba y se suponía que venía a visitar a su padre! Lo dejé frente al parquímetro, pero me doy cuenta ahora de que nunca le vi echar el dinero dentro. El tipo se lo echó al bolsillo, el mío y el de todos los primos que pesca, y se vino al bar.

Me acerco a la mesa con cara de vinagre.

«¿Pero tú no ibas a visitar a tu padre?»

Y un compañero de partida se tuerce de la risa.

«Pues tendrá que ser en el cementerio de Les Corts.»

«¡Juega y calla, Robles! Cada vez que hablas sube el pan.»

Siguen a lo suyo sin hacerme caso. Me quedo plantado de pie como un pasmarote sin saber si irme o insistir en mis quejas de ciudadano indignado o resignarme.

—Querías la Barceloneta auténtica, Iturbe. Este es un barrio donde se cogen las moscas al vuelo.

—Ese pícaro larguirucho se pone las gafas, demasiado pequeñas, y se le incrustan en la jeta y entonces, al verlo con las gafas, tengo un segundo chispazo en algún lugar remoto del cerebro. Y le vuelvo a hablar, ahora con tono más amistoso.

«Tu cara me suena...»

«Porque tiene música», me contesta.

Y es entonces, en esa guasa, cuando lo reconozco con repentina claridad.

«¡Lalo!»

Y el otro por fin levanta la vista de las fichas y me mira por primera vez, acerca su jeta huesuda, guiña los ojos miopes, escanea mi rostro y sonríe.

«¡Hostia! Como hablas con ese acento de *Kentuqui* no te había reconocido. ¡Tío, la de veces que hemos jugado tú y yo al churro, media manga, mangotero en la Repla!»

«Y la de bolis que me has *pispado*.»

De la cara bobalicona pasa a una genuina alegría. Se levanta y me estrecha la mano efusivamente.

«¡Estás invitado, rey! ¡Sergio, ponle a este amigo otra caña, que es del barrio!»

«¿Has venido de visiteo?»

«He venido a quedarme.»

«¿Aquí?»

«Tengo unos ahorros. Luego igual busco trabajo...»

Lalo abanica el aire con la mano.

«¡Anda ya! El trabajo es para los que no tienen nada que hacer.»

«Igual me puedes enseñar el truco ese del parquímetro.»

Y Robles se dobla de la risa encima de la mesa.

«¡Seguro! ¡El Lalo tiene más trucos que una película de *Jólibu*!»

«Siempre va a hablar quien más tiene que callar», le responde otro de la mesa.

«¿Lalo, tú te acuerdas de Parramón..., el Parra?»

«Uy, el Parra, el *locatis*..., hace un puñado de tiempo que no veo al nota.»

«¿Y sabes algo de él?»

«Ni idea, nene.»

Su respuesta me desinfla. Me invita a sumarme a la partida de dominó, pero le digo que me esperan. Me da vergüenza decirle que no me acuerdo ya de cómo se juega.

—Mejor no le digas que ahora solo juegas al pádel, ese tenis para vagos.

—Camino por las calles. Camino tanto que me paso de largo el barrio y su bullicio de chancletas. He localizado a través de Google una tienda cerca del Arco de Triunfo que vende los cómics de superhéroes que cambiaba con Parra en la Carrosqui. Veo las ediciones actuales pero no me atraen, con los superhéroes más turbios y raros. Salgo de la tienda con un lote de los cómics de entonces en ediciones en blanco y negro.

—Ahora los venden metidos en bolsas transparentes.

—Y carísimos.

—Los pagas a precio de cocaína. Habrías pagado lo que te hubieran pedido porque eres un adicto.

—¿Adicto a qué?

—A la nostalgia.

—¡Menuda tontería!

—En griego, *nostos* significa «regreso» y *algia*, «dolor». La nostalgia es el dolor que causa el ansia de regresar. Esos tebeos que pagas a precio de oro son morfina emocional. En cuanto te descuidas, ya te has hecho adicto a los karaokes, las listas de música de los ochenta en Spotify, la compra compulsiva por internet de viejos vestidos de la Barbie a precio de Versace, los grupos de WhatsApp y cenas de exalumnos para sentar a la misma mesa una colección de niños decrépitos.

La nostalgia es una realidad reciclada, un pastiche tramado por nuestra mente porque nuestro cerebro es tramposo desde que venimos al mundo: no nos muestra la verdad, sino que la construye a nuestra medida. Por la posición de nuestros ojos, deberíamos estar viendo constantemente las aletas de nuestra nariz ahí delante, todos los días a todas horas el ariete de nuestras napias con su capa de grasa y espinillas negras. Pero el cerebro considera que es una información irrelevante o molesta y la elimina, y dejamos de verla; decide qué nos va a mostrar y qué no. Los recuerdos se seleccionan, se estilizan, se estiran con los mismos fórceps que deforman la cabeza blanda de los recién nacidos.

Por mucho que se empeñara Hamlet, la cuestión no es ser o no ser, eso no podemos elegirlo. Somos porque nacimos y dejaremos de ser porque moriremos. Durante el trayecto de la vida la cuestión crucial es ¿volver o no volver? Ulises al acabar la guerra de Troya quiere volver a casa. Un retorno largo, arduo, peligroso, a contracorriente, que le lleva dieciocho años. La bellísima ninfa Calipso, hija de Atlas, lo retiene entre sus sensuales piernas ofreciéndole todo su amor, manjares de ensueño, docenas de siervos a su servicio para que lo complazcan en todo en la idílica isla de Ogigia..., y hay algo más, un regalo asombroso si se queda con ella: la inmortalidad. Pero Ulises, que es un llorón como tú, Iturbe, se pone a gimotear y le ruega a la poderosa Calipso que lo deje partir hacia Ítaca para «gozar de la luz del regreso».

—Pues eso hago yo ahora, regresar.

—Pero hay que tener cuidado con la luz del regreso porque es la misma que la de las estrellas a las que cantan los poetas desocupados: ilumina lo que no existe. El cuerpo celeste que emitió esa luz que nos maravilla, ahora solo es una burda roca helada que flota apagada e inerte por el espacio.

De adolescentes ansiamos borrar las huellas del niño

que fuimos porque aborrecemos su ingenuidad y nos dejamos la barba, fumamos con poses aprendidas en los personajes de las series de televisión, nos ponemos un piercing, ocho piercings y nos anillamos la nariz para ser adultos. Igual que huimos a escape en cuanto podemos de la casa de nuestros padres y su tabarra de taladro, porque ser hijos es ser niños. Cuando los padres son severos y peinan raya al lado, los hijos se hacen hippies y melenudos. Cuando los padres son melenudos y progres, los hijos se ponen gomina en el pelo y se hacen yuppies. Cuando los padres usan americanas caras y gomina, los hijos se hacen medioambientalistas y se calzan zapatillas de cáñamo.

Lo importante es ser otro, escapar de tu casa. Salir corriendo del barrio cutre donde nos criamos, escapar de la pequeña ciudad de provincias a otra mayor o incluso cambiar nuestro país mediocre por las naciones verdaderamente avanzadas. Por eso nos lanzamos a nadar con vehemencia hacia la otra orilla, porque es allí enfrente, al otro lado, donde destellan las luces de lo nuevo. La paradoja es que cuando, tras infinitas dificultades, nadando a contracorriente, se llega exhausto a esa otra orilla del éxito que ansiábamos, las luces fantasiosas solo son farolas. Ya no hay un fulgor de oro en los tejados de las casas, sino cemento y cagadas de palomas, rejas en las ventanas con alarmas y un brillo de pantallazos de Amazon Premium con la oferta del día. Y sucede algo inesperado. Un día, de repente, te giras y miras enfrente, a lo lejos, a la otra orilla de la que viniste. Y entonces ves allá lejos las luces del pasado y relumbran. Una culebra de colores se te agita dentro. Es la edad del regreso. Nos pasamos la primera mitad de la vida yéndonos y la otra mitad volviendo.

—¿Y qué tiene de malo?

—Mi amiga Karen vivió diecisiete años en Kenia entre cafetales y gacelas, escuelas de kikuyus y gramófonos en la selva, y cuando todos los sueños se hundieron, empacó lo que quedaba del naufragio, volvió con su tristeza y sus cien baúles al frío de Dinamarca y jamás regresó a África. En sus últimos años, a dieta de ostras y champán, parecía el esqueleto de un okapi. Me susurró al oído que nunca podemos regresar a donde fuimos felices.

—La verdad es que he vuelto a leer esos cómics de superhéroes y me han aburrido muchísimo. Las tramas son previsibles, los dibujos, malos, los personajes, maniqueos...

—Ahora eres un adulto cabal, una persona seria. Confundirías una serpiente que se ha tragado un elefante con un sombrero.

—González, quieres que razone como un niño, pero no soy un niño.

—Quiero que no razones.

—Me planteas cosas imposibles, los físicos vivimos en un mundo de matemáticas.

—¿Y qué te han aclarado tus ecuaciones?

—Lo mismo que las calles. Me dijiste el primer día que las calles me iban a hablar y no me han dicho una mierda.

—Porque tú únicamente pasas por las calles.

—¿Y qué otra cosa puedo hacer?

—Formar parte de ellas.

—No me ayudas en mi búsqueda.

—Iturbe, yo sé quién lo sabe todo.

—¡Eso es lo que necesito!

—No es fácil de encontrar.

—¿Dónde vive?

—Vive en la playa.
—Lo buscaré como sea. ¡Dime quién es!
—Es el grano de arena.
—Joder, González... Tú te cachondeas de mí.
—Podría ser.

—Tomo el antiguo autobús 17, que ahora se llama V15. Hay gente en los ayuntamientos con sueldos de catorce pagas y trienios para dedicarse a estas cosas: cambiar el número de las líneas de autobús, o los nombres de las calles o de las carreteras para que todo el esfuerzo de lo memorizado durante años por la gente sea inútil y los que quieran regresar a su pasado se extravíen.

—Todos los que quieren regresar al pasado se extravían.

—Atravieso la plaza de la Catedral y cruzo las calles del Barrio Gótico.

—Un Barrio Gótico que también surge de la nostalgia. Es falso, levantado hace noventa años por una burguesía que añoraba un difuso pasado medieval de la ciudad y se dedicó a cambiar palacetes de sitio, reciclar materiales de edificios derribados con el ensanchamiento de la Vía Layetana, poner y quitar piedras, añadir arcos geminados medievalizantes diseñados por estudios de arquitectura o esconder dramáticas calaveras atravesadas por puñales bajo los puentes hasta armar un pastiche resultón.

—El fervoroso deseo de Barcelona de ser un parque temático para el mundo lo han conseguido. Ahora tenemos una ciudad falsa.

—¿Y cuál es la verdadera, Iturbe?

—La que yo recuerdo.

—¿Y tienes idea cómo de mentirosos son los recuerdos? El Barrio Gótico es seguramente el sitio más verdadero de Barcelona.

—¡Te contradices todo el rato, González!

—Quizá la verdad de Barcelona sea su mezcla, su impureza, su coquetería mentirosa, su pastiche sobre el pastiche, ser de todos y no ser de nadie. La auténtica Barcelona se muestra con toda su fuerza y su poder de seducción en esas encantadoras calles de falsete.

—Pero es un barrio inventado.

—¡En absoluto! Esas calles no son inventadas, cuando paseas por ellas te das cuenta de que destilan la verdad profunda que emerge de la imaginación.

—En una calle que serpentea hacia la plaza del Pino está el restaurante La Cassola, donde me ha citado Genís Arnás.

—Olga Martínez y sus hermanas son personajes de una novela de Jane Austen: trabajadoras, educadas, alegres.

—A Genís le reservan siempre la mesa buena, arriba en el altillo. Olga y sus hermanas han sido vecinas toda la vida y lo tratan como si fuera de la familia. A Olga, en cuanto se recoloca bien las gafas y me mira, se le iluminan los ojos, y me coge del brazo y me da dos besos. «¡Estás igual!», me dice.

—Quizá no se había puesto bien las gafas.

—Nos recomienda el bacalao, que lo prepara su hermana, y cuando nos quedamos solos en la mesa, después de algunas frases protocolarias sobre nuestros respectivos trabajos profesionales, Genís me mira con complicidad. Como nos hemos apeado de los apellidos, yo a él ahora lo llamo Genís, y él me llama Antonio.

«Antonio, no se me fue de la cabeza lo de Silvia Minerva... Le estuve dando muchas vueltas. Yo creo que tú has vuelto para encontrarla.»

«No fantasees —le respondo enseguida—. Yo he venido a buscar a Parra.»

Pone cara de incredulidad.

«Cuando me preguntaste por ella... ¡los ojos te hacían chiribitas!», me dice sonriéndose con picardía.

«¡Anda ya! Imaginaciones tuyas, solo pregunté por...»

Adelanta la cabeza hacia mí y levanta las cejas con gesto serio de detective privado esperando que acabe la frase, y como me atasco y no doy en cómo acabarla, se echa a reír y me pongo colorado.

«Le pregunté a Olga y... ¡no te lo vas a creer! Ella mantiene el contacto con Silvia Minerva. La tenemos localizada. Podrías quedar con ella, seguro que le hace ilusión.»

Se hace un silencio en el que solo se oye el murmullo de los comensales del restaurante.

«¿Quedar con ella? ¡Menudo disparate! Ni siquiera se acordará de mí —le digo cuando salgo de mi estupor—. Estará casada, con su vida y en sus cosas. ¿Qué pinto yo hablando con ella? Nada. Seguro que piensa: ¿Y este tarado de dónde ha salido?»

«Si no quiere verte, pues te dirá educadamente que está muy ocupada, y listo. ¿Cuál es el problema?»

«Pues el problema es... ¡todo! Que no tiene sentido, que han pasado treinta años, que no sabrá ni quién soy yo, un crío tontaina que iba a su clase y nunca cruzó con ella más de quince palabras.»

«Se trata de saludar a una antigua compañera.»

«Es absurdo. Y lo que es peor, es patético.»

—Mareas el pescado con el tenedor.

—Mareo el pescado con el tenedor y Genís me mira muy serio con su cara redonda.

«Pero vamos a ver... ¿tú a qué has vuelto al barrio después de tanto tiempo?», me pregunta.

«He venido a ver a Parra.»

«Pero no está.»

«No lo he encontrado.»

«Parra no aparece, pero tú sigues aquí.»

«Tal vez aparezca, quizá esté fuera pero regrese...»

«Tú una noche tienes un sueño donde se te aparece Silvia Minerva enseñando las piernas y a los dos días dimites de un trabajo estupendo en el mejor centro de investigación de Europa y te vienes aquí...»

«Pero no vine por ella, Genís. Eso habría sido una estupidez. Ya te lo he contado: Parra me mandó un mensaje, una petición de ayuda.»

«¿Una petición de ayuda?», se extraña.

«Más o menos. Joder, Genís, me fui del barrio como de tapadillo. Nunca le dije a Parra que era su amigo, que podía contar conmigo. Se lo debo.»

«¿Y vas y lo dejas todo por venir a ver a un amigo de la infancia que hace mil años que no ves?»

«No sé..., quizá tampoco fue solo por él.»

«¿Entonces?»

«Jolín, Genís, no sé. Estaba cansado de dar tumbos por el mundo, de estar sentado frente a un ordenador, de jugar al pádel en inglés y cenar a las siete.»

«¿Pero no tenías pareja, alguna relación de vez en cuando?»

«Alguna vez. Hubo una chica en Canadá, podría haber habido algo más con ella, pero no me decidí. Nunca me decido.»

—Nunca te decides, Iturbe.

«Será que no eran las chicas adecuadas si las vas dejando», me responde Genís, que es más educado que tú.

«Me dejan ellas a mí —le respondo, porque es la verdad—. Se hartan de un tipo indeciso, aburrido, que se duerme en el cine y se despierta de madrugada para repasar cifras en una hoja buscando neutrinos.»

«¿Neutrinos?»

No hagas muecas, González, ya sé que a ti te aburre, pero solo le cuento que los neutrinos son partículas que atraviesan la materia y recorren el universo, aunque sea para cambiar de tema, pero él vuelve a la carga.

«¿Y no será que no puedes enamorarte de otras mujeres porque sigues enamorado de Silvia Minerva?»

Entonces sí que miro con pasmo a Genís.

—Lo miras con pánico, Iturbe.

—Eso que ha dicho retumba en mi cabeza. No es posible, no tiene sentido, es un disparate. Olga nos interrumpe el silencio oportunamente al subir con unos chupitos de orujo y brindamos los tres. Por nada. Por todo.

Él se despide enseguida. Ha de trabajar, es un tipo responsable. Creo que antes yo también lo era.

Me paso la tarde llenando y vaciando la pizarra con los rotuladores. Cuando no sé por dónde tirar, trazo ecuaciones. Es como si hablara solo. En medio de un logaritmo, convierto un símbolo pi en un templo sintoísta. Transformo los nueves en árboles. Me viene al pensamiento Silvia Minerva balanceándose en un columpio iluminado en medio de la inmensidad del espacio infinito. ¿Cómo será ahora ella con cuarenta y tantos años? ¿Y qué le diría? Si aquella mañana no aparece el Rubito y se la lleva, ¿qué le habría dicho? Seguramente nada, en el último momento habría pasado de largo. Pero ¿y si me hubiera mirado como me miró durante un segundo en la Granja La Catalana? Me doy cuenta de que lo que he trazado en mi pizarra es la $\int$, el signo de la integral una y otra vez hasta llenar la pizarra, una S alargada y elegante. ¿Pero qué estoy haciendo? Lo borro todo a manotazos enfadado conmigo mismo.

Este retorno al barrio ha sido un error descomunal.

—Igual tu error estos años ha sido el miedo a cometer errores.

—En la puerta de la bodega Sergio me encuentro a Lalo y va con prisa.

«¡Tengo un *bisnes*!»

Se queda mirándome con cara de interesante.

«¿Quieres invertir en un negocio *dabuten*?»

«¿Como el de los parquímetros?»

«No, esto es serio. Con *márquetin*.»

«¿Y de qué se trata?»

«Rollos de papel de váter.»

«Tú sí que tienes rollo.»

«Es un pedazo de negocio, nene. Voy a fabricar unos rollos de papel higiénico con la bandera de España y otros con la bandera independentista de Cataluña. Y a inflarme a vender, para unos y para otros. Es un plan de negocio que he aprendido de las tiendas de los chinos, que son los catedráticos de la cosa de vender: venden en sus tiendas banderas catalanas independentistas, banderas de España unionistas y si supieran qué bandera tiene Dios, también la venderían a un euro.

«Mira, Lalo, soy un desempleado, no puedo invertir en nada. Y, la verdad, tampoco veo mucho el negocio.»

«Tú te lo pierdes, rey. Una mina. Que yo conozco el percal, Iturbe, que yo ya me monté un negocio con los clásicos de la literatura en papel higiénico para que la gente se culturalizase mientras está ese ratito tranquila sentada en el trono y, al acabar, reciclase lo leído, que los de *Grinpís* me dieron hasta un diploma. Y casi me hago rico.»

«¿Entonces tú lees libros?»

«¡Qué va! No tengo tiempo, yo solo leo los prospectos de los medicamentos para que no me envenenen los hijoputas de los laboratorios. Pero sabía algo de libros porque venía los sábados a ver a los de la librería Negra y Criminal. Montaban en la puerta un picoteo con mejillones y vino. A veces algún escritor contaba algo sobre un libro, pero la mayoría tenían menos gracia que la raja de mi culo. Al que me gustaba escuchar era al dueño, el Paco, que tenía mucho leído y mucho vivido, estuvo hasta preso por comunista, y tenía mucha guasa. Vino de Valencia, pero todos hemos venido de alguna parte, como mínimo del coño de nuestra madre, pero ya era uno más del barrio. A mí me apreciaba aunque solo me acercara por la priva. Y ella, la Montse, sabía mucho de cocina, de libros y de todo, que había viajado más que el mosquito tigre. La Montse es una de esas mujeres rubias con mucha clase que las ves un día y las recuerdas toda la vida, y él era un Humphrey Bogart con bufanda roja proletaria. Buena gente. Una vez me compraron unos afilacuchillos electrónicos de tecnología punta hechos en China cuando yo era el representante para el sur de Europa, y cuando resultó que no afilaban ni los lápices, en vez de cabrearse se reían.

Los sábados por la mañana no faltaba gente para chupar vino y papear mejillones. Lo malo era que entre semana, cuando no había churrete y la gente tenía que venir hasta la Barceloneta de propio y rascarse el bolsillo para comprar un libro, no venía ni Dios ni su puta madre. En este barrio donde solo viene peña en bañador y políticos en campaña electoral, el Paco y la Montse consiguieron que vinieran los escritores de la novela negra más importantes del mundo. Y venían porque esta era una librería pequeña, pero los trataban a lo grande. El Paco sabía latín, el nota: tenía un archivador como el de la oficina de un detective donde guardaba botellas de whisky de la marca favorita de cada uno de los autores que lo visitaba.

Yo pasaba a veces y nos sentábamos en una mesita de esas moriscas que ponía en la calle con dos taburetes, pero no a tomar té, que pone nervioso, sino vino tinto que es bueno para los glóbulos rojos. Como no entraba nadie a la tienda, me ponía música de jazz y me contaba historias de misterio hasta que se hacía oscuro. En Barcelona la librería a todo el mundo le gustaba mucho, todo el mundo le daba palmadas al Paco en la espalda, que tenía ya un callo, y los periodistas decían maravillas y escribían pamplinas, pero luego no venían a comprar libros porque por Amazon te los traen a casa y no has de mover el culo de la silla. Así que un día cerró. Y luego al poco, el Paco se puso muy malo y también cerró.»

«Vaya...»

«Así es la vida, rey.»

Se recoloca las gafas sobre el hueso de la nariz y se va calle abajo con su maletín de polipiel.

—¿Y tú dices que las calles no te hablan, Iturbe? Lalo es calle.

—Me acerco hasta lo que antes era la fábrica de la Maquinista. Antes estaba todo vallado y no se podía entrar.

—La Maquinista Terrestre y Marítima daba trabajo a muchas familias del barrio. De ahí salió la locomotora que hizo el primer trayecto ferroviario de la península ibérica, entre Barcelona y Mataró, en 1848.

—Yo la vi con el abuelo cuando la pasearon muchos años después subida a un camión por la calle Ancha.

—Cuando la jubilaron le dieron una vuelta de honor y la llevaron al parque de la Ciudadela y la plantaron allí como si plantaran un pino. Durante años tuvo un nutrido pasaje de gatos callejeros. Ahora esos terrenos de la Maquinista se han juntado con los de las antiguas instalaciones del gas, donde estaba aquel enorme depósito circular que decían que un día explotaría y se llevaría el barrio volando hasta la Luna.

—El espacio es amplio, pero no hay casi nadie. Resulta un tanto desangelado.

—Por la tarde hay chavales que juegan al baloncesto en unas canastas, pero es un terreno en la frontera que el barrio aún no ha hecho carne propia.

—Llego hasta el Hospital del Mar.

—Empezó siendo hospital de infecciosos. Traerlos a este húmedo destierro marítimo muestra más el interés en alejar sus gargajos sanguinolentos del centro de la ciudad que en curarlos.

—El hospital ha crecido y se ha modernizado, pero los hospitales siempre me causan angustia. No puedo dejar de pensar en el día en que entraré y no saldré. Parra podría haber ingresado en el hospital y estar aquí, ser un enfermo crónico. Voy hasta la ventanilla de ingresos a preguntar y me derivan a un despacho. Pregunto si está ingresado un paciente llamado Eustaqui Parramon. La mujer lo comprueba en la pantalla del ordenador. De repente, siento vértigo. ¿Y si está aquí? ¿Qué le voy a decir? ¿Servirá de algo que venga yo ahora, tantos años después? ¿Y si me gira la cara? La empleada, con su bata de color amarillo de administrativa, me sonríe amablemente.

«Eustaqui Parramon... no, no se encuentra ingresado.»

«¿Y ha estado ingresado anteriormente?»

Entonces a la administrativa le saltan las alarmas y se pone a la defensiva.

«Esa información no puedo facilitársela.»

Salgo desubicado y vago por los pasillos igual que he deambulado sin rumbo por las calles del barrio, sin un plan. Desciendo por unas escaleras.

—Haces mal. En los sótanos de los hospitales se ubican los quirófanos, los contenedores, material tóxico desechado y los depósitos de cadáveres.

—Me desoriento.

—Atraviesas pasillos muy largos idénticos con puertas entreabiertas que dejan entrever seres humanos estropeados sobre las camas. Pasillos que desembocan en otros pasillos con más puertas por las que se cuela el sonido de televisores encendidos, de respiraciones cavernosas, de llamadas insistentes a controles de enfermería vacíos. Hay un momento en que no sabes qué dirección tomar.

—Un asistente empuja distraídamente la camilla de una anciana triste con un gotero conectado a su brazo reseco. Al apartarme para dejarla pasar, me apoyo en puertas batientes que me succionan. Me observan enfermeras con ropa verde oscuro como si me compadecieran. Empujan carritos con tubos y medicinas y se pierden tras otras puertas batientes con señales de prohibido el paso.

—Sientes crecer en el estómago la angustia del laberinto, sientes que se acelera el corazón y temes que algún médico se percate de tu subida de tensión, que te hagan pasar a una habitación y te haga quitar la ropa, te indiquen con firmeza que te eches en una cama y te hinquen en la vena una vía que te convierta de manera inequívoca en paciente y te quedes para siempre en ese país subterráneo de la enfermedad.

—Trato de salir de esa área restringida. Empujo una puerta y leo el rótulo: NEUROLOGÍA/UNIDAD DEL SUEÑO. Una enfermera me pregunta algo que no entiendo, como si hablara un idioma remoto, y yo le digo que sí. Entonces, me toma suavemente del antebrazo y me conduce. Me introduce en el interior de una habitación y querría decirle que no, que todo es un malentendido, que no soy un enfermo fugado, que estoy sano..., pero tengo las cuerdas vocales agarrotadas por ese olor a antiséptico que me da pánico. Prefiero callarme porque si mi voz surge extemporánea o digo que vagaba desorientado, me ingresarán en el pabellón psiquiátrico.

Entramos en un búnker de pantallas de ordenador, gráficas y aparataje médico. Una ventana rectangular de cristal grueso permite ver la habitación de al lado sin que los de adentro puedan vernos, como en los interrogatorios de las películas policiacas.

Carraspeo para deshacer el malentendido y que mi discurso suene lo más sensato posible y despeje todas las dudas, pero la enfermera me embute una bata verde de personal sanitario y antes de que diga nada, me la ata por detrás. Al ir a decirle algo, me deja solo. El resto de los empleados sanitarios, al menos una es médica porque le cuelga un fonendoscopio sobre la bata, no me hacen ningún caso, siguen a lo suyo como si no estuviera.

En la habitación tras la pecera hay una camilla confortable con almohada sobre la que está tendido un niño risueño. Una enfermera susurra: «epilepsia». Dentro de la habitación estanca una enfermera le va poniendo ventosas con electrodos en la cabeza hasta convertirlo en una criatura cíborg, conectado a una máquina que empieza a ofrecer unas gráficas con picos que suben y bajan de manera acompasada. La enfermera reduce la intensidad lumínica hasta que se hace la penumbra y lo deja solo en la habitación.

Las líneas se van escribiendo sobre la pantalla como en un sismógrafo. Van formando una gráfica de picachos, pero poco a poco se van calmando. La línea más delgada de abajo muestra los latidos, que van aflojando la velocidad a medida que el niño se va relajando. Escuchamos a través del altavoz que el niño empieza a respirar de manera más regular y profunda. Los picos se suavizan en una marejadilla regular bastante aplanada, un poco temblona. Se ha dormido.

De repente, aumenta el ritmo de los picos en la gráfica, se hace más seguido, más alto, y estalla un terremoto de oscilaciones tan abruptas que parece que van a salirse del techo del monitor, como si el niño hubiera entrado en una crisis aguda y me asomo por el ventanuco temiendo verlo entre convulsiones. Pero sigue dormido plácidamente sobre la camilla. Sin embargo, los electrodos conectados a su cabeza envían unos impulsos que trazan unos picos enloquecidos en la pantalla como si su cabeza fuera a explotar. Siento una gran angustia, pero la neuróloga está relajada sobre la gráfica y el resto de los asistentes distraídos consultan sus mensajes de WhatsApp.

—El niño dormido ha empezado a soñar, la puerta se ha abierto.

—Los picos de la gráfica son una marejada de rayas que crece y decrece. Y a cada poco hay algún estallido de picos en la gráfica, mucho más violento, un chisporroteo de rayas picudas que se elevan desde el fondo de su cerebro.

—Si pudiéramos alzar sus párpados veríamos moverse sus ojos como en la vida cotidiana. Si no fuera por la secreción de glicina del cerebro, que actúa como un poderoso neurotransmisor inhibidor del movimiento, bracearía, se pondría de pie y hablaría con sus sueños. Los sonámbulos lo hacen. Se levantan como zombis y caminan. Viven otra vida.

—Unos minutos más tarde, los picos van decreciendo. La enfermera entra en la habitación y aumenta gradualmente la luz y el niño empieza a abrir los ojos. Se estira perezoso, sonríe.

González, todavía no le han retirado los electrodos y el monitor sigue registrando su actividad cerebral, pero ahora que el niño está despierto y habla con la enfermera, la actividad de la gráfica en el monitor es mucho menor, mucho más plana.

—Los electrodos no son humanos, no mienten: nunca estamos tan despiertos como cuando estamos dormidos.

—He quedado con Genís Arnás para tomar café, pero me manda un mensaje de texto al teléfono: «¿Quieres que vayamos hasta el rompeolas?».

Me gusta ese cambio repentino de planes. Pasa a recogerme con su coche por la calle Escuder y me subo corriendo al asiento del copiloto como si fuera una pequeña aventura juvenil. Genís sonríe y se asoma al balcón de sus ojos el niño que fue. Nuestros niños se saludan. Salimos del barrio, atravesamos el paseo de Colón, nos internamos por las terminales portuarias de la compañía Grimaldi que cubre la ruta a Italia y tomamos el Puente Puerta de Europa.

—Acero blanco, Iturbe. Más de cien metros de largo para enlazar el muelle de Poniente con el muelle adosado en el rompeolas.

—Observo esa descomunal obra de ingenieros.

—Vosotros los físicos, imagináis; y ellos, inventan.

—A veces hasta razonas, González.

—Al puerto le han incrustado en la carne vieja una prótesis artificial nueva, igual que se enroscan sobre los muñones de las piernas amputadas esas estilizadas tibias metálicas de titanio. El puerto antes estaba cerrado, era una marisma vallada de contenedores y barcos chorreantes de óxido habitada por esas grúas jirafa que cabecean con un aire de dinosaurios mecánicos, también un ir y venir de operarios, consignatarios de aduanas, prácticos o estibadores. El puerto tenía su propia música. Era frecuente en la noche escuchar los tres toques de sirena ronca de los barcos grandes para salir de puerto. En las noches de niebla, las farolas de sodio dispersaban su polen de luz anaranjada y la sirena del aviso a navegantes de falta de visibilidad emitía de forma pulsátil por todo el barrio un lúgubre lamento de difuntos.

—Esa sirena sorda se oía desde casa en esas noches donde costaba ver los edificios de enfrente por esa niebla espesa tan fría y te entraban ganas de meterte corriendo en la cama y esconderte debajo de las mantas. Ahora el puerto se nos muestra diáfano a vista de pájaro desde la altura del puente y todo parece más trivial. Al llegar al muelle adosado hay cinco buques de pasajeros gigantes. Son bloques de apartamentos que flotan. En los pequeños balcones de los camarotes hay gente asomada a diferentes alturas que fuma el aburrimiento en su sexto o séptimo piso.

—El rompeolas fue partido en dos para abrir una nueva bocana que evitara a los barcos dar un rodeo recorriendo toda la escollera hasta la bocana antigua, que ahora llaman Bocana Sur para distinguirla de la nueva Bocana Norte. Durante años el rompeolas era un paseo marítimo sin salida, que terminaba en aquel extraño bar restaurante Porta Coeli, con nombre poético y fealdad de motel de carretera, aunque la suya fuera una carretera que no iba a ninguna parte porque moría en su puerta, donde daban la vuelta los coches y algunos, de parejas jóvenes, se quedaban aparcados a lo largo del paseo del lado del mar y echaban sobre los cristales una cortinilla de vaho que ocultaba su sexo de estudiantes.

—González, nos acercamos a la punta donde se corta el trozo de rompeolas que ha quedado como un islote alargado, unido la ciudad por el puente. Se ha habilitado un pequeño helipuerto para el helicóptero turístico. Enfrente se despliega el muelle de reparaciones, que ahora trabaja a destajo con la enorme cantidad de yates de lujo que amarran en Barcelona.

—A un lado queda el pequeño puerto cuadrado que las autoridades construyeron para que los pescadores tuvieran mejores servicios. O eso les decían, porque la realidad es que el muelle de pescadores está resbaladizo de vísceras chorreantes y huele a pescado podrido, y pescar no es tan buen negocio como el turismo. El ayuntamiento de Barcelona quería quitarlos de en medio para aprovechar su muelle de pesca en una ampliación de la zona portuaria de ocio del Maremagnum, con sus cadenas de restaurantes franquiciados y sus tiendas franquiciadas y sus patatas fritas congeladas franquiciadas y ubicar en el lugar de las viejas barcas de pesca más amarres para superyates de empresas de colmillos largos radicadas en las Islas Caimán, tan idénticos que también parecen salir de una franquicia mundial del lujo. Pero cuando los pescadores vieron que los querían encerrar en el gueto en ese puerto estrecho, pésimo para maniobrar, y mal encarado, sacaron el orgullo del oficio y se negaron a que los desterraran a ese muelle de chichinabo mostrando viejos papeles que los autorizaban de manera inequívoca a estar en su muelle. Papeles que pronto se los llevará el viento.

—Pero la ley está de su parte.

—La ley de la historia no está de su lado. Ya hay barcos que hacen salidas para pasear turistas que quieren paladear el viejo oficio de pescador por una noche y sobre todo hacer muchos *selfies* para pescar muchos «Me gusta» en Instagram. Pronto será más rentable pasear turistas que pescar. Pronto en lugar de pescar salmonetes se pescarán guiris. Pronto será más rentable tener a jóvenes que hablen idiomas para atender a los turistas que pescadores de oficio. Pronto los pescadores de oficio feos y afónicos perderán su trabajo y se perderá el oficio. Unas chicas y unos chicos jóvenes, guapos y sonrientes repartirán folletos turísticos con ballenas dibujadas. Y un día, con el paso de los años, un turista —será una niña rubia— señalará esos barcos como al rey desnudo y dirá: «¡No son pescadores porque no pescan nada!». Alguien más alzará la voz y dirá: «¡Solo dan paseos en barco como los que se hacen en el lago de nuestra ciudad!». Y otra mirará al paseo y señalará todos los establecimientos franquiciados y dirá: «Son los mismos que hay en la avenida de nuestra ciudad. Los guiris se encogerán de hombros, se darán la vuelta, tirarán de sus maletas de ruedas y se volverán a su casa». Será así. Los turistas que venían a ver una ciudad mediterránea dejarán de venir porque aquí hay lo mismo que en la esquina de su casa.

Las heladerías se quedarán congeladas, los buses turísticos se oxidarán en las cocheras, los hoteles serán ocupados por las arañas, las gigantescas terminales de cruceros se hundirán en el limo del puerto. Los guías de los *free-tours* que nunca pagaron impuestos se quejarán del gobierno y reclamarán indignados subsidios, los que desmontaron la vieja ferretería para montar un bar de tapas desatornillarán hasta las bisagras de las puertas para venderlas por Wallapop, los que montaron establecimientos de zumos en vasos de plástico en el mercado de la Boquería emigrarán a la India a vender zumos de plástico en Nueva Delhi. Todo se desmoronará como un enorme decorado de cartón piedra.

—Eres un pesimista, González.

—¡Al contrario! ¡Es hermoso! Cuando todo se hunda, algo nuevo nacerá.

—Pues mientras desde el rompeolas miramos la fachada del barrio y esas terminales de cruceros, que por ahora se muestran sólidas y gigantescas, en el móvil de Genís suena un aviso. Me dice que es Olga, nuestra compañera de clase que nos hace guisos caseros en La Cassola.

«Dale recuerdos», le digo.

«Dáselos tú mismo. Está tomando un café en lo que antes era el Tostadero Caracas. Dice que nos apuntemos.»

«El único vicio que me queda es el café con leche», nos dice Olga, siempre risueña, cuando nos sentamos en la terraza de la calle Maquinista.

Yo sigo sin poder prescindir del té. En España antes pedías un té y te miraban con lástima por estar enfermo del duodeno o algo peor, o como máximo te ponían una bolsita insípida en un vaso de agua caliente pinchado con una cucharilla. En este bar me traen una carta entera de tés y, tras algún titubeo, me decido por el té verde con jazmín. Genís me mira guasón:

«¿Ves? Ventajas de ser una zona turística y cosmopolita.»

Genís, el hombre tranquilo. Era feliz en el barrio de antes y es feliz en el de ahora, con su estampida de turistas, sus panaderías delicatesen de panes de semillas, los bares con muchos tipos de té y los patinetes eléctricos pisándote los talones. Se ha adaptado perfectamente al cambio.

—Es que para él no ha sido un cambio, Iturbe. Solo el que regresa se expone al cambio. El que se queda forma parte de la transformación.

—A Olga le suena el móvil.

«¿Sí? ¡Hola, cariño! Sí. Claro. Vente un momento y luego nos vamos al Corte Inglés a comprar el regalo.»

Nos cuenta que una amiga, la Mercader, está de cumpleaños.

«¿Te acuerdas de la Mercader? Vino al colegio en cuarto.»

«Me acuerdo de ella. Muy alegre.»

«Pues vamos a tener que ir a comprarle un regalo.»

«¿Quiénes vais?»

«Voy con Silvia Minerva, que ha venido al barrio a ver a una tía suya muy mayor y aprovecharemos para ir juntas al centro.»

Genís me mira y yo lo miro. Noto un pánico instantáneo. De hecho, arrastro hacia atrás la silla y empiezo a levantarme, creo que voy a echar a correr como en mis mejores tiempos, pero Genís me echa encima una zarpa tranquilizadora de oso amigo y me quedo sentado de golpe. Engaña con su aspecto de bondadoso funcionario municipal, tiene más fuerza de la que parece. Olga se ajusta las gafas y nos observa al uno y al otro sin entender muy bien el rifirrafe, pero no le da tiempo de preguntar porque alza la vista y sonríe.

«¡Ahí está!»

No sé si levantarme o quedarme sentado en la silla. Empiezo a incorporarme, pero dudo y me quedo en una posición intermedia ridícula, medio incorporado, doblado sobre la mesa como si tuviera lumbago. Genís se levanta con naturalidad y da dos besos.

Treinta años después Silvia Minerva sonríe y las pecas se le arremolinan en los hoyitos de las mejillas como entonces. No pesa ciento cincuenta kilos, no está doblada por la artrosis, no tiene bolsas kilométricas bajo los ojos. Es una mujer de mediana edad muy guapa.

«¡Hola, chicos!»

«Te acuerdas de Antonio, ¿verdad?»

Me mira. Nos miramos. No recordaba que tuviera los ojos pequeños, pero sí así de oscuros y vivaces.

«¡Claro que me acuerdo!»

Me acabo de incorporar de golpe y casi tiro todo lo que hay en la mesa, que por suerte solo se queda tintineando. Me quedo clavado sin atreverme a moverme más, y es ella la que da un par de pasos y viene a darme dos besos. No atino a decir nada, pero al menos asiento con la cabeza y sonrío bobamente.

—Algo es algo, Iturbe. Siempre es preferible parecer idiota que maleducado.

—Los tres nos hemos quedado un momento de pie y callados.

«Pero sentaos —nos dice Olga—. Silvia, da tiempo si quieres un café.»

«Una Coca-Cola Zero.»

Levanto la cabeza en busca del camarero, y como no mira en mi dirección empiezo a levantar el brazo y luego a hacer gestos imperiosos para llamar su atención como si me estuviera ahogando en mitad del océano. Por fin me ve y acude a tomar el pedido de la bebida, pero todos me observan con curiosidad y dejo de bracear de golpe. Como yo me he quedado mudo y Genís es buena persona, les cuenta que soy doctor en Física, que he estado trabajando en los mejores centros de investigación del mundo y que he vuelto al barrio a retirarme. Y eso me saca de mi mutismo.

«Bueno, a retirarme no, que soy joven...»

«¡Aquí nadie puede engañar a nadie con la edad! ¡Todos tenemos la misma!»

Olga tiene una risa contagiosa. No es una gran broma, pero todos reímos y eso desatasca las cañerías. Luego, nos quedamos los cuatro en silencio un instante.

Silvia Minerva tiene los ojos del color de la Coca-Cola Zero.

—Sorbe del vaso despacio, como un ciervo que se acerca a beber en un regato tranquilo de agua oscura.

—Tú no estás ahí, no puedes saberlo.

—Estoy muy cerca de ti en esa terraza del bar, aunque tú no te des cuenta. Si te girases hacia la puerta de cristal de la panadería de enfrente, me verías.

—Hago como que escucho la conversación que atiza Genís, pero las palabras me llegan en paquetes, como fotones. Hago como que lo atiendo, pero la miro de reojo a ella. Es una mujer esbelta, el pelo entre amarillo y naranja, los ojos brillantes, el gesto agradable..., pero no es aquella niña que abría un plumier con rotuladores de colores, que se ruborizaba cuando saltaba a la comba y se bajaba sus faldas acampanadas con pudor.

Tomo un poco de mi té verde, pero he dejado demasiado tiempo flotar las hebras y ahora amarga. Debo decir algo, no puedo permanecer callado todo el tiempo o pensará que soy aún más idiota de lo que parezco. No voy a preguntarle a Silvia por su vida actual. No quiero saberla, no quiero saber si tiene marido, o si es lesbiana, o si tiene hijos, o si es una soltera viajera..., eso son cosas de la mujer adulta que está sentada delante a la que no conozco. Hablo por decir algo.

«Silvia, ¿sigues viniendo por el barrio?»

«Poco. ¡Esto está muy cambiado!»

«¿A ti también te lo parece?»

Mira a su alrededor. Olga y Genís giran la cabeza también un poco teatralmente.

«Esto ha mejorado mucho», dice ella.

«¿Te parece mejor ahora?» No puedo evitar cierta incredulidad.

«¡Claro! Antes todo era cutre. Fíjate cómo han renovado el mercado..., ¡ahora está superbién! Antes olía a la basura de los contenedores. Nadie quería venir a vivir aquí y ahora es lo más buscado de Barcelona, el precio por metro cuadrado es de los más caros de la ciudad.»

«Pero tú te has ido del barrio...»

Me doy cuenta demasiado tarde de que lo he dicho con aspereza, con un tono de reproche, juzgándola, como si yo no lo hubiera hecho antes y yéndome más lejos. Ella reacciona a la defensiva.

«¿Y eso qué tiene que ver?»

Balbuceo para arreglarlo.

«¡Nada!»

Respondo demasiado deprisa, demasiado atropellado, como el niño temeroso que fui, siempre dando la razón enseguida para que nada se rompa. Ella me mira con atención, me ruborizo y creo que eso la hace sonreír, y quisiera pararlo pero no puedo, y aún me ruborizo más.

—Iturbe, querrías meterte debajo de la mesa y desaparecer de la vista.

—Exacto.

—¡Qué julay! No sabes leer miradas. En la mirada de Silvia Minerva no hay reproche ni le pareces ridículo. Le pareces tierno, con ese nerviosismo tuyo y ese apuro de colegial. Sabe que es ella la que provoca ese temblor dentro de ti y se siente halagada, por eso sonríe.

—Yo solo sé que me siento ridículo. Tomo un trago de la taza de té, aunque sepa a verdura cocida, para no tener que mirarla. Genís echa un capote comentándole a Silvia que le encantan sus gafas de sol polarizadas y le dice que son superdivertidas. Ella se las tiende para que las vea de cerca, él se las coloca y adopta una pose de interesante que las hace reír. Tiene el don de la suavidad. Comprendo ahora por qué las chicas siempre se sentían cómodas con él.

—Hace un calor bochornoso debido a la elevada humedad, las nubes se han ido cerrando sobre la Barceloneta y de repente empieza a chispear un agua mansa que apenas moja.

—Olga dice que han de irse de compras antes de que arrecie, a ver si tienen suerte y encuentran un bolso que quede todavía de las rebajas de verano. Nos levantamos los cuatro alrededor de la mesa y Silvia Minerva me mira un momento y me parece que sucede como en aquella tarde en la Granja La Catalana, cuando pareció que solo al cabo de un tiempo me reconocía de verdad. Empieza a llover con un poco más de intensidad y Genís y Olga se refugian bajo el voladizo del mercado, pero nosotros nos quedamos todavía unos segundos mirándonos. Y percibo que ella ha descubierto muy al fondo, por debajo de la corteza de las canas, bajo capas de años y de sedimentos, al niño tímido de su clase que corría por las calles porque no sabía andar.

Después de mirarnos y reconocernos, en ese momento Silvia Minerva saca del bolso una pequeña libreta blanca con corazones rojos y con un pequeño bolígrafo a juego escribe algo en una hoja y me la da. Es su número de teléfono.

—Una gota de lluvia cae sobre un cinco y se abre una mariposa azul sobre el papel cuadriculado.

—Se va corriendo tras Olga, que ya ha empezado a caminar buscando el abrigo de los balcones. Silvia Minerva se aleja hasta confundirse con el trajín de la calle y desaparecer con la lluvia. Ha refrescado y meto las manos en los bolsillos. En una mano aprieto la linterna de Parra y en la otra la nota de Silvia Minerva. Y por primera vez, dudo. ¿En realidad, a quién he venido a buscar a la Barceloneta, González?

—Yo lo he sabido desde el primer momento en que pusiste un pie en esta casa, pero de nada sirve que yo te lo diga. Deberás ser tú quien lo averigüe.

Llevo días pensando en llamar a Silvia Minerva, pero no me decido. Por la noche me agito en la cama sin poder dormir y doy vueltas en mi cabeza una y otra vez a cada una de las frases que le podría decir para invitarla a comer, pero ninguna me parece lo bastante convincente. Ella dirá que está ocupada y yo haré el más espantoso de los ridículos. A ratos pienso que me dio su número solo por cortesía y desecho la idea de llamarla, pero enseguida les doy la vuelta a los argumentos y pienso que sí, que debo marcar ese número, que si no la llamo siempre me lo reprocharé. A veces me levanto en mitad de la noche y bajo a ver a González, y él me recibe detrás de su escritorio a cualquier hora, como si me esperase. Padece insomnio, igual que yo. Prefiero no contarle sobre mis angustias con llamar a Silvia Minerva porque se reiría de mí y no le faltaría razón. Prefiero hablarle de mi búsqueda de Parra, que avanza y no avanza.

—Avanza septiembre y pese al día encapotado, algunos extranjeros no renuncian al tanga y las chancletas.

—Son un ejército disciplinado en su misión de enseñar carnes con diferente grado de celulitis, en trotar por la ciudad incansables cargando botellas de agua como si atravesaran el desierto, inasequibles al desaliento y a las tapas precocinadas.

—Hoy los pasos me han llevado a la calle Ginebra. Cuando llevo un rato andando me doy cuenta de que no he visto aún el Cine Marina. Ya sé que no quedan cines en el barrio, pero lo que me extraña es que su ausencia no haya dejado un hueco enorme en la calle.

—Tú esperas el agujero de una bomba, un solar tan descomunal como el de tus recuerdos, porque entonces aquel cine te parecía inmenso. Sigues sin entender que lo que entonces era grande, ahora es pequeño.

—Reculo un poco y solo hay edificios convencionales. Me llego casi hasta la esquina, donde estaba el bar Costa Brava, en el que Joaquín, el panadero que corría delante de los tigres, se tomaba el último carajillo de coñac antes de entrar en esa larga madrugada del horno. Y no veo nada.

—Si vieras el nuevo barrio verías cosas hermosas entre los pliegues de las calles, pero no basta con tener globos oculares. Los casos médicos de ciegos de nacimiento a los que se ha operado y han recuperado la función de sus ojos relatan que cuando les quitan la venda sufren una profunda decepción: miran el mundo y no ven nada. Esas formas que se les aparecen no les dicen nada. Cuando la enfermera más dulce acerca su bello rostro para tranquilizarlo, el ciego que ahora ve da un paso atrás aterrado ante ese monstruo con hebras grasientas sobre el cráneo, círculos acuosos y un agujero en medio que se abre y se cierra dejando entrever adentro una serpiente blanda carnosa que se agita. Tienen ojos, pero no saben ver.

—Me organizo un plano mental y sé que el cine estaba entre la esquina y el bar Jai-Ca. Entonces me fijo en un edificio sin brillo de color gris y caigo en la cuenta de que eso era el Cine Marina. Hay una ventana rectangular estrecha y me asomo por ella como si quisiera atisbar la proyección de *Los tres superhombres en el Oeste* o una de Bruce Lee. Solo hay paredes vacías, pero en realidad ya no me importa demasiado, González. Que las cosas que conocí hayan desaparecido no me causa la misma desazón que los primeros días en que regresé al barrio.

—El barrio cierra sus heridas en la carne con sus propias plaquetas de cemento y se regenera con un tejido muscular de ladrillos y yeso, y restaurantes con nombre en inglés y carnicerías halal y lavanderías de autoservicio. Todas las heridas se cierran. O se cierran o te matan.

—Al pasar por delante del Jai-Ca, me da por entrar. Recuerdo sus posavasos con cabeza de papagayo de la época en que me dio por coleccionar posavasos. El bar está como entonces, pero más aligerado, con menos estandartes y banderolas de colores de los coros del barrio y menos bulla de gente.

En una mesa hay una pareja de extranjeros maduros ojeando una guía de Barcelona. Entra una pareja de nórdicos y piden sangría, como si fuera lo más normal del mundo.

—Lo es. Naturalmente que les ponen la sangría y hasta una sonrisa, porque aquí se coge el agua cuando llueve. Y si llueven turistas y sangrías, pues también.

—En una de las esquinas hay una tertulia de los parroquianos de siempre.

—Son los que llevan toda la vida yendo a almorzar, gente que ha trabajado en el puerto o embarcados, que se reúnen frente a un porrón de vino para armar y desarmar historias como se cuentan aquí: explicando todo desde el principio, con detalles muy precisos, sin un titubeo, con paradas dramáticas para echar un trago, con una gota de humor y otra de tragedia, contando verdades que la mitad son mentira y la otra mitad, quién sabe. Has hecho bien en parar ahí. Si hay algo que saber en el barrio, ese es el lugar. El Jai-Ca en la Barceloneta es como el Pentágono.

—Me siento en la mesa de al lado y me observan de arriba abajo con los párpados entornados y esa sorna un poco chuleta de los del barrio. Me fijo en el mayor de todos. Tiene la cara chupada y las mejillas hundidas por debajo de los pómulos, pero lo reconozco por las gafas de oro. O eso creía yo de pequeño cuando lo veía, siempre tan elegante, que las gafas eran de oro macizo, porque era el presidente del Centro de Deportes Barceloneta y me parecía alguien muy importante.

«Buenos días, *presi*», le digo, porque me sale así. Como soy de dar muchas explicaciones aunque no me las pidan, antes de que me pregunte de qué lo conozco le digo que mi padre fue socio muchos años del Centro de Deportes y antes de que siga hablando ya sabe quién era mi padre, porque dice que soy clavado a él.

—Es lo que pasa con los años, para bien o para mal, acabamos pareciéndonos a nuestros padres.

—Todos abren los ojos y me miran por primera vez con atención.

—Y esa tertulia hermética, porque son de los que hay que echarles de comer aparte, se abre para ti como la cueva de Alí Babá.

«Siéntate con nosotros y tómate algo, que estar de pie es malo para las varices. Estábamos hablando de lo peligroso que se ha puesto el barrio por la noche, ¿eh, Vicens?»

—Vicens Fornés fue herrero de barcos. Tiene un bigote gris de doctor Watson y también, como Watson, es sabueso y es cronista del barrio. Se pasea arriba y abajo con una cámara de fotos y lo ve todo. Y lo oye todo. Y lo que no, se lo cuentan. Y lo que ni ve ni se lo cuentan, lo sabe también. Fornés representa los códigos del barrio. Cuando cuenta las historias los ojos le brillan con un fulgor de Noche de Reyes.

—«Yo el otro día al llegar a casa después de cenar, vi a unos tíos peleándose con machetes. A mí nunca en la vida me había dado miedo andar de noche por el barrio, pero ahora sí.»

«¿Pero de dónde salen?», le pregunto.

«Viven tirados en la calle. Aquí hay mucho piso turístico y también mucho narcopiso.»

«Demasiado río revuelto», añade otro de la tertulia.

«Pero para revuelta, la playa, que este verano no ha habido manera de bañarse en condiciones. Cada día a las dos y media en punto aparecía cerca de la orilla una franja espesa de porquería.»

«Dijeron que eran algas rojas.»

«Sí, algas... compresas y mierda pura. Veías flotar los *cagarros* como ensaimadas. Si es que las depuradoras no dan abasto en verano, no aguantan diez millones de personas tirando de la cadena.»

«Pero Vicens, el turismo deja dinero», le dice el *presi* para chincharlo.

«Lo poco que gastan no se queda en el barrio. El turismo es una plaga de langostas, lo devoran todo. Mira, cuando vienen los políticos con sus discursos baratos de lo bonita que es la Barceloneta, los hacen porque no han vivido aquí en la puta vida. No saben lo que es vivir en un piso de treinta metros, aguantar este olor a podrido de las cloacas, la avalancha de turistas que no puedes dar un paso...»

«Si viviera la Mildemonios, Vicens...»

«¡Uy, los turistas iban a salir por patas! Menuda bestia la Mildemonios y toda su familia. Unos salvajes. Cambiaron a una niña por una nevera, tan grande que no les cabía en el bajo y la pusieron en la acera en plena calle al lado de la puerta de casa. Allí estuvo durante años hasta que se cayó a trozos. No le pusieron candado, a nadie se le ocurría coger ni una hoja de lechuga porque aquella familia te comía los hígados. Ni los gitanos del Somorrostro se atrevían a asomar el hocico. Estuvo el autobús 45 un montón de semanas sin poder pasar por la calle Ancha cerca de su casa porque le habrían pegado fuego y abierto al chófer en canal como una ternera. Es que la Mildemonios se dedicaba a criar hijos que no se sabe de dónde venían, o si se sabía no se decía, porque muchas prostitutas no podían atender a los hijos y se los mandaban a la Mildemonios para que los cuidara. Ingenuas. Se despreocupaba totalmente de ellos, los llamábamos la panda del moco porque vagaban por el barrio, mugrientos y peligrosos, buscándose la vida a cualquier hora del día o de la noche. Pues uno de esos pequeños de los Mildemonios, no tendría ni cinco años, que iba por el barrio arriba y abajo sin que nadie se preocupara de si iba o venía, cruzó solo la calle Ancha sin mirar y lo pilló el autobús. Era tan pequeño y estaba tan desnutrido que lo agarró la rueda y lo planchó como una calcomanía y así fue rodando pegado al neumático hasta que el conductor llegó al final de trayecto en el paseo Marítimo, donde daban la vuelta, y allí lo vio al pobre pegado a la rueda. A ese chófer la compañía lo trasladó a no se sabe dónde, muy lejos, porque los Mildemonios lo querían matar. Y los chóferes de la línea no se atrevían a pasar por la calle Ancha porque estaban plantados delante de la parada toda esa banda esperándolos con cuchillos de cocina.»

Cuando al fin Fornés respira y me preguntan qué hago por el barrio, les pregunto por Parra. Les doy el máximo de datos, pero no les suena. Es de otra generación, más joven, vino después al barrio... El *presi* dice que si no aparece por ningún lado se habrá largado. O estará en la cárcel, tercia Vicens. Y ya empieza a hilvanar historias de gente del barrio metida entre rejas por trapichear o por estar en el lugar indebido en el momento equivocado. Me dicen que me tome otra caña, pero he de seguir buscando.

Al salir, rompe a llover con fuerza y en dos zancadas he llegado a la calle de la Sal. Con el nublado de afuera, la casa me ha parecido más oscura que nunca, como si toda fuera sótano.

—Tal vez lo sea.

—González, los de la tertulia del Jai-Ca parecían hartos del barrio.

—Te equivocas mucho.

—Se quejan de la delincuencia, de los olores, de la masificación...

—Pueden despotricar del barrio, pero como a alguien de fuera se le ocurra decir la más mínima cosa despectiva de la Barceloneta, se lo comen. Esos no se van a levantar de esas sillas del Jai-Ca hasta el final. Son playa, forman parte de las calles igual que los adoquines de las aceras.

—¿Pero por qué parecen tan enfadados ahora que el barrio está de moda en todo el mundo?

—Su misión es llevar la contraria al mundo. Sea un vagabundo o sea el presidente del gobierno que llegue y se les siente en el Jai-Ca en la silla de enfrente, lo importante es no darle nunca la razón pase lo que pase y diga lo que diga. ¡Esto es la Barceloneta, nene!

—Pero el barrio ya no es lo que era, González...

—Nadie es lo que era. Cada cinco años todas las células del cuerpo se han renovado y son otras. El barrio se ha transformado porque está vivo.

—Mira, González, no te pega ese discurso ñoño de decir que el barrio es como una persona, que tiene alma y todo ese rollo.

—Pues claro que el barrio no es como una persona, habría que ser imbécil para pensarlo. Una persona es algo desoladoramente básico, una cagada de mosca biológica. La Barceloneta es un ente mucho más complejo, Iturbe.

—Me vas a decir que es un árbol.

—¿Cómo va a ser un árbol, julay? ¡Es un bosque entero! Iturbe, escucha la lluvia. Escucha el repiqueteo en los plásticos que cubren la ropa de los balcones. La llovizna que ahora moja la calle se filtra por los poros del alcantarillado y se entremete por rendijas secretas del pavimento que jamás imaginaríamos. Esa agua penetra bajo la piel del barrio por su sistema venoso de conductos y cloacas y en su empuje desatasca los trombos de mugre, compresas, pañales, bolas de pelo, harapos de plástico y restos orgánicos corrompidos para que la corriente sanguínea de las aguas fecales fluya bajo la costra de asfalto. Nuestro ojo no es capaz de apreciarlo, pero todos los arquitectos lo saben: los edificios se mueven, se balancean ligeramente con los temblores de tierra que recorren la corteza del suelo, se estremecen, e incluso con un viento racheado como el que acaba de desatarse con la tormenta, se cimbrean levemente como árboles. Son árboles. Bajo la delgada franja de baldosas, cemento, cables y tubos está el humus, la tierra húmeda y la podredumbre orgánica en la que los edificios echan sus raíces. Si pudiéramos ver sus cimientos nos aterraríamos: no están como los supervisó el aparejador en su día, aparentemente quietos e inertes, sino que han mutado, se han deformado, inflado, retorcido, agrietado, estirado como raíces buscando su asentamiento en el suelo. Hay mejillones agarrados a las estructuras de hormigón.

Cuando tú entras al barrio por el paseo Nacional, en la otra punta, en los últimos soportales del paseo Marítimo, ya lo saben, porque las aceras tienen su propio temblor, su oleaje de electrones que vienen y van en la trama de grava que conecta todo. Las losetas de pavimento hidráulico de la acera, con ese dibujo hipnótico de círculos que pisas despreocupadamente, detectan tu calor corporal, se curvan ligeramente con la presión de tu masa. A veces caminamos intranquilos de noche por una acera solitaria y sentimos que no estamos solos; no lo estamos, la calle nos acompaña, nos envuelve, devuelve el eco de nuestras pisadas para orientarnos con el rebote de ondas sonoras como a los murciélagos. Estas callejuelas de la Barceloneta estrechas como ataúdes han visto nacer y han visto morir, y de todos los que han nacido y de todos los que se han ido, algo ha quedado impregnado en los intersticios de las paredes igual que cuando pasas la noche en una habitación llena de fumadores, al llegar a casa a muchos kilómetros de distancia, tu jersey huele a humo porque algunas partículas de esa nicotina que flotaba en el aire las has traído contigo. Tú te has llevado contigo algo de lo que flotaba en esas calles, pero no dudes que también dejaste algo tuyo aquí. Todas las veces que de niño jugando al fútbol te raspaste una rodilla en la replazoleta y dejaste una gota de sangre en el suelo, esa gota se filtró por la invisible rejilla de átomos del pavimento hasta esas oquedades a las que no accede el ojo y quedó ahí, varada en esa retícula interior del cemento, a resguardo de los pelos de la escoba del barrendero que araña la calle y de la fregona de la lluvia, y ahí permanece tu sangre en lo profundo de la calle, como parte del humus de hojas caídas en el bosque, pudriéndose bajo el pavimento, oxidándose con el esqueleto metálico del mallazo que soporta las baldosas sobre la tierra virgen y fundiéndose químicamente con sus varillas de acero corrugado. Todo ese polen de escamas de piel muerta que vas exfoliando forma el polvillo que vemos bailotear en los rayos de sol oblicuos que entran por las ventanas, se ha filtrado por las rendijas de las paredes del barrio, se ha aposentado en los parterres de tierra de los plátanos del paseo Nacional hasta sumergirse en la tierra y abrirse camino hacia la profunda zona pilífera de las raíces y ser absorbida por sus pelos que son bocas y pasar a formar parte del torrente sanguíneo de la sabia de ese árbol por el que tú mismo pasas ahora todos los días distraídamente y, sin darte cuenta, nuevas capas de piel muerta salen volando de ti formando parte de esa ceniza biológica que abona de nuevo el árbol en un ciclo que os mantiene atados.

Cada vez que siendo un niño te bajaste la bragueta en la calle, sacaste tu pequeña trompa y orinaste en una esquina, esa mancha de humedad ácida con tu caldo de residuos líquidos traspasó el yeso y el cemento y se empapó todavía caliente en la pared hasta llegar a la arcilla de los ladrillos, y por eso, además de los óxidos de hierro, calcio y magnesio, contienen incrustado tu ADN meado, tu secreto mojado, lo que tú eres. En estas calles, Iturbe, está tu historial de fluidos como el rastro de baba brillante y pegajosa que va dejando tras de sí un caracol, está aquí la huella genética de todos los que viven en la Barceloneta, de todos los que vivieron, de todos los que escupieron, defecaron, tosieron, sangraron, sudaron, eyacularon o lloraron sobre su membrana porosa. Por eso caminas por las calles y hay algo que te absorbe como los remolinos del fregadero. Tú eres parte de las calles y las calles son parte de ti.

—Yo no soy parte de nada.

González imita mi cara mustia y me hace un gesto para que lo siga. Se baja de la silla y se pone a cuatro patas en el suelo en la oscuridad, y me veo obligado a hacerlo yo también. Se agacha hasta poner la mejilla en el suelo. La ponemos los dos.

—¿Pero qué cojones hacemos en el suelo, González?
—Escuchar.
—¡Hay cucarachas!
—Ellas nos lo perdonarán.
—¿Pero qué he de escuchar?
—Lo profundo.
—¿Lo profundo? ¡Tú estás malo!

El suelo no está muy limpio y al apoyar la oreja noto un tacto rugoso de arenilla. Me siento ridículo, pero no me levanto.

—No escucho nada, González. Esto es patético.
—Deja de quejarte y cierra los ojos. Concéntrate. Descubrirás un secreto.

Le hago caso para acabar cuanto antes con esto.

Las baldosas están frescas y la oscuridad nos engulle. Escucho un rumor y una leve trepidación. Supongo que debe de ser la reverberación de los coches. Llega un temblor mayor, tal vez el autobús que se dirige hacia el Hospital del Mar.

—González, hay ecos lejanos.
—Son ondas que vienen del otro lado del mundo.
—¿Cómo van a llegar ondas del otro lado del mundo? Será el metro.
—¿Acaso no te has pasado la vida persiguiendo partículas que llegaban del otro lado del universo? Los ocea-

nógrafos han demostrado que hay grupos de ballenas que se comunican con su canto de alta frecuencia del océano Pacífico al Atlántico y se explican unas a otras el camino migratorio a seguir. Nosotros no somos más torpes que una ballena. Fíjate, pega bien la cabeza al suelo: siente caminar a la gente, aparearse a los pulpos, el batir de las alas de todas las mariposas, cien millones de adolescentes meneándosela al mismo ritmo como una orquesta, el avance penetrante de las raíces de todos los árboles en la tierra. ¡Unos niños juegan a la pelota en Mozambique y en esta vibración que ahora nos llega escuchamos cómo celebran un gol! Sientes a nuestro grano de arena que vibra en mitad de la playa y la construye.

—Lo siento, pero no tengo tu imaginación, González. Recuerda que yo hace ya muchos años que dejé de escribir poemas.

—Los poemas no sirven para nada. Solo importa la poesía.

Me ruega con la mirada que no me levante, que permanezca todavía un poco más con la oreja en el suelo. Transijo. Y noto algo más.

Ahora lo que escucho más nítidamente es un sonido percutido, sordo, que parece que venga de todas partes.

—Oigo un sonido regular, constante. Parece un goteo.
—O un tic tac.
—¿De dónde viene?
—De lo profundo.
—¿Pero quién lo provoca?
—Tú. Es tu corazón bombeando sangre.

Me levanto, cansado del juego.

—Me dijiste que me contarías un secreto, González.
—Ese es el secreto: pones la oreja en el suelo para escuchar el mundo y lo que escuchas es tu propio latido.

Me gusta trazar la ecuación de Dirac, simple y elegante, que describe lo que no se puede ver: cómo se comportan las partículas subatómicas al acercarse a la velocidad de la luz. O la ecuación de onda, que describe de manera precisa cómo se propaga una onda de agua en un medio acuático o una onda de aire que empuja una ola de sonido. Las matemáticas me gustan porque ven más que los ojos. La belleza de los números me consuela. Hay gente que encuentra las matemáticas incomprensibles, pero a mí me pasa al revés, los números son lo único que entiendo porque encajan de manera precisa; en cambio, me cuesta entender todo lo demás.

Me pongo a resolver una ecuación complejísima, con muchas x que despejar. No es posible hacerlo. De repente, escribo en una esquina de la pizarra:

$x = S$

¿Es Silvia Minerva la x de la incógnita de lo que busco? ¿O es que desearía que lo fuera?

Juego con la linterna de Parra. ¿Es el no haber encontrado a Parra lo que no me deja dormir?

Enfoco un papel que tengo desdoblado sobre la mesita de noche. Es el plano del tesoro. Unos números azules desleídos por la lluvia que brillan con el símbolo de Batman. Tomo el papel entre los dedos y después enciendo mi teléfono. ¿Y si me dice que no?

Pulso el número de Silvia Minerva.

En cuanto responde, me identifico exhaustivamente para que sepa quién soy sin confusión posible, me doy cuenta de que quizá con demasiadas explicaciones, me disculpo por molestarla, le pregunto si puede hablar o llamo en otro momento, y cuando responde que sí puede hablar, le pregunto atropelladamente si le agradaría cenar en el restaurante Siete Puertas, situado en los porches que miran al antiguo edificio de la Bolsa. Le hablo de la fama de los arroces del Siete Puertas, pero enseguida me doy cuenta de que puede ser un sitio que no le guste y le insisto varias veces en que podemos ir a cualquier otro lugar, donde prefiera. O quedar a comer si le es más cómodo. Y que si estos días anda ocupada, también puede ser otra semana o dejarlo para más adelante, que no pasa nada... Entonces ella me interrumpe y me pregunta: «¿Mañana a qué hora?».

Lo que era tan complicado se vuelve sencillo. Lo imposible es posible.

Por la mañana me voy hasta el centro a comprar una americana ligera. Dudo muchísimo a la hora de escoger el modelo adecuado, voy rebotando contra el cristal de los escaparates. Finalmente, en un comercio de la calle Pelayo la veo: esa es la americana que debo llevar, la que me hará parecer extraordinario.

Al pedírsela al dependiente, se disculpa con una de esas sonrisas de la enciclopedia de los dependientes y me dice que está agotada, que solo queda la de exposición, que pase la semana siguiente. ¡La semana siguiente es un futuro remotísimo! ¡Todo ha de ser hoy! Insisto. Amenazo con pedir el libro de reclamaciones. Ruego. Finalmente, el dependiente se encoge de hombros y lo que no era posible es posible. Se sube a un taburete de plástico y despoja al maniquí de la prenda. Sin las mil agujas que hacían que al maniquí le quedara ajustada como un guante, al mirarme en un espejo, esa americana que me parecía tan única y sensacional, me viene algo holgada, las mangas demasiado cortas, y ahora me parece vulgar y corriente. Le diría al dependiente que no la quiero, pero lleva los alfileres en la mano.

Llego media hora antes a la cita en el Siete Puertas. Doy catorce vueltas a las siete puertas. El responsable de local de alquiler de patinetes eléctricos de la esquina termina saludándome cada vez que paso por delante.

Ella llega muy puntual, muy rubia, con una falda de tubo. Nos saludamos y nos sentamos con naturalidad en la mesa reservada. El Siete Puertas conserva su aire de fonda elegante, pero está a reventar de gente, con grupos de turistas que se hacen fotos mientras brindan ruidosamente. Por suerte, nos toca en una esquina aceptablemente discreta.

Ella me sugiere que compartamos una ensalada de fantasía y le digo que sí. Me cuenta que trabaja de recepcionista en una gestoría, que en esos años se casó, y la felicito por su boda. Me dice que también se divorció, y como no sé qué decir, también la felicito. Me sugiere compartir un arroz negro y le digo que sí. Jamás creí que compartiría nada con ella. El arroz le deja alrededor de los labios un sensual cerco oscuro de noche de Halloween.

Me pide que le cuente sobre mi vida y le hablo de mis investigaciones en laboratorios a muchos metros de profundidad durante años. No sé si me escucha, pero me mira. Me sugiere compartir un postre de repostería de la casa con dos tenedores y le digo que sí. Y si me pidiera que me clavara el tenedor en el pecho también le diría que sí.

Perseguimos arándanos por el mismo plato y el plato tiembla. Ya no recordaba ese gesto suyo, pero lo reconozco de inmediato: agacha la cabeza y me mira muy seria con los ojos apuntando hacia arriba. Mira como miran las gacelas.

Sugiero dar un paseo después de la cena, y ella, con una sonrisa que agrupa sus pecas, me dice que la acompañe dando un paseo de vuelta hasta casa, que mañana es día laborable para los que trabajan.

Cuando nos dirigimos hacia la salida alguien nos mira desde una mesa; tal vez pensará que somos un matrimonio cualquiera que llevan veinte años casados y regresan a casa después de cenar. Siento esa brisa de tristeza de las cosas que pudieron ser y no fueron, esa melancolía de las vidas que pudimos vivir y no vivimos.

La ciudad se va adormeciendo y las farolas con su luz floja hacen que se confunda el pasado y el presente. Ella me coge de la mano y siento que los relojes retroceden y rebrotan las hojas muertas de los calendarios. Nos deslizamos suavemente por la avenida Marqués de la Argentera y ella tira de mí hacia delante con cierta prisa, como aquella tarde en el barrio cuando patinábamos, y yo, en cambio, la retengo. Ella quiere llegar pronto y yo quiero tardar lo más posible. Yo querría que ese paseo en la noche no se acabara nunca, que patináramos suavemente por una ciudad perezosa que se va abriendo a nuestro paso como los pétalos de una flor dormida.

Dejamos a un lado la masa oscura emboscada del parque de la Ciudadela y llegamos hasta la calle Roger de Flor. Quiero parar el tiempo, pero no puedo. Llegamos al portal del edificio donde vive, pero deseo retenerla un poco más, patinar unas vueltas más y me arriesgo por una vez: le digo que tal vez conozca cerca de su casa algún bar agradable para tomarnos la última copa.

Me mira con sus ojos negros muy vivos. No parece estar por la labor y noto que me falla el suelo bajo los pies.

«Solo un gin-tonic cortito», me atrevo a insistir, casi como un ruego.

Y al momento me arrepiento de haberlo dicho, porque igual piensa que quiero emborracharla con un gin-tonic, como si fuéramos adolescentes. Me digo que parezco idiota, o lo soy.

Me mira.

Voy a decir algo más, pero me echa el alto con la mano y consulta la hora en el móvil.

«Si quieres follar, ha de ser ahora, que yo mañana me levanto a las siete.»

Tardo unos segundos en decodificar y enseguida hago que sí con la cabeza tan enérgicamente que casi me descoyunto.

Su piso es pequeño pero agradable, con una cocina americana impoluta y muebles de Ikea. Lanza el bolso a una butaca sin detenerse y yo la sigo hasta el dormitorio. La cama de estilo colonial con estructura de madera para poner mosquitera también es de Ikea.

Silvia se desnuda enseguida. Es una mujer hermosa, incluso la ligera redondez de la barriga la favorece. Se echa en la cama y me sonríe. Tiene las hebras del vello del pubis rubias como si fueran de oro. Aparta los muslos y mi miembro se hincha como una vela al viento.

También empiezo a sentir una opresión en las sienes y un pinchazo de dolor repentino en mitad de la frente.

De repente siento frío en las palmas de las manos y me tiembla un párpado. Mi pene es una flecha que señala hacia afuera, pero algo tira de mí hacia adentro. La cabeza parece que me va a estallar, hay una rebelión en mi cabeza. Me encuentro mal, estoy mareado. No sé qué me pasa.

Siento un ataque de ansiedad. Ella abre los ojos y observa atónita cómo mi miembro se encoge. Se enrosca como un gusano asustado.

Balbuceo unas disculpas ridículas. Mi ropa yace arrebujada a mis pies y, en un estado de turbación extrema, empujado por un ataque de pánico, salto de la cama y huyo corriendo del piso. Bajo a toda prisa las escaleras y tropiezo, y caigo rodando unos cuantos escalones. Me abro una pequeña brecha en la cabeza, pero me levanto y sigo corriendo por la calle como corría entonces, cuando correr me salvaba. Ni siquiera he cogido la ropa, corro desnudo pisando colillas mal apagadas, vómitos, cristales rotos.

Corro y sangro.

—Y sigues corriendo. Atraviesas avenidas desiertas donde los vagabundos te van alzando cartones de vino agrio como si fueras uno de los suyos. Cruzas una ciudad deformada de calles blandas, te arden los pies, pero no puedes detenerte.

—Debo seguir corriendo.

—Volver.

—Correr. Paso delante de la inmensa boca de la estación de Francia, cruzo la avenida Icaria sin importarme el claxon de los coches que se burlan y me jalean o me insultan. Por fin paso la estación del metro Barceloneta y penetro en el barrio.

Estoy salvado.

Hay poca iluminación, no hay turistas ni restaurantes abiertos.

—El barrio al que llegas es el de 1978. En la calle del Mar ya no sientes el dolor. Los edificios se curvan hacia ti como un bosque de bambú para tapar tu desnudez, el asfalto se convierte a tu paso en una alfombra de musgo. El barrio te acoge en su bolsa de líquido amniótico.

—Al calmarme aflojo el paso y me percato con horror de que las llaves estaban en los pantalones y siento una oleada de pudor. Me cubro mis partes con las dos manos. Por suerte, el portón verde de la calle de la Sal cede al empujarlo.

Susú está despierta, sentada sobre el butacón de la entrada. Tapo lo mejor que puedo mi entrepierna y trato de explicarme contándolo todo de golpe, pero estoy en estado de shock y la lengua se me traba en la boca y no sale ninguna frase con sentido. Noto que me mareo, las piernas me flojean y llego tambaleándome al cuarto y me tumbo. Veo a Susú que me sigue hasta la puerta observándome con sus ojos castaños y se me funde la luz.

Me despierto amodorrado y estoy cubierto con una sábana. Nunca había visto su pelo suelto, Susú me limpia la pequeña brecha de la frente con un algodón empapado en agua oxigenada y me pone una tirita, extendiéndola muy sutilmente con los dedos. Creo que en realidad lo sueño, porque lleva una bata blanca. Se va al pie de la cama y, con unas pinzas, me quita con delicadeza las astillas y los cristales de las plantas de los pies y me aplica suavemente el algodón, que me produce unas ligeras cosquillas y un calor que asciende hacia arriba, y en medio del amodorramiento siento una agradable erección que no estoy seguro de que se disimule bajo la sábana. Voy a decir algo, pero se lleva el dedo índice a los labios y, al fin, me sereno y me quedo profundamente dormido.

La luz sólida me dice que ya está avanzada la mañana cuando bajo al sótano y me siento en el butacón. Y te empiezo a contar, González.

Me llegan fogonazos de mí mismo corriendo desnudo por las calles en la madrugada y me estremezco. Y cuando pienso en Silvia Minerva, me echo las manos a la cabeza. ¡Me siento tan tremendamente ridículo!

—Más ridículo, imposible.

—¿Pero cómo puede ser, González? Si he soñado tanto con ella, ¿cómo puedo ser tan imbécil de salir corriendo?

Me mira y nos miramos como si quisiéramos penetrar cada uno en el iris del otro.

—No es ella a quien has venido a buscar.

—¡Pero ella se balanceaba en mi sueño!

—La que se balanceaba en tus sueños no era Silvia Minerva.

—¿Quién era, entonces?

—Era tu infancia.

Esa mañana le mando a Silvia Minerva diecinueve mensajes disculpándome. Cada pastilla de texto es una pieza que va armando una vieja historia. Le hablo de una tarde de patinaje; de ese amor de infancia que he llevado en el equipaje durante todos estos años en todas las mudanzas; de una burbuja de jabón que, al intentar cogerla, se deshace en el aire.

—Mandas el último mensaje con un suspiro y sientes que una mariposa de inocencia te sale volando por la boca.

—Me responde escuetamente: me dice que ha dejado mis cosas en el restaurante de Olga, que no vuelva a llamarla nunca más.

—Sientes tristeza al leerlo, es la tristeza del último día del verano.

Tardo dos días en levantarme de la cama.

Me decido a ir a comer al Hispano y poder hablar con más calma con Badal. Es posible que recuerde algún detalle, algo que parezca insignificante pero que se convierta en una pista que me conduzca a Parra.

Llego hasta el paseo Nacional y no veo a Badal en la puerta con su eterna camisa blanca. Hay unos operarios lanzando cascotes a un contenedor. Le pregunto al que parece el jefe si el Hispano está en obras.

«Lo han vendido. Van a poner un bar de una cadena que hacen tapas.»

«¿Y el personal va a seguir?»

Se encoge de hombros y el crujido de los cristales rotos me responde por él. No le pedí a Badal un teléfono donde encontrarlo y se ha vuelto a perder en el remolino de los tiempos y los derribos. Me voy caminando apesadumbrado hasta el Maño, un restaurante modesto, de toda la vida, con cuatro mesas simplonas y platos de cuchara guisados de forma casera. Cuando llego hay una cola que se alarga por la acera.

En el barrio hay restaurantes argentinos, chinos, gallegos, un pub inglés, hamburgueserías, el de la estrella Michelin, montones de bares de tapas franquiciados a los que les traen las tapas precocinadas por las mañanas en furgonetas, el que ofrece *brunch*, el del pollo a *go-go*, el Burger King, el de los tacos supuestamente mexicanos..., pero es aquí, en este garito cutrón, sin luz ni vistas a ninguna parte, donde la gente hace colas interminables para comerse un plato de lentejas con chorizo.

—Iturbe, las cosas normales se han convertido en extraordinarias.

—Me niego a hacer cola. Sigo caminando y paso por delante del rótulo de la única librería del barrio, La Garba, donde mi madre compraba los libros a plazos, dando un tanto cada mes. Pero está cerrada y sus estanterías están vacías y medio desarmadas. La Barceloneta es el sitio más deseado de Barcelona, un lugar de éxito: doscientos bares y ninguna librería.

Avanzo por calles idénticas y en cada esquina miro a lado y lado con la esperanza de que en algún momento veré pasar a Parra como aquella noche en la panadería. Me pregunto si me reconocerá, si nos reconoceremos. Pero Parra no aparece por ninguna parte.

Entro en El Vaso de Oro, una cervecería con la elegancia de antes, de barra corrida y camareros de chaquetilla blanca con botones dorados y galones de almirante, atentos a todo lo que se mueve. Antes me parecía un sitio lujoso e incluso ajeno al barrio, tan puesto y con ese aire de las cervecerías de Madrid.

Sobre la barra hay un surtido más bien poco *detox*: choricitos, alcachofas rebozadas, morcilla, pimientos fritos, ensaladillas... Al lado hay unos clientes sobre los taburetes rematando un aperitivo de largo recorrido. Uno le pregunta al otro si quiere otra cerveza. El amigo hace que no con la cabeza mientras chupa la cabeza de una gamba: «Cuando llegue a casa y vea a mi mujer, quiero conocerla».

Pido una caña de esa cerveza tostada de la casa que tiene una espuma densa como merengue y el camarero grita el pedido.

«¡Una caña! ¡Reposada! ¡No dormida!»

Pido una tapa de olivada.

—Esa olivada es el puerto, Iturbe. Eso blando y negro tan rico que comes tiene la misma textura del fango del fondo del puerto que se traga cadáveres de marineros, barcos, murallas romanas y pistolas. A principio de siglo había un barco de cuarentena donde se confinaba a los marineros con indicios de traer cualquier enfermedad contagiosa, especialmente el tifus, y debían permanecer durante semanas antes de ser autorizados a desembarcar. Los barcos de cuarentena y sus fiebres eran el infierno. Existen diarios de bitácora de capitanes sometidos a esa cuarentena que, después de encomendar sus almas a Dios, afirman que en ese barco anclado en mitad de la dársena hay marineros llegados de islas de más allá de Borneo que padecen una enfermedad pavorosa que les hace crecer las uñas de manera horripilante como tentáculos duros que se les enroscan por los brazos hasta que acaban por estrangularlos. Que algunos con el pecho hinchado tosen cabezas de pescado. Otros diarios hablan de marinos que lloran un pus verde que al gotear sobre el suelo agujerea la madera de la cubierta.

—El puerto de mi infancia es un lugar que impone respeto.

—Así debe ser. Han sucedido cosas que superan las peores pesadillas. Una de ellas sucede en el año 1977. Hace un momento.

—Tengo diez años.

—Ese mes de enero atracan en Barcelona dos robustos buques de la Sexta Flota estadounidense, el USS *Guam* y del USS *Trenton*. Es habitual ver pasear por el paseo de Colón a los chicos de la Sexta Flota desde que Franco tuvo un problema de memoria y se olvidó de que había sido amigo de Hitler y a los americanos les dio el mismo vahído y se hicieron tan amigos que llenaron España de bases americanas y se inventó una nueva bebida, el calimocho, la alianza entre el vino barato y la Coca-Cola. Los jóvenes yanquis, ávidos de pegar fuego a su paga en dólares en cuanto tocaban tierra, eran recibidos con los brazos abiertos por los propietarios de los bares de las Ramblas y con las piernas abiertas por las prostitutas del Barrio Chino.

La noche del 17 de enero, la barcaza que hace de autobús flotante entre los buques de guerra y las escalinatas de piedra del muelle frente a la estatua de Colón, recoge ya de madrugada a los últimos marineros de permiso que regresan a bordo con unas cuantas copas de más y unos cuantos billetes de menos. La lancha va abarrotada, con más de cien marinos; algunos, bastante curdas, usan los chalecos salvavidas como almohada. El bote maniobra en la noche, pero tan lleno de pasajeros que el piloto no ve venir un carguero vasco que se le echa encima y los arrolla trágicamente. La barcaza vuelca y los ciento veinticuatro de a bordo caen a un mar negro helado, muchos quedan atrapados en el toldo de lona del lanchón, algunos que casi no se tenían en pie en tierra, en el agua se hunden como piedras. La noche se llena de chapoteos desesperados y chillidos de los que pueden nadar y tratar de ayudar casi a ciegas a otros compañeros.

Uno que es buen nadador llega hasta el muelle de pescadores y grita hasta que lo ven y le echan un cabo. Medio en inglés medio en español les dice que hay compañeros en el agua y los dos patrones que están en el muelle mandan largar inmediatamente los chinchorros auxiliares mientras encienden motores. Los pescadores lanzan redes e iluminan la superficie negra con los focos que usan para la sardina y pescan a algunos norteamericanos ya amoratados por el frío y otros que ya son solo cadáveres. Se van sumando los prácticos del puerto y las lanchas rápidas de los barcos americanos.

Cuando amanece, se hace el recuento y muchos no han sido rescatados, ni vivos ni muertos. De día, las aguas inmóviles parecen inofensivas, pero faltan al menos cuarenta y cinco marineros. Los que surcan la dársena con los botes y miran el aquietado espejo gris de la superficie lo saben con dramática certeza: el fondo del puerto es un cementerio.

Los buceadores americanos se sumergen para rescatar los cadáveres ahogados y devolverlos a la tierra firme de Estados Unidos para que se pueda hacer un funeral con himnos y discursos y las familias tengan algo sobre lo que llorar. Pero los buzos emergen tras un tiempo interminable, al límite del oxígeno de sus botellas, y se miran unos a otros con horror a través de las escafandras. Suben tiritando a la barca de salvamento: «¡No están!». El comandante de la expedición norteamericana se queda más blanco que su uniforme... «¿Cómo que no están? ¡Sigan buscando, es una orden! ¡Si no traen a la superficie a sus compañeros fallecidos irán a un consejo de guerra!» Vuelven a sumergirse e iluminan el fondo con sus lámparas, pero los cuarenta y cinco cuerpos no están ahí y un escalofrío se les mete por dentro del traje de neopreno. Vuelven a emerger mucho rato después, helados y con los labios violetas. No hay rastro de los marineros. El comandante está furioso. «¡Han de estar! ¡Vuelvan a mirar! ¡Busquen!»

Los buzos vuelven a sumergirse y emergen media hora después. El fondo está liso, no hay rastro de cadáveres. Los oficiales norteamericanos están sudando aunque sea enero. Han querido hacerse cargo ellos mismos del rescate, poder hincar una pequeña medalla en la carne desollada, pero el comandante ha de tragarse su orgullo y van a buscar al jefe de buceadores de los bomberos de Barcelona, que está entre el corro de operarios del muelle que observan con cara de escépticos.

«¡Los han devorado los peces! —chilla uno de los oficiales estadounidenses medio histérico—. ¿Cómo vamos a regresar a casa sin ellos?»

El jefe de los bomberos fuma tabaco negro y echa el humo hacia arriba. Impasible, le dice que no lo dude, que están ahí abajo. Cuando el militar va a replicarle, él le hace una seña con la mano de que espere y manda prepararse a media docena de sus buzos. Uno es de la Barceloneta, todos conocen el muelle, saben lo que oculta. Descienden con palas de mano. Han de llegar abajo, palpar con las manos y cavar. Porque lo que parece el fondo es, en realidad, una capa de sedimentos acumulado durante siglos, un limo fangoso en el que se hunden anclas de barco, bicheros y cadáveres de marineros ahogados. Son buzos y sepultureros. Poco a poco, en un trabajo agotador, a tientas, rodeados de un agua negra, abren todas las tumbas de cieno hasta exhumar todos los cadáveres que el puerto se había tragado con una fangosa voracidad.

No te fíes nunca de un puerto. Esconde sus secretos.

Abajo, en el sótano de la calle de la Sal, todo está tan en penumbra que no atisbo siquiera a ver las paredes del fondo y, aturdido como estoy, pienso que tal vez no haya tabique alguno y que sea un lugar en mitad de un infinito. Enciendo el flexo para que el cono de luz ilumine algo entre tanta oscuridad. Estoy empapado, me he traído la lluvia de afuera y, al dejarme caer en la silla granate su polipiel, se tiñe con los cercos de agua. Necesito ver a González, tal vez por última vez. Necesito contarle que todo ha concluido.

—González, los secretos acaban saliendo a la superficie.

—Has escarbado como un buzo.

—He terminado mi búsqueda.

Él parece igualmente abatido, como si también para él fuese el final de algo. Se queda callado, pero yo necesito más que nunca contar.

—Atardece. Los pasos me llevan hasta esas gradas de piedra frente a Colón, muy cerca del amarre de las golondrinas que van de paseo por el puerto, con bandadas de turistas cruzando la pasarela hacia las tiendas y restaurantes del Maremagnum.

—Las golondrinas provienen de una empresa que tiene más de cien años. Fueron una de las estrellas de la Exposición Universal de 1888.

—Yo las recordaba de madera pintadas a brocha gorda de azul y blanco, con unas banderitas de proa a popa y un señor muy viejo que tocaba el acordeón. Algún domingo por la tarde, mientras estudiaba en la universidad, había tomado la golondrina con aquella novia que acabó dejándome por un compañero de su facultad que tenía el pelo rizado.

—Ahora son robustos yates de última generación que se aventuran incluso fuera de puntas y salen a mar abierto para llegar hasta el Puerto Olímpico.

—Al acercarme caminando para observar las golondrinas, el capitán me hace señas desde la cubierta con la mano. Parece que me estuviera esperando.

—Ríe bajo la gorra como reía en la playa. ¡Es Pacheco!

Me guiña un ojo con picardía y me hace señas para que suba a bordo. De pequeño era un terremoto, pero ahora solo en su gesticulación activa se revuelve el niño tremendo que fue. No me da tiempo ni de decir apenas nada, me hace pasar a la cabina con él. No necesitamos muchas explicaciones, somos de la misma clase.

Da orden de retirar la amarra. Estamos a punto de zarpar. Sobre la cubierta se despliega un pasaje colorido, muchos clics nerviosos a los aparatos de fotografiar con ese pavor a que se evapore el momento, muchos niños que corretean ruidosos y escudriñan cada rincón. Pacheco ejecuta la maniobra de desatraque con la facilidad con que se abre y cierra un grifo. Después de estar en la pesca con mala mar y peor, de noche, con lluvia y con granizo, esto para él es un barco de juguete. Parece que me lee los pensamientos.

«Esto está más chupado que la pipa de un indio», me dice jocoso.

Hace sonar la sirena tres veces a toda mecha y navegamos lentamente por un puerto lleno de actividad, por donde van y vienen veleros, piraguas, catamaranes de alquiler y embarcaciones turísticas de diversas hechuras en un bullicioso revuelo. En el puente de mando de la *Antina* tres pantallas muestran diferentes partes del barco y los motores; solo el timón rústico de madera hace una concesión al trasnochado romanticismo marinero de estrellas polares y rosas de los vientos. Le digo que parece una embarcación muy estable.

«Mucho. Y si hay mal tiempo, no salimos de puerto.»

«Y cada día ir y volver varias veces al mismo sitio por la misma ruta, ¿no se te hace rutinario?»

«Esto está todo muy controlado, ¡pero ojo! En la mar no hay rutina.»

Me explica el rescate de un windsurfista que no podía volver a la playa y lo subieron a la golondrina con tabla y todo.

«A veces la mar está picada.»

«¿Y se marea la gente?»

«Los que más se marean son los chinos. Pero cuando más jaleo hay es cuando llevamos colegios. Hay una escuela que nos pide cada año llevarlos a ver amanecer.»

—Un discípulo de Vergés y Teresa.

Pasa a estribor un crucero descomunal.

«Eso es el *Costa Romántica*», señala Pacheco.

—¡Debería haber penas de cárcel para los que ponen este tipo de nombres a un barco!

«Qué distinto es esto a ser pescador, ¿verdad?», le digo a Pacheco.

«La entrada en la Comunidad Europea y la falta de pescado hundieron la industria. Cuando yo empecé había cien barcos de arrastre, ahora quedan quince o veinte. Había diez almejeros, ahora no hay ninguno.»

«¿Y no echas de menos la pesca?», le pregunto.

«En la mar se trabaja de madrugada, se pasa frío y muchas fatigas los días de temporal. Se pasa muy mal a veces, tío. Es muy chungo. ¿Pero sabes una cosa?»

«¿Qué?»

«¡Que echo de menos ir a la mar! ¡En cantidad!»

Pacheco, un duro entre los duros del barrio, se pone a trastear con el GPS para que no vea que se le han puesto los ojos brillantes. El niño revoltoso, gamberro, ingobernable, se ha convertido en un adulto encantador con el que te irías navegando a dar la vuelta al mundo en su golondrina.

—Hay algo majestuoso en la manera en que un barco se aleja de la tierra firme y lo deja todo atrás. El atardecer suaviza la luz y el coqueto edificio de la aduana que fue un restaurante donde Rubén Darío iba a cenar y miraba por la ventana en busca de princesas tristes parece más anaranjado que amarillo, como un pequeño castillo fantasioso. Colón señala con el dedo a mar abierto sobre su pedestal de estilita solitario. Los turistas se hacen fotos sin parar en la popa tratando de captar esa Barcelona que se empequeñece en la distancia a medida que se alejan las gradas de piedra del embarcadero. Pacheco, como patrón, no puede permitirse volverse hacia atrás y tiene la vista fija en el horizonte que se curva allá adelante.

—La golondrina va atravesando dársenas de descarga y diques secos. Circula por su derecha para dejar paso a veleros, una ecogolondrina que lleva a popa dos molinetes de viento, un barco turístico de madera con un aire vagamente corsario y algún yate de mucha eslora. Al pasar la nueva estación de cruceros y salir entre puntas por la bocana nueva que se hizo cortando en dos el rompeolas, el barco se agita entre los copos de espuma. Algún pasajero que estaba levantado trastabilla y se sienta de golpe con un culetazo. El mar lo pone en su sitio.

«Pacheco, ¿tú te acuerdas del Parra, el Locus?»

«El Locus... ¡Vaya tela! ¡Cómo bailaba el egipcio, el nota!»

«Entonces, te acuerdas.»

Me mira como si le dijera algo tremendamente obvio.

«En cantidad.»

Algo me arde por dentro, quiero preguntar y no quiero preguntarlo, pero lo hago.

«¿Y sabes dónde anda ahora?»

Pone las manos sobre el timón de madera y vuelve a mirar la línea del horizonte o más allá.

«No anda en ninguna parte, el nota.»

«¿Cómo?»

«Fue hace ya muchos años. Unos compañeros pescadores lo encontraron en el muelle, dentro de una barca tumbado todo lo largo que era. Blanco como el papel.»

«¿Blanco?»

«Muerto.»

«¿Pero cómo?»

«Una puta sobredosis. Dijeron que tenía cara de frío.»

«¿Pero cómo pudo ser?»

Pacheco hace una mueca de desagrado y chasca con la boca.

«Fueron años muy malos. Tú no sabes lo que fue esto. La heroína lo reventó todo a final de los ochenta, dejó el barrio arrasado. Hiciste bien en irte, tío. El Narbona, la Maricielo, el Rubito, el Titola..., me hinché de ir a funerales, colega. Al final, yo también me di el piro del barrio, los pisos eran muy caros y yendo a la mar no se sacaba ni para pipas. Ya no era lo de antes.»

Por la radio recitan el parte meteorológico y hacemos

como si lo escucháramos. No volvemos a hablar hasta que la embarcación regresa a puerto. Pacheco la atraca de memoria y el tropel de pasajeros desembarca en estampida con el mismo alboroto con que llegaron. Cuando ya el barco se ha vaciado, solo quedamos nosotros dos.

No sabemos qué decirnos, tal vez no haya más que decir. Nos despedimos con un fuerte abrazo y aprieto las mandíbulas.

—González, camino con pasos muy lentos hasta las gradas del muelle.

—Se te ha metido dentro un nudo de silencio.

—Veo ir y venir algunos veleros a través de la pasarela levadiza del Maremagnum. A lo lejos el pequeño faro reconvertido en reloj en el muelle de los pescadores permanece quieto en medio del trajín de este puerto convertido en centro comercial. A veces, cuando andaba por el mundo me acordaba alguna vez de Parra, de sus baloteos, y me preguntaba qué haría, si seguiría siendo un pirado de la ciencia ficción, a qué se dedicaría..., y resulta que ya llevaba un montón de años muerto.

Me levanto bruscamente y bajo los escalones de cemento hasta el último escaño a flor de agua. Me acribillo yo mismo a preguntas. ¿Por qué Parra acabó en el muelle? ¿Tú lo sabes?

—El puerto esconde sus secretos.

—¿Y por qué murió solo?

—Siempre morimos solos. Es nuestro último acto íntimo.

—Aquella madrugada de los dieciocho años en la puerta de la panadería lo vi. Era él. Y buscaba, por eso giró un momento la cabeza, ahora sé que buscaba. Tal vez salió a buscar al Batman que hiciera que el mundo fuera justo y no lo encontró.

—O quizá ya era entonces un adicto y lo que buscaba era caballo para meterse en la vena.

—Pero si yo lo hubiera llamado cuando pasó tan cerca, quién sabe. Tal vez lo habría salvado.

—O tal vez te hubieras ido con él a buscar tesoros imposibles y os hubierais hundido los dos en el fondo del túnel. Nadie lo puede saber ya.

No hace frío, pero estoy temblando.

—Ni siquiera me enteré de que se enganchó a las drogas, no sabía nada de él, González. Era mi amigo y no sabía nada de él. Compartimos los momentos cruciales de nuestra vida y nunca supe apenas nada de él.

—Nunca sabemos gran cosa de los demás, cada uno vive dentro de su cráneo, apenas si sabemos algo de nosotros mismos. Pero lo importante del otro no es lo que sabes, sino lo que compartes. Parra y tú erais dos raritos, hoy día seríais dos *frikis*, que alucinabais con las series del espacio y los tebeos de superhéroes. Hubo alguna tarde en que fuisteis felices. Viste reír a Parra, reísteis juntos, y eso nada lo puede cambiar.

—Empieza a gotear en el muelle, pero me da igual mojarme. Me palpo el bolsillo y encuentro la linterna del murciélago. Batman ya no vendrá.

—Una nube despliega sus alas de polilla gitana sobre el puerto y rompe a llover torrencialmente un agua helada. Los turistas huyen en desbandada chapoteando en chancletas y protegiéndose la cabeza con toallas de playa.

—De repente, me quedo solo en las gradas del puerto. Y, por fin, tantos años después, empiezo a llorar. Lloro por los bailes que ya no bailará Parra, por los amores perdidos que hay que dejar ir, por la infancia que se llevó el viento.

—Lloras lluvia.

—Enciendo la linterna de Parra por última vez. No me pertenece, pertenece al barrio y sus mil historias. Me acerco al borde del agua y lanzo con todas mis fuerzas la linterna. Traza una parábola en el aire y se sumerge para siempre en las aguas turbias del puerto para sumarse a sus secretos.

Lleva dos días lloviendo torrencialmente y no he salido de casa. El sótano permanece a oscuras y González no está. Susú tampoco. Pido pizzas a domicilio y quedan olvidadas hasta que se enfrían, se secan y se confunden con el cartón de la caja. Doy vueltas en la cama hasta que las sábanas son un guiñapo. Estiro los brazos en aspa y soy una equis. Me levanto a trazar ecuaciones en la pizarra y tan solo consigo dibujar una y otra vez el signo del infinito, ese bucle que cada vez hago más picudo hasta que descubro que estoy dibujando el antifaz de Batman.

Los riachuelos que forma el chaparrón sobre los bordillos arrastran colillas, palos de helados y tapones de cremas solares hacia el sumidero, y, sobre todo, arrastran el verano. Me viene una y otra vez la imagen de Parra en la soledad del puerto durante la noche, pinchándose en la vena los sueños de ese futuro que tardaba tanto en llegar.

La luz de afuera es débil y aquí dentro hay demasiada penumbra. Ya no soporto más está oscuridad. Salgo a la calle y el aguacero ha cesado, pero el temporal ha dejado una brisa fría de final de septiembre. El día tirita y yo también.

Se han formado charcos en el suelo y lamento no ser un niño para llevar botas amarillas de goma y saltar dentro. Hay uno profundo donde una chancleta abandonada navega sin rumbo. Y al agachar la cabeza para mirar de cerca la lámina de agua donde se reflejan los edificios y la ropa que chorrea en los balcones, te veo en el charco.

—González. ¡Estás ahí!

—Siempre he estado ahí.

Aunque ya sé que lo sé, regreso apresuradamente. Abro el portón, me voy hasta el cuadro de fusibles y alzo todos los interruptores de la casa para espantar esta pegajosa oscuridad. Se ilumina todo de manera obscena y todo resulta más vacío, más decrépito y ruinoso. La silueta de tiza del cadáver se ha adelgazado y a Humphrey Bogart le han salido canas. Se han encendido por fin las luces de abajo y cuando desciendo por la escalera, los peldaños son mucho más viejos.

El sótano iluminado no lo reconozco, es más pequeño, un modesto almacén con olor a cerrado y paredes desconchadas por la humedad donde se apilan libros olvidados que ya amarillean. Me dejo caer en la silla granate y sobre la mesa están los papeles que yo mismo traje de Ginebra de la caja que me mandó mi hermano. Enfrente, apoyado en la pared, hay un espejo alto con la lámina desgastada. Me miro y ahí estás, González.

—Nunca he dejado de estar.

Mi carnet de identidad dice que soy González Iturbe, pero es un malentendido: yo soy Iturbe. Cuando me marché del barrio empecé a utilizar profesionalmente el segundo apellido, el de mi madre, menos vulgar, porque llamarse Antonio González es como en Estados Unidos ser John Smith, uno más entre millones de señores Smith o señores González, ser todos y no ser nadie. Y así me conocen ahora en todos los centros de investigación internacionales, así firmo los artículos en las revistas científicas y así rotulan mi nombre en los tarjetones de todos los congresos: Antonio Iturbe. González es alguien que no existe, que existió en otro lugar, otra edad, otro tiempo.

—González, yo ya no soy tú. Cuando me fui del barrio dejé de serlo y ahora soy otro.

La cara que se refleja sonríe con sorna.

—Tú ahora eres un científico, pero también eres el niño miedoso que corría por estas calles con los brazos abiertos como una golondrina porque está dentro de ti.

—Parra tenía razón aquella mañana en la plaza de San Miguel: soy un Batman de pacotilla que creía que podía venir aquí con mis superpoderes y arreglarlo todo, pero no he arreglado nada.

—Desde la comisaría de Gotham City creías que llamaban a Batman con un poderoso reflector que proyectaba su silueta en las nubes de la ciudad porque lo necesitaban. Pero ahora te das cuenta de cuánto los necesitaba Batman a ellos.

—¿A quién vine a buscar aquí, González?

—A mí. A esa otra vida que pudo haber sido y no fue. Tú podías haber sido para siempre González si te hubieras quedado en la Barceloneta, si te hubieras casado con aquella compañera de la facultad que te gustaba de veras, si hubieras seguido escribiendo todas esas historias del barrio que garabateabas en las libretas hasta convertirte en una gloria local de centro cívico. Si no hubieras renunciado a ser poeta.

Me siento aturdido, no puedo seguir hablando con un espejo. Subo las escaleras de tres en tres y salgo a esas calles que son las mismas pero también son otras. Me voy hasta el paseo Marítimo a buscar respuestas y solo encuentro una lluvia fina que cae sobre la arena con el silencio de la nieve.

En la orilla se desenrollan las olas y en el horizonte

esperan fondeados algunos cargueros esperando la entrada a puerto. Camino sobre la playa siguiendo huellas de pájaros.

González me habla con una voz difuminada, como si fuera el rumor de la lluvia.

—Iturbe, tu peso de miles de miligramos hunde tu pie en la arena y se forma una cascada sobre tus zapatos; entre muchos otros, el grano de arena cae rodando por el terraplén que has abierto con tus pasos. La brisa empuja las nubes y expanden una lluvia pulverizada, tienes el pelo brillante y no te importa.

—Los sitios que conocía cerraron o están cambiados. Silvia Minerva dejó de saltar a la comba. Parra se fue. Pacheco abandonó la pesca y Badal dejó el Hispano porque ya no existe. Me he equivocado creyendo que podía encontrar aquí mi lugar en el mundo.

—Nos lo dijo aquel aviador de ojos tristes hace muchos años: tu lugar en el mundo tienes que fundarlo.

Querría echar raíces en la arena, pero los seres humanos no podemos agarrarnos a nada que sea sólido ni duradero. Cierro los ojos y siento en los labios que la lluvia es ligeramente salada, como el agua bendita. Y esa serenidad que siento en ese momento me llena de felicidad y también de tristeza, porque ese instante no podré retenerlo.

—Todo se irá entre los dedos, Iturbe.

—Entonces, nada de lo que hacemos o dejamos de hacer es trascendente.

—Nada lo es. Todo es insignificante.

—Entonces nada vale la pena.

—Al contrario. La insignificancia es nuestra grandeza.

—No veo dónde está la grandeza.

—En no ser nada, pero formar parte de todo. Somos playa, Iturbe.

Hay luz en la vieja librería La Garba, cerrada desde hace meses y desballestada a la espera de convertirse en una franquicia de tapas prefabricadas o una inmobiliaria para rusos. Genís me hace gestos para que me acerque. Es un pequeño milagro laico: no solo hay luz adentro, también vuelve a haber libros en sus estantes.

«Con ayuda de una asociación y pequeños avales de cien euros de muchos vecinos, se va a abrir de nuevo», me explica.

Entre ciento noventa y cuatro locales de hostelería y tres mil apartamentos turísticos, la librería La Garba lucha para no morir y hay vecinos que reman con ella. Una de las responsables de la asociación abre cajas con rostro feliz. El barrio no ha muerto, ha mutado. Y algunos de los vecinos de antes y otros nuevos que se han sumado, se mueven con él. Mutan juntos.

Le digo que solo me he acercado un momento a despedirme. Le cuento que el departamento de recursos humanos del CERN me respondió que no podía regresar a mi antigua plaza porque estaba cubierta, pero que podía incorporarme al servicio de archivo de datos hasta que surgiera una plaza vacante de mi cualificación. Genís Arnás me dice que vuelva pronto, que me maravillaría en primavera el color lila de los árboles que plantaron donde antes estaba la Repla.

Les deseo suerte y los dejo arreglando estanterías y moviendo libros. No será fácil, están alzando un castillo de arena. González diría que todos los castillos caerán porque todos son de arena, pero nadie te va a arrebatar la emoción de levantarlos.

Camino por última vez por el paseo Nacional y me observan los ganchos de los restaurantes. Se frotan las manos frente a la puerta mientras sostienen la carta con el sobaco. Ahora llevan gorros de invierno y cazadoras encima del mandil de camarero, miran pasar la tarde junto a las estufas de exterior que lanzan desde sus pebeteros unas llamaradas lánguidas e inofensivas como un ejército de bailarinas.

El menú del Rey de la Gamba informa en parches de inglés y castellano: «*Menu of the Day,* Gambas al ajo quemado, Oferta Plato del Rey: ½ parrillada + 1 litro de sangría, 30 euros». Sobre las mesas mojadas de las terrazas solo se sienta la brisa fría. Nadie pide el plato del rey, el rey es ahora el otoño. Uno de los ganchos que tiene la piel de color del caramelo, a ellos les gusta llamarse relaciones públicas, se viene hacia mí y despliega la carta. Me habla en inglés. Tiene razón: él es de algún país remoto, pero yo soy el extranjero.

Regreso a casa a cerrar las últimas ventanas. Pongo al día la correspondencia acumulada y casi todo es propaganda, pero hay una carta interesándose por la compra del bajo para volver a abrir otra librería que me echo al bolsillo.

Hacer el equipaje me ha llevado poco. En realidad, nunca llegué a deshacerlo del todo. Hay una americana casi nueva que dejo en el armario.

Apoyo la maleta en el suelo frente a la puerta y Susú salta desde la butaca. Me mira, maúlla un instante con coquetería. Con otro salto se planta en el quicio de la ventana y desaparece entre las calles. Me despido de las estanterías vacías, de Humphrey Bogart y del halcón maltés. Tengo todo: las tarjetas de embarque, la documentación, el ordenador... Después de tantos días apagado, me sobresalta la vibración de una videollamada en el teléfono móvil y pulso inmediatamente. La doctora Didi aparece en la imagen con sus ojos rasgados pintados con kohl como si fuera Nefertiti, una cazadora estrecha de cuero negro que quiere ser rebelde y los dedos llenos de anillos descomunales. Me mira y sonríe.

—Te he escrito mil mensajes y no respondías.

—El teléfono se quedó sin batería.

Me observa de arriba abajo: despeinado, sin afeitar, con la ropa arrugada de haber dormido con ella puesta.

—¿Y tú? ¿También te has quedado sin batería?

Me encojo de hombros un poco vergonzoso y ella me cuenta que el CERN está instalando en el interior de una antigua mina de cobre en los Alpes el detector subterráneo de partículas cósmicas más potente de Europa. Van a buscar neutrinos resultantes de la desintegración de la materia oscura y tratar de llegar a responder preguntas sobre el origen del universo que no tienen todavía respuesta.

—La directora del grupo de investigación es un amor, estudió conmigo en París. Le mostré los artículos que escribías en Canadá y le encantaron.

—No hay ningún hallazgo relevante en ellos.

—Tal vez no. Pero la directora dice que tienen un cierto toque poético.

—¿Y eso de qué sirve?

—La jefa es una tipa muy pragmática, está convencida de que para que nos hagan caso ahí afuera y nos abran el grifo del dinero para los proyectos, necesitamos físicos que escriban artículos científicos como si fueran historias que pellizquen a la gente y les hagan sentir que lo que hacemos les importa. Tú podrías hacerlo. Cuenta contigo para el equipo. —Y al decirlo le brillan los ojos con emoción—. ¡Podríamos buscar juntos!

Pero al momento se ruboriza un poco.

—Si tú quieres...

Se muerde el labio con nerviosismo, como una chica alta, tímida y vulnerable. Los maletones que dejé en su trastero, Didi nunca llegó a enviarlos.

Buscaremos juntos.

Bajo al sótano casi a tientas y al llegar a la mesa enciendo el flexo. Allá enfrente, alguien me mira.

—González, me voy.

—Te fuiste hace mucho.

Su voz es muy débil, creo que se está disgregando para siempre.

—Estas son mis calles, a pesar de todo. Tal vez mi destino sea quedarme.

—Te vas a quedar.

—¿Me voy a quedar en la Barceloneta para siempre?

—Para siempre.

Y los dos alzamos los ojos con cara de sorpresa. La voz de González ya es un susurro muy débil, apenas el rumor del mar en una caracola.

—Vas a seguir viviendo en el barrio donde creciste, porque el barrio echó raíces en la tierra fresca de tu cerebro cuando las fontanelas aún no habían suturado los costurones del cráneo y tienes incrustado dentro ese olor a salitre y a cloaca y al ambientador tóxico de sus cines de reestreno. Da igual el país, la bandera o el sello del pasaporte: tú eres de tu infancia. Heráclito no tenía razón:

puedes bañarte en el mismo río tantas veces como te dé la gana, basta con que cierres los ojos y saltes hacia adentro. En esa playa sucia de carbonilla y ratas ahogadas donde buscabas tesoros con Parra te bañarás una y otra vez, para siempre, hasta el final, estés donde estés.

    Apago la luz. Casi palpando, cojo los viejos cuadernos. González también se viene conmigo.

Iturbe, el aeropuerto de El Prat es un confortable paraíso de franquicias donde un pequeño ejército de inmigrantes armados con fregonas saca brillo al suelo. Sentado en una de esas cafeterías que tienen sofás blandos y precios duros, te quedaste traspuesto y tu nombre ha sonado de manera estruendosa en la megafonía del aeropuerto llamándote urgentemente a embarcar en el vuelo de Swissair con destino a Ginebra. Corres por la terminal, corres como cuando eras niño y la vida no podía esperar. No te percatas de que en cada zancada tu zapato cruje ligeramente al pisar. Cuando metiste el pie en la playa no te diste cuenta de que se te coló dentro un viejo grano de arena. Ahora corre contigo, va a tomar también el avión con destino a Ginebra. El grano de arena también deja la Barceloneta, pero no le importa. En Suiza fundará otra playa.

Impreso en Black Print CPI (Barcelona)
C/ Torrebovera, s/n (esquina c/ Sevilla)
08740 Sant Andreu de la Barca
(Barcelona)